Mara K. Howles

Gefährliche Freundschaft

Roman

Bibliografische Information der Deutschen Nationalbibliothek:
Die Deutsche Nationalbibliothek verzeichnet diese Publikation
in der Deutschen Nationalbibliografie; detaillierte bibliografische
Daten sind im Internet über dnb.d-nb.de abrufbar.

TWENTYSIX – der Self-Publishing-Verlag
Eine Kooperation zwischen der Verlagsgruppe Random House und
BoD – Books on Demand
Herstellung und Verlag:
BoD – Books on Demand, Norderstedt

Erschienen: September 2020
© 2020 Mara K. Howles
Umschlaggestaltung & Satz: Hannah Wala
Lektorat: Ursula Ruppert
Gesetzt aus der Athelas
ISBN: 978-3-7407-6902-4

I.

Allein sein war damals etwas, was ich nicht ertrug.

Es ging meist nur etwa eine Stunde lang gut, vielleicht auch etwas länger, manchmal sogar einen ganzen Abend, wenn ich genügend neue Filme hatte. Neu hieß, sie durften nicht älter sein als sechs Jahre; nur wenn ich sie noch nicht kannte, konnte ich auch ältere ansehen. Ich konnte mir eigentlich nur jene Streifen nicht anschauen, die ich in diesen ganz besonderen zwei Jahren gesehen hatte. Ich verbannte alles, was in diesen beiden Jahren geschehen war, aus meinem Leben. Ich umging jeden Film, jedes Lied, jeden Ort, jedes Bild, einfach alles, was mich auch nur im Entferntesten an diese Zeit erinnern konnte.

Meine Kleider von damals hatte ich verbrannt – um sicherzugehen. Ich hatte zuerst überlegt, sie in die Altkleidersammlung zu geben, aber ich hatte Angst, sie an irgendeiner Straßenecke an einer Obdachlosen wiederzusehen. Übertrieben? Vielleicht, aber ich versuchte nur, mich vor der Erinnerung zu schützen.

Trotz aller Vorsichtsmaßnahmen gelang es mir nicht immer. Wie sollte ich auch vermeiden, im Kaufhaus bestimmte Songs zu hören oder im DVD-Regal auf Filme zu stoßen, die ich während dieser ganz bestimmten Zeit gesehen hatte? Diese Zeit, nach der ich mich so sehr zurücksehnte.

Es begann stets mit einer Kleinigkeit, auf die mein Blick fiel und die alte Bilder in mir wachrief. Ganz banale

Gegenstände konnten eine Krise auslösen, in der ich tagelang mit Magenkrämpfen auf der Couch lag, nichts essen konnte, vor mich hinstarrte und mich fragte, ob ich damals die richtige Entscheidung getroffen hatte. War es richtig gewesen zu gehen? Hatte ich überhaupt eine andere Wahl gehabt nach dem, was ich getan hatte? War das denn wirklich so unverzeihlich gewesen? Warum hatte ich es überhaupt getan? Immer wieder stellte ich mir dieselben Fragen, und dabei wusste ich, dass ich keine Antwort darauf finden würde.

Einmal hatte ein dämlicher Kugelschreiber eine solche Phase ausgelöst. Die Kassiererin im Supermarkt hatte ihn mir zum Unterschreiben der Kartenzahlung gegeben. Nur weil bei der Aufschrift *Jadepalast* das *e* und das *p* vom vielen Benutzen so ausgeblichen waren, dass man sie kaum noch lesen konnte. Somit stand *Jad* auf dem Stift. Ich war zusammengezuckt, als ich es sah, und hatte den Stift wie eine Idiotin angestarrt. Irgendwann hat die Dame an der Kasse mich dann genervt aufgefordert, endlich den Kassenbon zu unterschreiben, damit sie weitermachen konnte. Drei Tage lang vergrub ich mich daraufhin in meiner Wohnung, habe Pizza und Eiscreme gefuttert und mit leerem Blick auf den Fernseher gestarrt. Im Nachhinein hätte ich nicht einmal mehr sagen können, ob das Gerät immer an gewesen ist. Drei Buchstaben, ein Name, und schon war ich aus der Bahn geworfen. Die Sehnsucht brannte in mir. Ich wollte zurück und konnte es doch nicht. Ich hatte das Gefühl, dass ein Teil von mir fehlte.

Ich konnte solche Phasen am besten vermeiden, indem ich mich mit Freunden traf. Natürlich gab es auch dann Momente, in denen mich banale Gegenstände an ganz unbanale Erlebnisse erinnerten. Wenn ich nicht alleine war, konnte ich allerdings besser damit umgehen. Ich wollte nicht, dass meine Freunde mich fragten, was mit mir los sei; also verdrängte ich alle Gedanken, wenn mich die Erinnerungen packen wollten.

Ich hatte keinem von ihnen je von meiner Vergangenheit erzählt. Warum? Reine Taktik. Wenn niemand davon wusste, dann würde niemand darüber reden wollen und keiner würde mich verständnisvoll anschauen, wenn ich mit meinem Blick mal wieder weit weg war. Außerdem hätten sie Fragen gestellt, die ich nicht beantworten konnte. Wie hätte ich ihnen all das begreiflich machen sollen? Es war eine völlig andere Welt, in der ich damals gelebt hatte, und es war wichtig für mich, mein neues Leben strickt davon zu trennen. Es durfte keine Verbindungen geben.

Meine Freunde taten es bald als Eigenart von mir ab, wenn ich mit leerem Blick an meinem Bier nippte und mal wieder nicht mitbekommen hatte, worüber gerade gesprochen wurde. Natürlich fragten sie, wo ich mit meinen Gedanken sei, doch sie gaben sich für gewöhnlich mit einem augenzwinkernden »Bei dir natürlich« oder einem einfachen Kopfschütteln zufrieden.

Vermutlich hätten sie mich für verrückt erklärt, wenn ich ihnen von meiner Vergangenheit erzählt hätte. Manchmal fragte ich mich selbst, ob das alles wirklich geschehen war.

Freunde, die mich länger als sechs Jahre kannten, hatte ich nicht mehr. Sie lebten weit weg und stammten aus der Zeit *davor*, Bekanntschaften aus dem Studium eben.

Manche von ihnen hatten meine neue Clique zwar am Rande kennengelernt, aber niemand wusste Genaueres über sie. Warum hätte ich ihnen auch davon erzählen sollen? Es war besser, die einen Freunde von den anderen fernzuhalten. Zumindest in diesem Fall.

Ich war nicht wieder in meine alte Heimat gezogen, als ich mich von der Gruppe trennte. Ich brauchte einen kompletten Neuanfang und hätte nicht zurück in mein altes Leben gehen können. Ich hatte mich verändert. Den Kontakt zu meinen alten Freunden hatte ich sowieso längst verloren. Das Einzige, was ich wieder aufnahm, war das Studium, das ich zuvor nach drei Semestern abgebrochen hatte. Ich machte meinen Abschluss in Event-Management und zog mich in die schleswig-holsteinische Pampa zurück.

Seit drei Jahren lebte ich nun in Mölln, dieser wunderschönen kleinen Stadt, die mir so wenig bedeutete, dass ich beinahe überrascht war, überhaupt ihren Namen zu kennen. Ich wollte nicht in einer großen Stadt leben, da war zu viel los. In diesem beschaulichen Städtchen passierte nie etwas. Die Gefahr, dass ich hier jemals einem Mitglied meiner alten Gruppe über den Weg laufen würde, ging also geradezu gegen null.

Schon während des Studiums hatte ich eine Werkstudentenstelle in einer hiesigen Firma bekommen, die alle möglichen Veranstaltungen organisierte. Da ich zuverlässig war und gute Arbeit leistete, wurde ich direkt nach dem Studium übernommen.

Obwohl beruflich alles gut lief, waren die Jahre für mich schwer. Seit drei Jahren verdrängte ich jede Erinnerung und noch immer hatte ich das Gefühl, nicht richtig in meinem neuen Leben angekommen zu sein.

Mein Exfreund, den ich ein halbes Jahr zuvor aus meiner Wohnung geschmissen hatte, hat sich nie daran gestört, dass er mir nach zwei Jahren noch immer die einfachsten Wege beschreiben musste, wenn ich nicht gerade zur Arbeit oder zu der Kneipe unten am Eck wollte.

Eigentlich war er ein netter Kerl. Er ließ mir den Freiraum, den ich brauchte, und sorgte dennoch dafür, dass ich nie alleine war.

Wir haben selten gestritten und ich vermisste es, dass immer jemand in der Wohnung war. Ich vermisste nicht ihn – ich hatte ihn nie geliebt –, aber ich vermisste es, jemanden um mich zu haben.

Getrennt habe ich mich von ihm, weil es sein musste. Er war fremdgegangen. Ich hatte es schon früh geahnt, wollte es aber eigentlich gar nicht wissen. Solange ich von nichts wusste, konnte ich die Augen verschließen und so tun, als sähe ich nicht, wie er beim Tippen einer Nachricht rot wurde. Dann sah er mich an und sein Blick verriet nur allzu eindeutig, dass er ein schlechtes Gewissen hatte. Ich tat auch so, als rieche ich das Damenparfüm an seinem Hemd nicht.

Doch dann beging er einen großen Fehler. Er war so dumm, mir seine Affäre zu gestehen, und ich jagte ihn sofort davon, denn etwas ahnen und etwas wissen ist eben doch ein Unterschied.

Wenn man betrogen wird, ist das die Bestätigung, dass man nicht die tollste Frau der Welt ist, dass es noch jemanden ebenso begehrenswerten gibt.

Er musste also gehen, das geboten mir meine Freunde – und vor allem mein Stolz. Als er daraufhin wochenlang täglich mit Rosen und Tränen in den Augen an meiner Tür stand, hat er zwar meine Freunde überzeugt, ihm noch eine Chance zu geben, doch mein Stolz ließ sich nicht besänftigen.

Das war also meine Situation an jenem Abend, an dem mein Leben sich für immer verändern sollte.

Ich saß mit einer Tiefkühlpizza auf dem Sofa, sah irgendeine Sendung im Fernsehen und wartete auf das Klingeln meines Telefons.

Langsam hegte ich die Hoffnung, endlich wieder in der normalen Welt angekommen zu sein. Schon seit Wochen hatte ich keine meiner schlechten Phasen mehr gehabt. Ich hatte meinen Job, meine Freunde und genug Beschäftigung, um mir einen angenehmen Alltag aufzubauen.

Trotzdem fühlte ich mich leer und schob es auf die Trennung, obwohl ich genau wusste, dass es nicht daran lag.

Seit ich damals weggegangen war, hatte ich immer das Gefühl, dass mir etwas fehlte. Was, konnte ich jedoch nicht sagen. Immer wieder machte sich eine Unruhe in mir breit und ich wusste nicht, wie ich damit umgehen sollte. Mir blieb nichts anderes übrig, als abzuwarten, und wenn sich nichts änderte, würde ich wohl oder übel über einen weiteren Neuanfang nachdenken müssen.

Endlich klingelte das Telefon. Es war Solo – so nannten wir ihn kurz für Solomon –, ein Arbeitskollege und einer meiner besten Freunde. Er erklärte, dass er und drei weitere Kollegen in unserer Stammkneipe etwas trinken gehen würden, und fragte, ob ich mitkäme. Natürlich sagte ich zu. Ich hatte ja nur auf seinen Anruf gewartet. Heute waren alle dabei. Für einen Freitag war das nicht ungewöhnlich. Unter der Woche kam es immer mal vor, dass jemand lieber auf der Couch blieb als auszugehen. Oft war ich dann nur mit ein oder zwei Jungs unterwegs. Am Wochenende waren aber meist alle dabei. Einzig unser Pärchen hatte manchmal eigene Pläne. Heute allerdings nicht, was meine Begeisterung ein wenig dämpfte. Ich mochte Tobi, er war ein toller Typ, immer gut gelaunt. Er redete etwas viel, aber das war in Ordnung. Was mich störte, war seine Freundin, die immer da war, wo er war. Eine typische Schickse. Groß, schlank und gut aussehend – das musste ich zugeben –, aber in meine Augen auch ziemlich doof. Die Jungs sahen das anders, was mich nicht sonderlich verwunderte. Ich vermutete allerdings, dass sie ihr nie wirklich zuhörten.

Tobis Freundin lächelte mir zwar stets freundlich zu, doch ich wusste, dass sie mich nicht mochte. Das war mir aber auch egal. Wir hielten uns meist voneinander fern, soweit dies möglich war. Anfangs hatte sie versucht, sich mit mir zusammenzutun, weil wir die einzigen Mädels in der Gruppe waren und als solche doch *zusammenhalten* mussten. Was immer das heißen sollte. Ich hatte ihr schnell klargemacht, dass ich davon nicht viel hielt. Ich verstand mich mit den Jungs und sah keinen Grund, mich mit ihr in irgendeine Ecke zurückzuziehen oder was sie sich sonst unter *zusammenhalten* vorstellte.

Jetzt brachte sie öfters mal eine Freundin mit, um nicht alleine unter den bösen Jungs zu sein.

Mir war das ganz recht, dann steckten die beiden nämlich den ganzen Abend kichernd und tuschelnd die Köpfe zusammen und ließen mich in Ruhe.

Ich für meinen Teil konnte mich gut mit den Jungs unterhalten. Meiner Erfahrung nach waren Männer einfach unkomplizierter als Frauen. Sie legten nicht jedes Wort auf die Goldwaage, und wenn man mal einen schlechten Tag hatte, wollten sie nicht unbedingt wissen warum.

Die Kneipe lag nur ein paar Straßen von meiner Wohnung entfernt. Ich musste mich mit meiner Pizza also nicht beeilen. Besonders zurechtmachen musste ich mich auch nicht, denn es war eine dunkle Kneipe, in der man gemütlich ein Bier trinken konnte und mehr nicht. Chicki, wie ich Tobis Freundin gerne nannte, würde mich mit ihrem Aussehen sowieso bei Weitem überstrahlen. Ich vermutete einen Ausschnitt, der mehr Brust zeigte, als er verbarg, und an dem sie den ganzen Abend herumzupfen würde, als wäre es ihr peinlich, dass man so tief blicken konnte. Außerdem würde ihr Gesicht vor Make-up so erstarrt sein, dass Bewegungen kaum möglich waren, wenn die Fassade nicht abbröckeln sollte.

Wie auch immer. Ich zog zu meiner ganz normalen Jeans einen ganz normalen – ja gut, engen, aber normalen – Pullover an, kämmte meine Haare, sprühte ein klein wenig Haarspray nach und fand, dass mein Gesicht noch vom Morgen ausreichend geschminkt war. Viel machte ich eh nicht: Etwas Wimperntusche und ein bisschen Farbe um die Augen, denn ein wenig eitel war ich dann doch.

Im Großen und Ganzen war ich zufrieden mit meinem Aussehen und es mangelte mir diesbezüglich nicht an Selbstbewusstsein. Mein Gesicht war hübsch und über meinen graugrünen Augen schwebten schön geschwungene Brauen. Meine braunen Haare hatte ich stufig schneiden lassen, so dass die längsten gerade bis zu meinen Schultern reichten. Wenn ich ehrlich war, wuchsen sie schon wieder ein wenig darüber hinaus. Es war wohl an der Zeit, mal wieder zum Friseur zu gehen.

Ich war vielleicht etwas klein. Mit meinen 1,65 Metern würde ich niemals die Laufstege erobern, aber das war mir nicht wichtig. Probleme mit der Figur kannte ich nicht. Das lag vermutlich auch daran, dass ich mindestens fünf Mal pro Woche Sport machte. Ich ging regelmäßig joggen, ins Fitnessstudio und für den Fall, dass ich nicht motiviert genug war, meine Wohnung zu verlassen, tummelten sich im Wohnzimmer zahlreiche Sportgeräte. Von der Hantel bis zum Boxsack war alles vorhanden, was ich für ein ordentliches Workout benötigte. Beim Sport konnte ich völlig abschalten und alles vergessen. Er war das beste Mittel gegen die Erinnerungen – und dabei war er doch so eng mit ihnen verknüpft. Immerhin war es damals unerlässlich gewesen, dass mein Körper absolut zuverlässig und gut trainiert war. Diesen Zustand hatte ich beibehalten und konnte ohne Übertreibung sagen, dass jeder Muskel meines Körpers stramm und stark war.

Nochmal ein kurzer Griff zum Haarspray – etwas mehr Schwung konnte nicht schaden –, ein paar dezente Spritzer Parfüm und ich konnte los.

Die anderen waren schon da. Ich kam nicht gerne als Erste, und daher war ich fast immer die Letzte, aber das störte niemanden.
Der Barkeeper rief fröhlich: »Hey Tess, das Übliche?«
Ich nickte ihm zur Begrüßung zu und bejahte gleichzeitig seine Frage.
Kaum saß ich, da stand mein Colaweizen auch schon vor mir.

Ich nehme an, ich habe bisher ein seltsames Bild von mir gegeben. Ich wirke vermutlich abgestumpft und allem Gegenwärtigen gegenüber emotionslos, aber so war es nicht. Ich war noch jung. Ende zwanzig – siebenundzwanzig, um genau zu sein. Verbittert war ich keineswegs und Gefühle hatte ich auch. Ich mochte meine Freunde, sehr sogar, und das nicht nur, weil sie mich von meiner Vergangenheit ablenkten. Sie bedeuteten mir unheimlich viel und ich hätte alles für sie getan.
Da war zum einen der bereits erwähnte Solo, ein großer Kerl, breit, mit einem unglaublich sanften Gemüt, das man ihm kaum zutraute, zumal seine buschigen Augenbrauen ihm einen sehr ernsten Blick verliehen. Nach dem Abitur war er viel gereist, und er interessierte sich für fast jedes Thema. Ich konnte mich stundenlang mit ihm unterhalten, uns ging nie der Gesprächsstoff aus. Ich hatte ihn auf der Arbeit kennengelernt und wir waren uns sofort sympathisch gewesen. Es war das erste

Projekt, an dem ich von Anfang bis Ende beteiligt war. Solo war der Projektleiter und wir stellten schnell fest, dass wir nicht nur auf der Arbeit gut harmonierten.

Er war gut befreundet mit dem quirligen Kilian, der bei uns in der Verwaltung arbeitete. Auch er war groß, aber schlank und schlaksig und immer in Bewegung. Als ich ihn das erste Mal gesehen habe, wusste ich, dass wir uns verstehen würden, und ich habe recht behalten.

Mittlerweile waren wir eine eingeschworene Gruppe auf der Arbeit und unser Chef schüttelte immer wieder den Kopf, wenn wir einander verteidigten. Wir hatten eine Menge Spaß, was unseren Chef zunächst gestört hat, aber da wir unsere Arbeit zu seiner vollsten Zufriedenheit leisteten, hat er sich daran gewöhnt.

Tobi war ein Freund der beiden, sie kannten ihn aus der Studienzeit. Wie schon gesagt, ein lustiger Kerl, zumindest ohne Chicki, was seit zwei Jahren allerdings selten vorkam.

Dann war da noch Nico, unser Grieche. Er studierte irgendetwas mit Technik, war erst Anfang zwanzig und eher zufällig vor einigen Monaten zu uns gestoßen. Er ging regelmäßig ins Fitnessstudio und verdankte diesem Training eine sehr ansehnliche Figur, die hervorragend zu seinem kantigen Gesicht passte. Seine kurzen Locken waren hellbraun, fast schon blond, und seine Augen waren so blau, dass man Angst hatte, im Ozean zu versinken, wenn man zu lange hineinschaute. Seine Nase war etwas zu groß und breit, aber zu perfekt wäre ja langweilig. Trotz seines attraktiven Äußeren war er sehr schüchtern und es mangelte ihm an Selbstbewusstsein.

Ich hatte ihn auf einer Party entdeckt, wo er in einer Ecke stand und den Eindruck machte, als müsse er sich gerade das Heulen verkneifen. Als ich ihn ansprach, erfuhr ich, dass er gerade von einem Mädchen verlassen worden war. Besser gesagt hatte sie eigentlich nur mit ihm angebandelt, um ihren Exfreund eifersüchtig zu machen. Nico hatte sich aber total in sie verschossen. Mir hat sich sofort die Vermutung aufgedrängt, dass er sehr emotional war und er dazu neigte, sich schnell zu verlieben. Natürlich habe ich das damals nicht ausgesprochen. Er war über die Sache mit dem Mädchen noch nicht hinweg und traute sich nicht mit einer anderen zu flirten. Amüsiert beobachtete ich, wie ihm die Blicke der Mädels jedoch nur so zuflogen. Er schien das gar nicht zu registrieren. Als ich ihn ansprach, wirkte er ziemlich verwirrt, ließ sich aber doch auf ein Gespräch ein, in welchem ich alles über Carola, seine Verflossene, erfuhr. Am Ende des Abends saß Nico mit mir und den anderen Jungs am Tisch und trank etwas zu viel Bier.

Solo lud ihn gleich für den nächsten Abend auf seine Geburtstagsfeier ein und seitdem gehörte er zu uns.

Er war ein sehr einfühlsamer Kerl. Ich habe mit der Zeit viele ernste Gespräche mit ihm geführt und war manchmal nahe daran, ihm mehr zu erzählen, als ich eigentlich wollte.

»Ich gebe heute eine Runde aus«, verkündete Chicki fröhlich, als mir der Barkeeper ein Bier gebracht hatte.

»Wie kommen wir denn zu der Ehre?« Kilian, der immer knapp bei Kasse war, strahlte.

»Nicki hat ihre Abschlussprüfung bestanden«, erklärte

Tobi und mir wurde wieder einmal bewusst, dass der Name seiner Freundin nicht Chicki, sondern Nicki war.

Einmal war es mir herausgerutscht. Ich habe mir einen sehr bösen Blick von dem ansonsten immer gut gelaunten Tobi eingefangen, der mir zeigen sollte, dass er bei seiner Chicki/Nicki keinen Spaß verstand.

»Sogar mit einer zwei«, fügte die Anwaltsgehilfin stolz hinzu.

Ich schloss mich den Gratulationen an und wir erhoben unsere Gläser auf sie.

Ich saß neben Nico und war bald in ein Gespräch mit ihm vertieft. Alles war wie immer und ich fühlte mich völlig entspannt.

Das änderte sich schlagartig, als Nico seine Hand hob, um noch etwas zu bestellen, und ich etwas Silbernes an seinem Handgelenk sah. Es funkelte mich herausfordernd an, klein und in unverkennbarer Form. Ein Ornament, ähnlich einem lang gezogenen *S*, das sich am unteren Ende gabelte und oben in eine Schneckenform überging. In der Mitte glänzte ein roter Stein.

Mir stockte der Atem. Im nächsten Moment wurde mir heiß.

Ohne nachzudenken ergriff ich seinen Arm und zog ihn zu mir. Ich musste überprüfen, ob ich mich nicht irrte. Eigentlich hoffte ich, dass ich es tat. Das war doch unmöglich.

Ich rang nach Luft und zog so die Aufmerksamkeit aller am Tisch auf mich. Mir war das bewusst, trotzdem konnte ich die Frage nicht zurückhalten, und so platzte ich fast aggressiv damit heraus: »Woher hast du das?«

»Das habe ich gefunden. Alles klar mit dir?« Nico sah mich besorgt an.

»Wo?«

Er zog die Brauen hoch. Meine Stimme überschlug sich beinahe, als ich nachhakte: »Wo hast du das gefunden?«

Ich erschrak über meinen unkontrollierten Ausbruch, der mir die irritierten Blicke der anderen einbrachte.

Ich musste mich unbedingt beruhigen.

Vermutlich war es zu spät, so zu tun, als wäre nichts gewesen, also musste ich zumindest Schadensbegrenzung betreiben. Ich atmete tief durch, ließ den Arm los und versuchte zu lächeln.

»Das lag auf der Straße, vor meiner Wohnung.« Nico wirkte unsicher, weil er meine Aufregung nicht verstehen konnte.

Ich bemühte mich ruhig zu klingen, konnte aber nicht verhindern, dass meine Stimme zitterte: »Einfach so?«

»Ja, ich habe keinen gesehen.«

Das war ungewöhnlich. Nicht, dass er niemanden gesehen hatte, sondern dass es einfach auf der Straße gelegen hatte. So etwas verlor man nicht. Jedenfalls nicht die, die es trugen. Mein Misstrauen war geweckt.

»Wann hast du es gefunden?«, wollte ich wissen.

»Heute Morgen. Was ist denn damit?« Er wirkte beunruhigt.

»Nichts, es ist nur ... sehr schön.« Nicht sehr überzeugend, zugegeben, aber mir fiel nichts Besseres ein.

Allerdings waren die anderen misstrauisch geworden: »Alles in Ordnung mit dir?«

»Ja Solo, alles in Ordnung, ich kannte nur mal ...

jemanden, der hat das, ... so was auch getragen«, stammelte ich.

Mir war immer noch heiß.

Wie war meine Vergangenheit so plötzlich in meine Gegenwart geraten? Ich hatte zum ersten Mal vor meinen Freunden davon gesprochen. Ich wollte das nicht. Meine neuen Freunde sollten davon nichts erfahren. Natürlich war mir bewusst, dass ich eigentlich gar nichts gesagt hatte, was irgendwie von Bedeutung gewesen wäre. Was sollten sie mit der Aussage anfangen, dass ich jemanden gekannt hatte, der das gleiche Armband hatte? Genau genommen war das so nicht einmal korrekt, denn es war nicht nur einer gewesen.

Mit einem Schlag stiegen Bilder aus längst vergangenen Zeiten vor meinem inneren Auge auf.

Vor allem aber wurde mir bewusst, was dieser kleine Anhänger bedeutete: Jemand war jemand ganz in der Nähe gewesen. Mein Magen krampfte sich zusammen und ich war nicht sicher, ob aus Freude oder aus Angst.

Nico hatte den Anhänger heute Morgen gefunden? Dann war derjenige wahrscheinlich noch in der Stadt. Was wollte er hier? War es Zufall? Tausend Fragen schwirrten mir durch den Kopf.

Ich konnte kaum atmen.

»War er von hier?«, fragte Nico, der vielleicht fürchtete, dass ich ihm das Schmuckstück wieder abnehmen würde.

Ich schüttelte langsam den Kopf.

»Es ist nicht ... du kannst das behalten.« Mehr brachte ich nicht heraus.

Ich fühlte mich, als hätte ich schon zu viel verraten, dabei hatte ich doch eigentlich gar nichts gesagt.

»Vielleicht haben sie es aus demselben Laden«, lieferte Chicki eine logische Begründung.

Logisch für alle, außer für mich. Ich wusste, dass das nicht möglich war und so unterdrückte ich ein Lachen und sagte knapp: »Möglich.«

Damit hatten sie ihre Erklärung. Während sich meine Freunde wieder anderen Themen zuwandten, grübelte ich weiter.

Wie war das Teil vor Nicos Tür geraten? Ich konnte mir nicht vorstellen, dass es jemand verloren hatte, aber warum sollte es absichtlich dort platziert worden sein?

Nico konnte mit dem Symbol offensichtlich nichts anfangen, was mich irgendwie erleichterte.

Ich konnte das Gefühl jedoch nicht zurückdrängen, dass es sich um eine Botschaft handelte. Wenn Nico aber keine Botschaft in dem Schmuckstück erkannte, dann musste die Nachricht für jemand anderen sein. Hatte Nico den Anhänger nur zufällig gefunden? Es war ungewöhnlich, dass so etwas vorkam. Die Gruppe plante ihre Aktionen sehr genau und arbeitete im Verborgenen. Unwahrscheinlich, dass jemand etwas fand, was nicht für ihn bestimmt war.

Ich wusste, dass es noch eine andere, eine beängstigende Möglichkeit gab. Je mehr ich darüber nachdachte, desto wahrscheinlicher erschien es mir, dass die Nachricht für mich war. Warum dann aber der Weg über Nico? Was wollte man mir mitteilen? Ich wurde nervös und fragte mich gleichzeitig, warum. Es gab keinen

Grund, Angst zu haben, selbst wenn jemand aus meiner Vergangenheit zurückkehren würde. Ich hatte damals nichts Schlimmes getan.

»Ich gehe mal eine rauchen.« Nico stand auf.
»Ich komm mit.« Schon stand ich neben ihm.
Ich wollte ihn jetzt nicht aus den Augen lassen. Vielleicht durfte ich es auch nicht. Wollte man mich warnen, dass Nico in Gefahr war? Gleich darauf kam mir das völlig absurd vor. Wer sollte Nico bedrohen?
Dann kam mir der Gedanke, dass ich ihn heute Nacht nicht alleine lassen durfte. Zum ersten Mal war ich froh, dass er Raucher war. Das gab mir die Gelegenheit, alleine mit ihm zu sprechen.

»Die frische Luft tut gut«, seufzte ich und das stimmte.
Der kühle Wind half mir mich zu beruhigen und ich atmete einige Male tief durch.
»Ist wirklich alles in Ordnung?« Er zog an seiner Zigarette.
»Na ja ... ich fühle mich gerade nicht so gut«, gestand ich vorsichtig.
»Warum?« Er blies den Rauch langsam aus.
»Ich weiß es nicht. Ich ... ich fühle mich einfach unwohl, wenn ich alleine bin. Ich habe regelrecht Angst davor.« Ich bemühte mich möglichst weinerlich zu klingen, um seine Beschützerinstinkte zu wecken, und so ganz erlogen war es ja auch gar nicht.
»Seit wann?« Er schien darauf anzuspringen.
»Ein paar Tage.« Ich blickte ihm in die Augen. »Ich kann kaum schlafen. Deshalb bin ich vermutlich auch so komisch drauf. Es tut mir leid.«

»Du brauchst dich doch nicht zu entschuldigen. Kann ich dir irgendwie helfen?« Er legte seinen Arm um meine Schulter und ich lehnte mich an seine starke Brust. Ach, das war so einfach.

»Es klingt doof, aber könntest du heute vielleicht bei mir übernachten? Also einfach auf dem Sofa. Ich müsste mal wieder durchschlafen, und wenn ich wüsste, dass noch jemand in der Wohnung ist, würde mir das sicher helfen.« Ein tiefer Augenaufschlag und es schien, als ob er zusagen wollte.

Doch dann kam ihm ein anderer Gedanke: »Vielleicht ist es besser, wenn du mal aus deiner Wohnung rauskommst. Du kannst bei mir pennen. ... Also du weißt ja, dass ich nur dieses Schlafsofa habe, aber ich habe zwei Decken und es ist groß genug, dass wir uns nicht ins Gehege kommen. ... Ich meine, nicht dass du denkst ...«

Ich war so erleichtert, dass ich beinahe vergessen hätte, kläglich zu klingen. In welcher Wohnung wir schliefen, war mir völlig egal. Ich wollte ihn nur im Auge behalten. Ich hätte nicht sagen können warum, aber ich hatte das Gefühl, dass ich ihn nicht alleine lassen durfte. Da Wochenende war, würde ich mich auch für die nächsten zwei Tage an ihn dranhängen können. Das würde hoffentlich ausreichen, um herauszufinden, ob es überhaupt einen Grund zur Sorge gab.

»Du hast bestimmt recht, danke. Ich muss dann bloß ein paar Sachen holen.« Meine Stimme klang wunderbar verletzlich.

Wir erwähnten vor den anderen nicht, dass ich bei Nico übernachten würde.

Ich hatte ihn darum gebeten, weil ich keine Lust auf

umständliche Erklärungen hatte. Womöglich würden sie den Anfang einer Romanze wittern und das wollte ich unbedingt vermeiden. Nico erklärte lediglich, dass er mich zu meiner Wohnung fahren würde, was niemandem ungewöhnlich vorkam. Die Jungs ließen mich nachts nie alleine gehen, obwohl es nicht weit war und ich wirklich in der Lage gewesen wäre, mich zu verteidigen – noch so ein Überbleibsel aus meiner Vergangenheit.

Nico wartete im Auto, während ich hastig ein paar Sachen zusammensuchte. Das Wichtigste hatte ich schnell gefunden. Ich schnappte einen frischen Schlafanzug, Klamotten und meine Zahnbürste und schon rannte ich wieder über die Straße zu ihm. Ich hatte das seltsame Gefühl, ihn beschützen zu müssen, und wollte ihn keine Sekunde länger als unbedingt nötig aus den Augen lassen. Erneut wunderte ich mich über meine Angst. Es waren vielleicht nicht alle gut auf mich zu sprechen gewesen, als ich die Gruppe verließ, und ich wusste, dass ich einen Fehler gemacht hatte. Der war aber nicht so schlimm gewesen, dass ich mich vor jemandem hätte fürchten müssen. Ich hatte keinem etwas getan und niemanden in Gefahr gebracht. Andererseits hatte der Anhänger nicht vor meiner, sondern vor Nicos Tür gelegen. Was, wenn es doch etwas mit ihm zu tun hatte?

Nicos Ausziehcouch war bereits ausgeklappt. Da er nicht mit einem Gast gerechnet hatte, hatte er sich nicht die Mühe gemacht, das Bett wieder in ein Sofa zu verwandeln. Ich war allerdings überrascht, dass die Kissen aufgeschüttelt waren und die Decke ordentlich gefaltet am unteren Ende lag. Insgesamt war Nicos Ein-Zimmer-Wohnung sehr aufgeräumt. Bisher hatte ich immer angenommen, dass er die Wohnung nur für Gäste in Ordnung brachte. Es war das erste Mal, dass ich ungeplant bei ihm war. Jetzt sah ich, dass er offensichtlich großen Wert auf Sauberkeit legte.

Aus einem Schrank kramte er Sofadecken und Bettbezüge. Er bestand darauf, dass ich die Bettdecke bekam, und überließ es mir nur sehr widerwillig, sie selbst mit frischer Bettwäsche zu beziehen.

Er machte uns in der Zwischenzeit heiße Schokolade mit Rum. Wir sahen einen Film an, von dem ich allerdings nichts mitbekam, weil ich nur darüber nachdachte, was diese Nachricht bedeuten sollte. Was wurde von mir erwartet? Es machte mich nervös, hier einfach so untätig rumzusitzen und dabei wusste ich doch nicht, was ich tun sollte.

Nico schlief noch während des Films ein. Ich lag fast die ganze Nacht wach und starrte an die Decke. Immer wenn mir die Augen zufielen, schrak ich wenig später hoch und wusste kurz darauf nicht mehr warum. Ich hatte das Gefühl, Bilder gesehen zu haben, doch ich hätte nicht sagen können, wen ich gesehen oder was die Personen getan hatten.

Am nächsten Morgen erzählte ich Nico, ich hätte super geschlafen. Ich wusste, dass es würde ihn freuen, wenn er das Gefühl hatte, mir geholfen zu haben.

Nico war ein toller Gastgeber. Er machte Frühstück, während ich im Bad war, und dachte sogar daran, mir frische Handtücher zu bringen.

Eigentlich hatte er zum Bäcker gehen und frische Brötchen holen wollen, doch ich versicherte ihm, dass das nicht nötig sei. Ich würde morgens sowieso nicht mehr runterkriegen als ein wenig Toastbrot.

Als ich aus dem Bad kam, duftete es herrlich nach Kaffee und frischem Toast. Mein Magen jubelte und ich ärgerte mich für einen Moment, dass ich gesagt hatte, ich könne morgens nicht viel essen. Also nagte ich an einer einzigen Scheibe Toast und fragte mich, ob meine Vorsicht nicht doch etwas übertrieben war.

2.

Da Samstag war, hatte Nico frei. Ich musste zwar häufig an Samstagen arbeiten, aber an diesem stand keines der Events an, die ich betreute. Nico nahm seine Aufgabe mich zu beschäftigen sehr ernst, daher brauchte ich mir gar keine Gedanken zu machen, wie ich den Tag mit ihm verbringen konnte. Wir waren beide sehr sportlich, daher plante er einen gemeinsamen Ausflug auf Inlineskates. Das war mir recht, denn Bewegung an der frischen Luft würde mich vielleicht auf andere Gedanken bringen. Außerdem war es ein sonniger Tag und schon im Auto spürte ich, wie ich lockerer wurde.

Unser Ausflug wurde sehr lustig. Wir fuhren um den Lütauer See und den Schmalsee herum. Ich war erstaunt, dass ich so fit war, obwohl ich kaum geschlafen hatte. Hin und wieder gelang es mir sogar, den Gedanken an den kleinen Anhänger und dessen mögliche Bedeutung zu verdrängen. Leider baumelte er aber geradezu herausfordernd an Nicos Handgelenk und erinnerte mich immer wieder daran, dass ich aufmerksam sein musste. Ständig sah ich mich um. Jeder Spaziergänger und jeder Radfahrer, der einen Blick in unsere Richtung warf, wurde von mir skeptisch begutachtet. Konnte es jemand aus meiner alten Gruppe sein? Natürlich kannte ich die Mitglieder von damals, aber es in den letzten sechs Jahren hatte die Gruppe bestimmt einigen Zuwachs bekommen. Ich versuchte also bei jeder Person, an der wir vorbeikamen, verdächtige Bewegungen oder gar das Symbol zu entdecken. Ich vermutete, hinter jedem Baum und jedem Busch jemanden zu finden, der uns beobachtete. Ich wusste natürlich, dass man sie eigentlich nur entdecken konnte, wenn sie es wollten, doch immerhin hatte ich mal zur Truppe gehört. Ich kannte ihre Tricks und wusste, worauf ich achten musste. Trotzdem zweifelte ich. War mein Blick noch scharf genug? Würde ich sie erkennen?

Zum Mittagessen machten wir eine Pause an der kleinen Gaststätte auf dem Campingplatz. Später hielten wir an einem Supermarkt, um Getränke, Kekse und Obst zu kaufen, und legten uns am Nachmittag gemütlich auf eine Wiese.

Ich hatte meinen Kopf auf Nicos Bauch gelegt und fühlte mich beinahe richtig wohl. Er hatte das Armband abgenommen, nachdem er bemerkt hatte, dass ich es immer wieder anstarrte. Er behauptete zwar, es würde ihn kratzen, wenn er schwitze, aber ich wusste, dass er es meinetwegen getan hatte.

Während ich die Augen schloss, umfasste meine Hand das kleine Eisenstück in meiner Hosentasche. Es war das Gleiche, das Nico gestern vor seiner Haustür gefunden hatte. Ich trug es seit Jahren immer bei mir, aber es war seltsam: Was mir bisher immer Sicherheit gegeben hatte, versetzte mich nun in Unruhe. Vielleicht machte ich mir zu viele Gedanken. Wenn tatsächlich jemand in unserer Nähe war, dann hieß das doch möglicherweise, dass man auf uns aufpasste. Mit diesem Gedanken schlief ich ein.

»Hey, wir müssen langsam zurück.«

Sanft strich Nico mir übers Haar, um mich zu wecken.

»Wie lange habe ich geschlafen?«, murmelte ich noch nicht ganz wach.

»Eine Stunde.« Er grinste mich an.

Es war schon dunkel, als wir Nicos Auto erreichten.

»Die anderen werden schon auf uns warten«, bemerkte Nico fröhlich, als er den Motor startete.

»Die anderen?«

»Wir gehen doch heute ins Kino«, erinnerte er mich und lachte über meinen verwirrten Gesichtsausdruck.

Ich hatte es völlig vergessen. Dabei hatten die Jungs gestern fast den ganzen Abend davon gesprochen.

Während wir fuhren, sprachen wir nicht, aber es war ein angenehmes Schweigen.

Ich sah Nico an und überlegte, wie es wäre, mit ihm zusammen zu sein. Er war treu, da war ich mir sicher, er war ehrlich und man konnte mit ihm reden. Eigentlich war er perfekt. Mit ihm könnte man glücklich werden, davon war ich überzeugt. Vielleicht hätte sogar ich mit ihm glücklich werden können, wäre da nicht diese Vergangenheit gewesen, die sich einfach nicht vertreiben ließ, die immer wieder auftauchte und die mich auch nach sechs Jahren noch so sehr gefangen nahm, dass alles andere unwichtig wurde, sobald mich der leiseste Hauch von ihr streifte.

Hätte ich überhaupt eine glückliche Beziehung mit einem normalen Mann führen können? Ich seufzte, denn ich kam mir in diesem Moment sehr vermurkst vor und ein Teil in mir wünschte sich, es wäre anders.

Mein Blick fiel auf Nicos leeres Handgelenk. Er bemerkte es. Mit raschem Griff zog er das Armband aus der Hosentasche und hielt es mir entgegen. Er bot mir an, dass ich es gerne haben könne, wenn ich so fasziniert davon wäre. Ich schüttelte schnell den Kopf und meine Hand umschloss das Eisenstück in meiner Tasche noch fester.

Da der Männeranteil unserer Gruppe mit Solo, Kilian, Nico, Tobi und Flo, einem Freund von Kilian, der sich uns hin und wieder anschloss, eindeutig überwog, Chicki prinzipiell alles toll fand, was Tobi toll fand, und ich sowieso auf Actionfilme stand, war klar, was für einen Film wir sehen würden. Schon gestern hatten die Jungs alle bisher erschienen Rezensionen zum neuesten Agententhriller besprochen. Er sollte alles bisher Dagewesene übertreffen. Im Grunde handelte es sich also um dieselbe Ankündigung, wie bei jedem neuen Film, aber die Jungs sprangen wie jedes Mal darauf an.

Ich sah hin und wieder auch gerne mal Filme mit Handlung, aber heute war ich sehr froh über den Actionfilm mit spektakulären Explosionen, rasanten Verfolgungsjagden und wilden Schießereien. Es gelang dem Film nicht, mich zu fesseln, und ich hätte danach nicht sagen können, um was es darin ging, aber er lenkte mich ein wenig ab. Jedes Mal, wenn ich gerade in Gedanken versank, gab es einen lauten Knall, einen Schusswechsel oder ein Auto, das sich kunstvoll überschlug.

Gegen Ende des Films überlegte ich mir, wie ich es anstellen sollte, noch eine Nacht bei Nico zu verbringen.

Ich fürchtete, er könnte auf den Gedanken kommen, dass ich mich an ihn ranmachen wollte.

War es überhaupt nötig, noch eine Nacht auf ihn aufzupassen? Ich war ziemlich sicher, dass uns heute niemand beobachtet hatte. Dabei hatte ich stark damit gerechnet. Obwohl ich ständig Ausschau gehalten hatte, hatte ich nichts Verdächtiges entdecken können. War es wirklich nur ein Zufall, dass Nico den Anhänger gefunden hatte?

Irgendwer musste hier gewesen sein, aber vielleicht kannte ich ihn gar nicht und vielleicht hatte er rein zufällig das Teil vor Nicos Wohnung verloren. Denen, die ich gekannt hatte, wäre so etwas nicht passiert, aber vielleicht war ein neues Mitglied weniger vorsichtig.

In diesem Fall sandte ich ganz falsche Zeichen, wenn ich mich weiter so an Nico hängte. Wir waren Freunde, mehr nicht, und ich wusste, dass ich daran nichts ändern sollte und durfte. Ich wollte es auch gar nicht. Wir passten nicht zusammen und es wäre ihm gegenüber nicht fair gewesen, etwas mit ihm anzufangen, wenn ich nicht in ihn verliebt war. Ich wollte unsere Freundschaft nicht gefährden, dafür war er mir viel zu wichtig. Warum machte ich mir plötzlich Gedanken über ihn? Genau betrachtet war er gar nicht mein Typ.

Ich musterte ihn, während wir zur nächsten Kneipe liefen. Er sah gut aus, keine Frage, aber irgendetwas fehlte. Er war sanft, vielleicht zu sanft. Wenn ich jetzt darüber nachdachte, fiel mir auf, dass ich eigentlich gar nicht wusste, was mein Typ war. Klar, da war dieser eine gewesen, der mir ziemlich gut gefallen hatte. Um meine Schwäche für ihn drehte sich diese Geschichte, die ich so verzweifelt versuchte. Aber war er wirklich mein Typ gewesen? War es nicht einfach das Verbotene gewesen, das mich gelockt hatte?

Hatten sein unglaublich gutes Aussehen und seine unfassbar erotische Ausstrahlung nicht schon das Ihrige dazu getan, dass es so weit gekommen war? Nein, verliebt war ich nicht gewesen. Oder wollte ich es nur jetzt nicht mehr wahrhaben, weil es so vieles verändert hatte? Weil es mich gezwungen hatte, alles aufzugeben, was mir damals wichtig war? Blödsinn, es hatte nichts mit Liebe zu tun gehabt.

Ich war an den Folgen verzweifelt, aber das lag nicht daran, dass ich ihn nicht mehr sehen konnte. Ihn hatte ich geradezu überraschend schnell vergessen.

In Nico war ich jedenfalls ebenso wenig verliebt wie damals in diesen anderen Mann. Diese Überlegungen beruhigten mich. Ich entspannte mich, und beim gemütlichen Bier war ich schon beinahe wieder dieselbe wie sonst. Zudem hatte ich beschlossen, diese Nacht in meiner eigenen Wohnung zu schlafen, und zwar alleine. Der Tag hatte gezeigt, dass alles harmlos war. Meine Nerven hatten mir einen Streich gespielt. Ich überlegte, ob ich vielleicht mal Urlaub machen sollte. Zwei Wochen Karibik oder Sibirien, Hauptsache raus. Das würde mir bestimmt guttun. Gleich am Montag wollte ich nach der Arbeit in ein Reisebüro gehen und das erstbeste Reiseziel buchen, das verfügbar war. Ich hatte ohnehin noch viele Urlaubstage übrig. Ich fuhr selten weg. Warum, konnte ich nicht sagen. Es gab einfach kein Reiseziel, das mich so richtig reizte. Klar, mal ein paar Tage an den Strand oder zum Tauchen, aber nach einer Woche wurde mir meist langweilig. Vermutlich lag das daran, dass ich immer alleine verreiste. Vielleicht sollte ich mal einen gemeinsamen Urlaub in unserer Clique vorschlagen. Ob unser Chef allerdings genehmigen würde, dass Solo, Kilian und ich gleichzeitig Urlaub nahmen, war fraglich.

Ich trank noch ein Colaweizen und schloss mich wieder dem Gespräch an, welches sich nach wie vor um die tollen Filmeffekte drehte. Dabei vergaß ich sogar die Ereignisse des Tages für eine Weile. Zum ersten Mal seit Wochen fühlte ich mich beinahe unbeschwert.

Nun, die Jahre lassen uns einiges vergessen, zum Beispiel, dass es manche Menschen lieben, in der Nacht in Aktion zu treten. Sie schlagen immer dann zu, wenn man sich in Sicherheit wiegt. Daran wurde ich einige Stunden später erinnert.

3.

Wir liefen alle gemeinsam durch die engen Gassen der kleinen Stadt und es war ganz klischeehaft kurz nach Mitternacht, als die Geister der Vergangenheit auftauchten.

Ich war nicht die Erste, die sie sah. Tobi war es, dessen Augen sich plötzlich verengten, als er Schatten am Ende der Gasse bemerkte.
»Was ist da?« Kilian war seinem Blick gefolgt.
Als ich die schwarzen Schatten sah, drehte ich mich instinktiv um. Auch hinter uns waren dunkle Gestalten aufgetaucht. Sie schnitten uns die Möglichkeit zur Flucht ab.
»Scheiße«, entfuhr es mir. Sofort hatte ich die Aufmerksamkeit der anderen.
»Wer ist das?« Solo sah mich fragend an.
»Ich weiß es nicht«, sagte ich und das stimmte sogar, zumindest teilweise. Ich wusste nicht genau, wer es war, aber ich wusste, zu wem sie gehörten.
Instinktiv war mir klar, dass diese Typen eine Bedrohung waren. Als ich damals gegangen war, waren die meisten sehr wütend auf mich gewesen. Viele hatten die Meinung vertreten, ich sei eine Verräterin.

Die Gestalten kamen näher. Noch immer konnte ich nicht erkennen, wer genau da auf uns zukam. Ich stellte mich näher an Nico, denn es bestand ja die Möglichkeit, dass sie seinetwegen hier waren. Zielstrebig kamen sie auf uns zu, und als sich ihre Gesichter aus den Schatten lösten, bemerkte ich, dass sie tatsächlich nur Nico und mich anschauten, vielleicht auch nur Nico. Ich kannte keinen von ihnen, das war schlecht – und dann sah ich etwas aufblitzen. Ein Messer. Ich war sicher. Meine Hand hatte sich längst um den Griff des Messers geschlossen, das ich schon den ganzen Tag gut versteckt am Gürtel bei mir trug. Jetzt zog ich es vorsichtig heraus. Ich hielt es noch verborgen, um nicht offen zu zeigen, dass ich bewaffnet war, aber ich war bereit.

»Geht hinter mich«, sagte ich, was ein ziemlich sinnloser Befehl war, da die Angreifer von zwei Seiten kamen.

Auf jeder Seite waren es drei und ich wusste, sie waren alle bewaffnet. Ich würde mit meinem Messer nicht weit kommen, auch wenn ich gut damit umgehen konnte; aber falls unsere Gegner, wie ich vermutete, denselben Lehrer wie ich gehabt hatten, würde ich meine Freunde nicht lange verteidigen können. Kilian wollte etwas sagen, doch ich zischte ihm zu, still zu sein.

Chicki begann zu schluchzen und drückte sich ängstlich an Tobi. Einen Moment lang tat sie mir leid. Nachts auf der Straße von sechs Männern mit Messern eingekreist zu werden, ist Furcht einflößend.

»Sie werden dir nichts tun«, sagte ich daher möglichst ruhig zu ihr und schob die beiden noch etwas näher zu den anderen.

Mein Blick ging von einer Gruppe zur anderen. Die Männer hatten uns fast erreicht und mir war klar, wenn ich nichts tat, würden sie uns jeden Moment angreifen. Ich wusste nicht warum und ich wusste noch immer nicht, um wen es ihnen ging – um Nico oder um mich. Das Einzige, was ich mit Sicherheit hätte sagen können, war, dass sie uns nicht freundlich gesonnen waren. Ich versuchte mich zu konzentrieren. Wenn mir nichts einfiel, saßen wir in der Falle.

»Wo ist Jad?« Meine Stimme war fest und sie erreichte ihr Ziel. Die Männer blieben stehen und sahen mich an.

Sie verzogen keine Miene, doch ich war sicher, dass ich sie überrascht hatte. Wussten sie nicht, wen sie da angreifen wollten? War ich so komplett aus der Geschichte der Gruppe getilgt worden, dass man den Neuen nicht einmal gesagt hatte, dass sie einer Ehemaligen gegenüberstehen würden? Jetzt war nicht die Zeit, darüber enttäuscht zu sein.

»Was wollt ihr hier?«, fragte ich und meine Stimme war vielleicht ein wenig zu laut dabei.

Ich bekam, wie zu erwarten war, keine Antwort.

Dann hob ich mein Messer, so dass sie es sehen konnten. Diesmal zeigte sich Überraschung auf ihren Gesichtern, nicht weil sie sich fragten, wer ich war, sondern weil ich sie bedrohte. Eine einzelne Frau, die sich mit einem Messer vor ihre Freunde stellte. Ich war erstaunt, dass sie mich nicht auslachten. Mein Herz klopfte wild. Meine Beine zitterten. Ich würde nicht die geringste Chance gegen sie haben. Trotzdem stand ich wie eine Wölfin vor meinen Freunden.

Bevor unsere Angreifer reagierten stürzte ich mich auf den Größten von ihnen und hörte, wie meine Freunde erschrocken meinen Namen riefen. Ich weiß nicht, warum ich die Männer angriff. Ich dachte nicht nach, ich tat es einfach. Vielleicht war es der Mut der Verzweiflung, der mich dazu trieb, oder die pure Dummheit. Ein Mann griff nach mir und ich erwischte seine Hand mit meinem Messer. Er zuckte zurück und ich sah Blut. Als ich erneut nach ihm stach, wich er aus. Ich trat dem Großen zwischen die Beine und er schrie auf, dann packte jemand meinen Messerarm und der kurze Kampf war vorbei. Ein zweiter Mann drehte auch meinen anderen Arm auf den Rücken und sie zogen mir die Beine weg.

Ich schlug hart auf dem Boden auf. Ein Fuß auf meinem Rücken hielt mich am Boden und ich hörte Chicki erneut schluchzen. Ich wehrte mich, obwohl ich wusste, dass ich nicht loskommen würde.

»Ich bringe euch um. Ich weiß, wer ihr seid. Ich werde euch fertigmachen. Ihr Schweine.«

Keine besonders geistreichen Drohungen und bar jeglicher Umsetzbarkeit, aber wer kann in einem solchen Moment schon klar denken?

Einer der Männer beugte sich zu mir herunter: »Wer bist du?«

Er hatte eine tiefe, raue Stimme, die weder wütend noch unangenehm klang.

»Ich bin Tess«, zischte ich, als müsste das als Erklärung genug sein.

Er sah mich fassungslos an. Also war mein Name doch noch bekannt.

»Tess?« Er musterte mich, als wollte er herausfinden, ob das stimmte. Da er mich aber noch nie gesehen hatte, war das unmöglich.

Ich überlegte. Wenn sie überrascht waren, mir hier zu begegnen, ging es womöglich wirklich nicht um mich, sondern um Nico. Es war mir aber völlig unbegreiflich, warum.

»Was ist mit ihm?«, hörte ich eine andere Stimme sagen und ich drehte meinen Kopf, soweit es mir möglich war. Zwei der Männer hielten Nico fest. Eine Klinge glänzte unter seiner Kehle. Wieder begann ich mich wie eine Irre zu wehren und zu schreien, bis der Mann, der mit mir gesprochen hatte, mich unsanft an den Haaren packte: »Sei endlich still!«

Drohend hob er sein Messer vor meine Nase. Dann rief er nach Jad. Er war also hier. Hoffnung explodierte in meinem Magen. Jetzt würde sich alles aufklären. Ich folgte seinem Blick und sah, dass sich zwei weitere Schatten aus dem Dunkel schälten. Sie kamen auf uns zu – und dann erkannte ich Jad.

Sein Gesicht war mir noch immer so vertraut, als hätte ich ihn gestern erst gesehen. Seine früher leicht verwuschelten dunklen Haare waren jetzt kürzer und hatten, ebenso wie der gepflegte Dreitagebart, einige graue Stellen bekommen. Er trug Jeans und ein schwarzes T-Shirt mit irgendeinem weißen Aufdruck. Sein Gang war lässig und drückte gleichzeitig ein starkes Selbstbewusstsein aus. Niemand hätte es gewagt, ihn infrage zu stellen oder für schwach zu halten.

Ich fühlte mich plötzlich erleichtert, denn er wirkte nicht wütend, nicht fremd. An seinem Blick konnte ich jedoch noch keine Emotionen ablesen.

Es schoss mir durch den Kopf, dass die ganze Sache eine Inszenierung war. Jad war ein wenig exzentrisch. Er liebte große Auftritte. War alles nur eine aufwendige Art, mich zu begrüßen? So seltsam es klingen mag, es wäre nicht völlig abwegig gewesen. Mehr als einmal war seine Selbstinszenierung für meinen Geschmack etwas übertrieben gewesen.

Einige Schritte hinter ihm lief Stapa. Das war nicht überraschend. Stapa war wie Jads Schatten. Er überragte Jad um eine Kopflänge, dabei war Jad fast 1.90 Meter groß. Stapa war aber nicht nur groß, sondern auch breit. Pure Muskeln, die ihm ein imposantes Aussehen verliehen. Hinzu kam sein hartes, kantiges Gesicht, das mit den kühlen grauen Augen an sich schon Schrecken verbreiten konnte. Die kurz rasierten Haare und die große Narbe über dem Auge trugen nicht dazu bei, dass er vertrauenswürdig wirkte. Ein Blick von ihm, und den meisten Menschen lief es eiskalt über den Rücken. Er sah aus, als könne er Knochen mit einer Hand brechen und als hätte er keine Skrupel, es auch zu tun. Dennoch mochte ich ihn auf eine gewisse Art. Ich hatte – eher unfreiwillig – früher viel Zeit mit ihm verbracht. Man hätte allerdings nicht sagen können, dass ich ihn dabei wirklich kennengelernt hatte. Er sprach nicht viel und lächelte fast nie. Er tat einfach das, was Jad von ihm verlangte. Stapa wich Jad selten von der Seite und war dafür bekannt, ein guter Befehlsausführer zu sein. Was seine geistigen Fähigkeiten betraf, so war er für diese nicht gerade berühmt. Man hätte ihn fast als Jads persönliche Leibwache bezeichnen können und zeitweise war er eben auch meine gewesen. Nicht, dass ich einen Aufpasser nötig gehabt hätte.

Im Gegensatz zu jedem anderen hatte mich bei seinem Anblick immer ein Gefühl von Ruhe und Sicherheit überkommen. Damals hatten wir aber auch auf derselben Seite gestanden.

Jetzt, in dieser dunklen Gasse, musste ich jedoch zugeben, dass ich die weit aufgerissenen Augen meiner Freunde nachvollziehen konnte, als sie ihn erblickten. Die riesige, dunkel gekleidete Gestalt und der eiskalte Blick. Selbst mir wurde ein wenig mulmig. Stapa wollte ich nicht zum Feind haben.

»Tess, es freut mich, dich wiederzusehen.« Jad gab sich überrascht.

Eine der breiten Brauen über den großen braunen Augen hatte er verwundert angehoben und sein Blick schien zu fragen, was ich hier machte.

Was verdammt war hier los?

»Lasst mich los«, sagte ich, ohne seine Begrüßung zu erwidern.

Nachdem Jad meinem Befehl mit einem Nicken zugestimmt hatte, wurde ich auf die Beine gezogen und losgelassen. Ich entriss einem der Männer mein Messer und steckte es ein. Was auch passierte, es würde mir sowieso nichts nützen, aber ich hing daran.

Jads Mund verzog sich zu einem breiten Lächeln. Dabei entblößte er eine gerade Reihe großer, weißer Zähne. Mit seiner gewohnten Ruhe kam er zu mir und umarmte mich. Erst jetzt bemerkte ich, wie sehr ich zitterte. Jad hielt mich fest und ich roch das vertraute Aftershave. Ich sog es ein und krallte mich an ihm fest. Einen Moment lang war alles andere vergessen. Am liebsten hätte ich die Zeit angehalten oder besser noch zurückgedreht.

Obwohl Jad mehr als fünfzehn Jahre älter war als ich, fand ich immer, dass er ein attraktiver Mann war. Ich hatte niemals andere Gefühle als Freundschaft für ihn, dennoch konnte ich verstehen, dass ihm die Frauen reihenweise zu Füßen lagen. Sein selbstbewusstes Auftreten und das freche Lächeln sorgten dafür, dass man sich in seiner Gegenwart sicher fühlte. Zumindest ging es mir so.

Jads Blick war fest und strahlte eine Stärke aus, die zu sagen schien: »Wenn ich dich beschütze, kann dir nichts geschehen.«

Einen Teil dieser Stärke bezog er sicherlich aus dem Rückhalt der Gruppe. Er war der unangefochtene Chef. Er traf die Entscheidungen. Niemand hätte seine Autorität angezweifelt, auch wenn er sich immer die Meinung der anderen anhörte und zu jeder Diskussion bereit war. Ich hatte allerdings auch beobachtet, dass seine Kompromissbereitschaft Grenzen hatte. In der Regel gelang es ihm, jeden Zweifler mit Argumenten zu überzeugen. War dies nicht möglich, forderte er Unterordnung. Das Lächeln, das er in den seltenen Fällen zeigte, wenn jemand hartnäckig war, hat nichts Warmes mehr an sich. Ich erinnerte mich, dass mir einmal tatsächlich eine Gänsehaut über den Rücken gelaufen und ich froh gewesen war, dass dieser Blick nicht mir gegolten hatte.

Als ich mich widerwillig aus der Umarmung löste, fiel mein Blick auf den Anhänger, der an einem Lederband um seinen Hals baumelte. Es war der gleiche Anhänger, den Nico vor zwei Tagen vor seiner Haustür gefunden hatte.

Das erinnerte ich mich an Nico. Als ich mich nach ihm umdrehte, sah ich, dass er noch immer das Messer an der Kehle hatte.

»Lasst ihn los!«, befahl ich den Männern, während ich mich von Jad löste und ihnen selbstbewusst entgegentrat.

Sie zögerten und sahen zu ihrem Anführer. Auch ich sah Jad an, damit er meinen Befehl bestätigte, doch sein Blick war ernst.

»Was soll das? Lasst ihn los, er hat nichts getan.«

»Es geht nicht.« Jad seufzte, sah mir tief in die Augen und Plötzlich verstand ich, was sie vorhatten.

»Nein.«

Ich taumelte einen Schritt zurück und Jad streckte den Arm aus, um mich aufzufangen, falls ich fallen würde.

»Das ist unmöglich. Nico ist ..., ich kenne ihn, das ist ein Irrtum.« Ich fand kaum Worte.

Ich hatte das Gefühl, den Verstand zu verlieren. Jad hatte mir gerade zu verstehen gegeben, dass sie Nico unschädlich machen wollten. Die Höchststrafe also. Das Mittel, welches nur bei skrupellosen Mördern und Vergewaltigern eingesetzt wurde, und selbst dann nur, wenn es keine andere Möglichkeit gab. Ich wusste, dass Nico nichts getan haben konnte, was diesen Schritt rechtfertigen würde. Nico war sicher kein Verbrecher. Ich kannte ihn. Er konnte niemandem etwas zu Leide tun, der liebe, nette, schüchterne Nico. Ich vertraute ihm blind. Zudem sagten mir seine weit aufgerissenen Augen, dass er nicht im Geringsten begriff, was los war.

Jad seufzte: »Lass uns kurz reden.«

Es war kein Angebot, sondern ein Befehl.

»Ich lasse ihn nicht hier zurück.«

Mein Blick ruhte auf Nico. Jad schien einen Moment zu überlegen, dann nickte er langsam. Er gab Stapa zu verstehen, dass er uns mit Nico folgen sollte. Ich wandte mich an meine anderen Freunde. Sie wagten nicht, sich zu bewegen.

Ich sagte ihnen, sie sollten gehen, doch sie waren wie erstarrt. Ich wiederholte es noch einmal, diesmal in schärferem Tonfall. Endlich kamen sie meiner Anweisung nach, was mich zumindest ein wenig beruhigte. Jads Männer hielten sie nicht zurück. Das bedeutete, sie waren sicher. Niemand würde ihnen folgen. Wahrscheinlich würden sie, sobald sie weit genug weg waren, die Polizei rufen, um mir und Nico zu helfen. Ich wusste aber, bis diese eintreffen würde, wäre keine Spur mehr von dem vorzufinden, was hier geschehen war.

Jad zeigte mit dem Kopf auf eine noch engere Seitenstraße und ich folgte ihm. Stapa hatte Nicos Arme auf den Rücken gedreht und hielt sie mit nur einer seiner riesigen Hände fest. Ich hörte ihre Schritte hinter mir. Nico war so erschrocken, dass er einfach tat, was verlangt wurde.

Als wir ein Stück weit in die schmale Straße gegangen waren, blieb Jad stehen und wandte sich mir zu. Die anderen konnten uns hier weder sehen noch hören. Jad musterte mich langsam von oben bis unten und zeigte dann das freundliche, offene Lächeln, das mir immer so viel Vertrauen eingeflößt und das ich in den letzten Jahren so sehr vermisst hatte. Ich konnte es nicht glauben. Jad stand wirklich vor mir. Mein bester Freund, von dem ich geglaubt hatte, ich würde ihn nie wiedersehen. Der Mann, der mir eine völlig neue Welt eröffnet hatte, dessen Freundschaft mir so viel bedeutet hatte, strahlte mich so offen an, als seien gerade einmal ein paar Wochen vergangen, seit ich ihn und die Gruppe verlassen hatte. Nachdem ich mir so lange jeden Gedanken an ihn und die anderen verboten hatte, waren sie nun hier. Meine Knie wurden wieder weich und ich musste tief durchatmen. Jad nahm mich in den Arm. So verharrten wir eine Weile, bis mir bewusst wurde, dass auch Stapa und Nico noch da waren und dass ich Nico hier herausholen musste.

»Was soll er getan haben?«, fragte ich und wusste, dass es den Moment zerstören würde.

Mit einem Seufzer ließ Jad mich los.

»Das kann ich dir nicht sagen, das weißt du.«

»Ich bin sicher, dass es ein Missverständnis ist.«

Jad sagte nichts, doch sein Blick verriet, dass ich weitersprechen musste.

»Ich lasse nicht zu, dass ihr ihm etwas tut«, sagte ich fest.

Ich ging auf Nico zu und stellte mich demonstrativ vor ihn. Eine symbolische Geste, denn gegenüber diesen beiden riesigen Männern musste es geradezu lächerlich aussehen.

Stapa ließ Nico los. Er wusste, dass wir keine Chance hatten zu entkommen, wenn er es nicht wollte. Trotz seiner Größe war er erstaunlich schnell, außerdem lugte seine Pistole drohend unter dem Hemd hervor.

»Du weißt, dass ich ihn nicht einfach gehen lassen kann«, erklärte Jad ruhig, aber bestimmt.

Ich musste schlucken. Ich wusste, dass ich mich auf dünnem Eis bewegte. Ich verlangte von Jad, sich zwischen mir und seinem Auftrag zu entscheiden, und wer war ich schon? Ich war vor Jahren weggegangen, hatte alle Verbindungen abgebrochen und verkroch mich hier in diesem abgelegenen Nest. Wie konnte ich erwarten, dass er mir einen solchen Gefallen tat? Dennoch forderte ich es, musste es fordern, denn ich wusste nicht, was sonst aus Nico werden würde.

»Dann musst du mich zuerst umbringen.« Meine Stimme zitterte.

Die Stille, die sich nun ausbreitete, war unerträglich. Wir schauten uns an und ich hätte am liebsten weggesehen, doch ich musste seinem Blick standhalten. Jads Blick war ernst. Es lag etwas darin, das mich frösteln ließ, und klarer als je zuvor wurde mir bewusst, dass ich kein Teil seiner Gruppe mehr war.

»Lass mich seine Unschuld beweisen.« Ich sah ihn flehend an, dann seufzte er: »Ihr habt zehn Minuten.«

Ich sah zu Stapa, um mich zu versichern, dass auch er uns gehen lassen würde.

Er grinste mich breit an: »Ihr habt mich überlistet.«

Sein Grinsen sah furchteinflößender aus als die wütende Miene eines wilden Tieres. Nico schnappte nach Luft.

»Bist du sicher, dass du das tun willst? Überleg es dir gut. Wenn wir euch erwischen, dann kann ich dich nicht mehr in Schutz nehmen.« Jad erklärte nicht, was er damit meinte.

Es war auch nicht nötig, ich wusste, dass ich von jetzt an in derselben Gefahr schwebte wie Nico. Jad hatte früher schon klargestellt, dass jeder, der sich gegen die Gruppe stellte, ein Feind war.

Jads Augen nahmen einen unheimlichen Glanz an, als er verstand, dass ich mich entschieden hatte. Er drehte sich ohne ein weiteres Wort um und ging langsam die Straße entlang. Stapa folgte ihm.

»Ich hätte jetzt Lust auf Chickenwings«, brummte er.

Das alles ließ diesen Mann kalt. Ein Schauer überlief mich. Wenn Jad von ihm verlangt hätte, er solle uns erschießen, hätte er das vermutlich mit derselben Gleichgültigkeit getan.

Jetzt war er aber ebenso damit zufrieden, uns gehen zu lassen. Eben immer ganz, wie Jad es befahl. Ich musste an einen Hund denken, wobei Stapa eher einem dreiköpfigen Höllenhund glich als einem gewöhnlichen Wachhund.

Ich schüttelte den Kopf, um diese Gedanken zu verscheuchen. Wir durften keine Zeit verlieren. Ich nahm Nico am Arm und zerrte den völlig verwirrten Kerl hinter mir her. Wir rannten die Gasse entlang, bogen um eine Ecke, und da sah ich sie. Vor uns tauchte eine Reihe teurer Sportwagen am Straßenrand auf. Alle nagelneu. Ich musste lächeln, als ich sah, wie Nicos Augen sich bei dem Anblick weiteten, und das trotz der verwirrenden Situation, in der er sich befand.

Ich wusste sofort, dass diese Autos uns in wenigen Minuten hinterherjagen würden. Ich riss mein Messer aus dem Gürtel und stach es in einen Reifen des hinteren Wagens. Ich musste fest zustechen, um das Gummi zu durchdringen. Als ich die Klinge herauszog, entwich die Luft zischend. Nico starrte mich an, als ich ihm das Messer in die Hand drückte und befahl, er solle es mit den anderen Autos ebenso machen. Es waren insgesamt vier, wobei ich das erste, einen dunkelgelben Mustang, als Fluchtwagen auserkoren hatte. Blieben also zwei Autos für Nico, der mich verständnislos anstarrte. Erst als ich ihn anschrie, er solle sich beeilen, führte er den Auftrag aus.

Ich wandte mich dem Mustang zu. Das Öffnen der Tür bereitete mir keine Schwierigkeiten, nur mit dem Kurzschließen hatte ich schon immer Probleme gehabt, und es schien ewig zu dauern, bis der Motor endlich ein tiefes Röhren von sich gab.

»Steig ein!«, schrie ich Nico zu, denn ich wusste, wir hielten uns schon viel zu lang hier auf.

Jede Sekunde konnten unsere Verfolger um die Ecke kommen. Wer wusste, wie lange Jad sie hinhalten konnte?

Im nächsten Moment sausten wir durch die Stadt und auf die nächste Autobahn. Ich zitterte, doch ich bemühte mich, es mir nicht anmerken zu lassen. Die Musik ließ mich vermuten, dass wir Jads Auto gestohlen hatten. Jazz dröhnte aus den Lautsprechern.

Die Sache mit den Reifen hatte uns womöglich einen kleinen Vorsprung verschafft. Ich hoffte, dass wir weit genug kommen würden, um einige Haken schlagen und unsere Spur verwischen zu können. Dazu fuhr ich die nächste Ausfahrt raus. Da es Nacht war, waren kaum Autos auf der Landstraße und ich konnte Gas geben. Die Landschaft sauste an uns vorbei, doch davon nahm ich nichts wahr. Ich wollte einfach so weit wie möglich weg.

Nico saß mit weit aufgerissenen Augen neben mir und brachte kein Wort heraus. Ein paar Mal setzte er zwar an, etwas zu sagen, brach aber immer schon vor der ersten Silbe ab.

»Wir müssen das Auto bald wechseln«, sagte ich nach einer Weile so ruhig, wie es mir möglich war.
Ein gelber Mustang war auffällig und sie würden ihn schnell finden. Natürlich war mir klar, dass ein anderes Auto ebenfalls keine ideale Lösung war. Wir würden eins stehlen müssen. Sobald der Besitzer das bemerkte, würde er natürlich Anzeige erstatten. Spätestens dann wüssten auch unsere Verfolger davon, denn sie hatten gute Kontakte zur Polizei. Ich fluchte über die unfassbar gute Organisation der Gruppe. Früher war ich begeistert gewesen, dass ihnen nie jemand entkam, jetzt fürchtete ich mich davor.

»Was ist hier los?« Nicos Stimme klang, als wüsste er gar nicht, was er sagte, und ich antwortete nicht.
Er wandte sich mir zu und schrie mich an: »Was ist hier los?«
Da ich ebenfalls sehr angespannt war, gelang es mir nicht, ruhig zu bleiben.
»Sag du es mir, verdammt. Ich bin nicht diejenige, die sie umbringen wollen«, schrie ich zurück und warf ihm einen wütenden Blick zu.
Er starrte mich an und wurde bleich. Offensichtlich war ihm dieser Aspekt entgangen.
»Mich ... umbringen ... Warum?« Er stotterte jetzt.
»Sag du es mir. Was hast du gemacht?« Ich bemühte

mich ruhig zu sprechen, aber meine Stimme klang noch immer zu hart.

»Nichts. Ich habe nichts gemacht.« Er klang verzweifelt und mein harter Ton tat mir leid.

Ich legte eine Hand auf seine Schulter und versuchte ein Lächeln. Ich kannte ihn doch und wusste, dass er nichts getan haben konnte, was es rechtfertigte, ihn zu töten. So drastische Maßnahmen wurden nur angewandt, wenn es keine andere Möglichkeit gab, den Täter unschädlich zu machen. Ich selbst hatte es nie erlebt, dass eine solche »Strafe« ausgeführt wurde. Wo war Nico da nur hineingeraten? Konnte es eine Verwechslung sein? Jads Leute würden niemals leichtfertig jemanden umbringen. Reagierte ich womöglich über? War Nicos Leben gar nicht in Gefahr? Selbst wenn sie ihn nicht töten wollten, so dachten sie doch, er hätte etwas Schlimmes getan. Sie würden ihn also auf irgendeine Art bestrafen, und da sie sich nicht um Taschendiebe kümmerten, musste die Sache und somit auch die Strafe einige Nummern größer sein.

Wir schwiegen wieder. Ich nahm eine Autobahnauffahrt, ohne zu wissen, wohin sie führte, aber das war auch völlig egal. Ich versuchte verzweifelt, einen Anhaltspunkt dafür zu finden, was los war. Wie konnte ich Nicos Unschuld beweisen, wo ich doch nicht einmal wusste, was er getan haben sollte? Zudem war sich Nico keiner Schuld bewusst, dessen war ich mir mittlerweile absolut sicher.

»Wohin fahren wir?« Nicos Blick ging besorgt zum Tacho, der sich bei 270 km/h eingependelt hatte. Ich zuckte die Schultern.

»Werden sie uns wirklich ...« Er stockte.

Ich zögerte.

»Möglich«, brachte ich schließlich heraus.

Es hatte keinen Sinn, es zu leugnen. Ich wollte ihn nicht belügen. Er sagte nichts darauf, doch er griff nach seinen Zigaretten. Unsicher sah er mich an. Erst als ich nickte, holte er mit zitternden Fingern eine aus dem Päckchen, zündete sie an und nahm einen tiefen Zug.

Wieder schwiegen wir und ich versuchte, einen klaren Gedanken zu fassen, doch es fiel mir schwer. Wir wurden verfolgt von Jad, der doch mein Freund war, mein bester Freund, dem ich vertraute, und einigen Männern, die er ausgebildet hatte. Auch ich hatte von ihm gelernt, wie ich fliehen konnte. Aber würde ich ihm entkommen können? Würde er nicht jeden Schritt voraussehen? Natürlich mussten wir es versuchen. Mir war jedoch klar, dass es nur eine Frage der Zeit sein würde, bis sie uns fanden. Mir musste also möglichst schnell etwas einfallen.

»Wer sind sie?«, fragte Nico unvermittelt und holte mich aus meinen Gedanken.

»So was wie ... Ordner, sie nehmen das Recht in ihre Hand.« Ich war definitiv nicht in der Stimmung für lange Erklärungen, auch wenn Nico sie verdient hatte.

»Ich habe nichts getan.« Er klang fast trotzig.

»Da scheinen sie anderer Meinung zu sein.«

»Was hast du mit denen zu tun?«

Diese Frage war unausweichlich gewesen, doch auch das wollte ich ihm jetzt nicht erklären.

»Ich habe mal zu ihnen gehört«, sagte ich daher knapp.

»Hast du ...?«

»Nein. Das tun sie für gewöhnlich nicht. Nur in besonders schwerwiegenden Fällen.«

Er atmete tief ein. Ich unterbrach ihn mit einer Geste. Er wollte weitere Fragen stellen, doch er traute sich nicht. Mich verwirrte das Ganze selbst. Ich wusste ja auch nicht, was hier vor sich ging. Was sollte Nico getan haben, das einen solchen Schritt rechtfertigte? So eine Reaktion sah ihnen nicht ähnlich.

Plötzlich erkannte ich, dass ich ganz auf mich allein gestellt war. Ich war eine Fremde für Nico, denn er erfuhr gerade, dass ich nicht die harmlose junge Frau war, für die er mich immer gehalten hatte, und ich war eine Fremde für die Gruppe. Ich fühlte mich einsam und sehnte mich nach der Zeit, als ich noch dazugehört hatte.

Unwillkürlich stiegen die Erinnerungen daran, wie alles angefangen hatte, in mir auf.

Ich war im zweiten Semester und ging mit ein paar Kommilitonen in einen Club. Die Freundin, die mich dazu eingeladen hatte, sagte kurzfristig ab, und so war ich mit Leuten unterwegs, die ich alle eher flüchtig kannte.

Ich ging an die Bar. Kaum hatte ich dem Barmann meine Bestellung zugerufen, wurde ich von einem schmierigen Mittvierziger angegraben. Er war dick und schwitzte stark, was seinem Selbstbewusstsein aber keinen Abbruch tat. Sein Hemd war viel zu weit aufgeknöpft und zeigte neben einer schweren Goldkette eine beeindruckende, schweißig glänzende Brustbehaarung. Seine Hände waren voller protziger Ringe und sein Verhalten ließ vermuten, dass er gewohnt war zu bekommen, was er wollte. Er akzeptierte es nicht, als ich ihm höflich erklärte, dass ich kein Interesse an ihm hätte. Stattdessen kam er immer näher und hauchte: »Komm schon Süße, es wird sich für dich auch lohnen.«

Eine Gänsehaut bildete sich auf meinem ganzen Körper. Da mir spontan nichts Besseres einfiel, behauptete ich, dass mein Bruder ebenfalls im Club sei und ich mich gezwungen sähe, diesen um Hilfe zu bitten, wenn ich nicht endlich in Ruhe gelassen würde. Der Typ lachte nur und meinte, ich solle meinen Bruder ruhig holen. Dabei fasste er mir ungeniert an den Hintern, woraufhin ich ihm natürlich eine Ohrfeige verpasste. Er schnappte nach meinem Handgelenk, da fiel mein Blick auf einen Mann, der gerade in unsere Nähe kam.

»Steffen, kannst du mir grad mal helfen, Brüderchen?«, sprach ich ihn an und wies mit einem Nicken auf den widerlichen Kerl, der meinen Arm noch immer festhielt.

Der Angesprochene reagierte sofort: »Nimm sofort deine dreckigen Pfoten von meiner Schwester.«

Er fasste den Typen mit beiden Händen am Kragen und drängte ihn brutal gegen die Bar. Seine Augen funkelten so wütend, als würde er wirklich seine kleine Schwester beschützen. Ich begann gerade mir Sorgen zu machen, dass das Ganze in einer handfesten Prügelei enden könnte, doch da gab der Grabscher klein bei. Mein Retter versetzte ihm noch einen heftigen Stoß und der Typ verschwand im Getümmel.

»Alles in Ordnung?«, wandte sich mein falscher Bruder nun mir zu.

»Ja, danke.«

Mit einem freundlichen Lächeln lud er mich ein, den Schreck mit einem Drink hinunterzuspülen und ich nahm sehr gerne an.

»So Steffen, wie heißt du denn nun wirklich?«, fragte ich, als er mir ein Glas Whisky-Cola reichte.

»Jad. Und wie ist der Name meiner kleinen Schwester?«

Schon bei der ersten Begegnung fand ich Jads Lächeln unwiderstehlich, jedoch nicht in einer romantischen oder gar erotischen Hinsicht. Ich musste einfach mitlächeln. Es strahlte Offenheit aus und hatte dabei etwas von einem frechen kleinen Jungen, so dass es völlig unmöglich war, ihn nicht sympathisch zu finden. Doch auch sein Selbstbewusstsein war nicht zu bezweifeln. Ich hatte bei der Rettungsaktion aber noch etwas bemerkt, daher fügte ich der Antwort auf seine Frage hinzu: »Und was hast du dem Typ eben abgenommen?«

Seine großen braunen Augen weiteten sich erstaunt: »Das hast du gesehen?« Er nickte anerkennend.

Ich wartete, doch er schien nichts weiter sagen zu wollen. Also schwieg auch ich, bis er schließlich seufzte: »Das ist eine längere Geschichte. Glaub mir, der Typ ist kein besonders netter Zeitgenosse und ich richte keinen Schaden an.«

Ich überlegte kurz, ob ich nachhaken sollte, ließ es dann aber bleiben. Immerhin hatte ich gerade selbst erlebt, was für ein unangenehmer Bursche der Kerl war.

Wir unterhielten uns noch eine Weile, dann lud Jad mich zu einer Party in seiner Villa ein.

Natürlich zögerte ich, woraufhin er mir versicherte, dass ich mir keine Sorgen zu machen bräuchte und er mir jederzeit ein Taxi rufen werde, wenn ich heim wolle.

Natürlich wären meine Freunde auch alle eingeladen, und so weiter.

Da ich mit den Leuten, mit denen ich gekommen war, nicht viel zu tun hatte, ging ich schließlich alleine mit. Ja, es war leichtsinnig und ziemlich dumm von mir, aber ich hatte Glück.

Jad machte am selben Abend noch Annäherungsversuche, aber im Gegensatz zu denen des Typen in der Bar, waren die seinen charmant. Dennoch lehnte ich ab, erklärte, dass ich ihn zwar sehr sympathisch fände, aber nicht beabsichtige, mit ihm ins Bett zu steigen. Für einen Augenblick schien Jad verwirrt zu sein. Er bekam wohl nur selten einen Korb. Seine Augen verdüsterten sich, doch er hatte sich sofort wieder im Griff und lachte unbefangen: »Oh nein, und ich habe den ganzen Abend an dich verschwendet.«

Wie sich später erwies, war diese Abfuhr das Beste, was ich hatte tun können. Hätte ich Jads Werben nachgegeben, wäre ich für ihn sicher nicht mehr als eine weitere Affäre gewesen und er hätte mich nach ein paar Tagen wieder vergessen. Zumindest hatte ich genau das später unzählige Male bei anderen Frauen beobachtet. Nach und nach hatte ich Gelegenheit, auch die anderen Männer der Gruppe kennenzulernen. Ich war immer öfter in der Villa zu Gast und stellte mich wohl recht geschickt dabei an, mir den Respekt der Gruppe zu verdienen. Es dauerte nicht lange, da erfuhr ich, was die Gruppe tat. Natürlich war mir bewusst, dass es sich dabei um Selbstjustiz handelte und dass einiges davon, nicht mit den geltenden Gesetzen vereinbar war. Dennoch schloss ich mich der Gruppe an, da es immer darum ging, Gerechtigkeit zu schaffen. Ich habe diese Entscheidung nie bereut, auch wenn es Momente gab, in denen ich zweifelte, ob wir uns nicht zu viele Rechte anmaßten. Jad gelang es aber immer wieder, mich von der Richtigkeit unseres Handelns zu überzeugen. Er war ein strenger Anführer. Er verlangte absoluten Gehorsam von uns, was mir aber nur logisch erschien, denn immerhin mussten wir uns aufeinander verlassen können, und dazu war es unerlässlich, dass jeder seinen Part erfüllte.

4.

Ich fuhr die nächste Ausfahrt ab. Es war ein Rasthof mit einem billigen Motel und es standen viele Autos herum.

Wir mussten das Auto wechseln, denn ich war sicher, dass sie uns in diesem bald finden würden.

Ich erklärte Nico in kurzen Sätzen, was ich vorhatte. Er sah mich starr an, als ihm klar wurde, dass wir ein weiteres Auto stehlen mussten. Er sagte nichts, doch ich spürte, dass ihn die Situation völlig überforderte. Außerdem hatte er Angst. Leider war ich nicht in der Lage, ihm diese Angst zu nehmen. Mein einziger Gedanke bestand darin, ihn am Leben zu halten, und daher konnte ich momentan keine Rücksicht auf seine Gefühle nehmen.

Wir nahmen einen Kleinwagen, denn es war nicht mehr wichtig, schnell voranzukommen. Fürs Erste hatten wir sie abgehängt. Nun war es egal, mit welchem Auto wir weiterfuhren. Dieses war gut, weil ich den Besitzer und seinen Beifahrer beim Aussteigen gesehen hatte.

Sie waren gerade in die Raststätte gegangen und würden vermutlich eine Weile brauchen, bis sie das Fehlen des Fahrzeugs bemerkten. Wenn wir Glück hatten, übernachteten sie sogar in dem Motel. Sobald sie die Polizei riefen, würden auch unsere Verfolger die Spur wieder aufnehmen können.

Den Mustang stellte ich so weit wie möglich abseits hinter einer Hecke ab. Eine unsinnige Vorsichtsmaßnahme, denn ein gelber Mustang würde auf diesem Parkplatz auffallen wie ein Papagei am Nordpol, egal wo er geparkt war. Andererseits war die Wahrscheinlichkeit, dass unsere Verfolger gerade an dieser Ausfahrt nach uns suchten, nicht sehr hoch, zumindest so lange, bis der Kleinwagen als gestohlen gemeldet wurde. Dann war es aber auch egal, dass der Mustang hier stand.

Wir fuhren stundenlang ziellos umher. Mal auf Autobahnen, dann verlegte ich mich wieder auf unbefahrenere Straßen. Ich wollte Zeit gewinnen und unsere Spuren verwischen, doch mir war klar, dass alle unsere Bemühungen umsonst sein würden, sobald nach dem Auto gefahndet wurde. Obwohl sich mein Puls mittlerweile beruhigt hatte, konnte ich kaum einen klaren Gedanken fassen. Wo sollten wir hin? Wie konnten wir uns verstecken? Es war, als sei mein Kopf völlig leer. Als der Sprit zur Neige ging, hielt ich in einem abgelegenen Waldstück an. Ich hoffte, dass es ein paar Stunden dauern würde, bis man das Auto hier fand.

»Jetzt müssen wir wohl zu Fuß weiter«, erklärte ich und Nico stellte keine Fragen.

Er sah völlig fertig aus. Es dämmerte mittlerweile und die Erschöpfung machte sich bemerkbar.

Ich war endlich ruhiger geworden. Wir hatten Vorsprung. Es sah so aus, als seien wir vorerst sicher. Ich entschuldigte mich bei Nico für mein raues Verhalten und versuchte ihm zu erklären, dass ich ihm helfen wollte und nie etwas Böses getan hatte. Nico sagte nichts, nickte aber immer wieder und versuchte zu lächeln.

»Hast du Geld dabei?«, fragte ich dann.

Ich hatte nicht viel einstecken, da ich nicht damit

gerechnet hatte, fliehen zu müssen. Jetzt wurde mir klar, wie dämlich das gewesen war. Ein Messer für alle Fälle hatte ich eingesteckt, aber Geld für eine Flucht hatte ich nicht mitgenommen. Immer auf alles vorbereitet sein, war das nicht einer der Grundsätze gewesen? Ich war wohl ziemlich eingerostet. Die Geldkarte und die Kreditkarten zu benutzen, verbot sich natürlich. Sie würden innerhalb weniger Minuten wissen, wo wir uns aufhielten.

»Nicht sehr viel«, sagte Nico, nachdem er einen Blick in seinen Geldbeutel geworfen hatte. Ich seufzte und nahm das Geld entgegen, das er mir reichte.

Sein Blick war fragend, also antwortete ich: »Wir werden ein Stück zu Fuß gehen und dann mal schauen, wie weit wir mit dem Geld kommen. Sie werden die Bahnhöfe in der Nähe überprüfen, sobald das Auto gefunden ist, daher sollten wir zusehen, dass wir schnellstmöglich einen finden und verschwinden. Um unsere Spuren zu verwischen, müssen wir möglichst verschiedene Verkehrsmittel benutzen.«

Nico versuchte mir gedanklich zu folgen, aber er war von all den Eindrücken und der Müdigkeit überfordert.

Wir hatten Glück, es dauerte keine halbe Stunde, bis wir einen Bahnhof erreichten, und ich kaufte mit der Hälfte unseres Geldes Karten für den nächsten abfahrenden Zug. Da es noch sehr früh war, hatten wir ein ganzes Abteil für uns und ich wies Nico an, etwas zu schlafen.

Trotz seiner Erschöpfung gelang es ihm ebenso wenig wie mir. Er legte sich, so gut es ging, hin und schloss die Augen, öffnete sie aber alle paar Minuten wieder und starrte ins Leere.

Ich lehnte mich zurück und dachte über die Begegnung

mit Jad nach. Sein freundlicher Blick, die Veränderung darin, als ich entschieden hatte, mit Nico zu fliehen. War es Sorge gewesen? Ich hatte das Gefühl, dass da noch etwas anderes gewesen war, konnte es aber nicht genau benennen. Vermutlich war er wütend oder enttäuscht, weil ich mich gegen ihn und die Gruppe gewendet hatte.

Dann dachte ich an Stapas Grinsen und daran, wie er seinem Hunger Ausdruck gegeben hatte – und musste lächeln. Stapa konnte immer essen und er verschlang Berge. Seine Bemerkung über die Chickenwings erinnerte mich an eine Stadt in Mittelhessen, wo wir vor Jahren einmal zusammen gegessen hatten.

Ich arbeitete damals gerade an einem Auftrag, bei dem ich einen Mann beschatten und gegebenenfalls ablenken sollte. Stapa war mal wieder als mein Wachhund abgestellt. Aufgrund meines Alters und der Tatsache, dass ich noch nicht so lange bei der Gruppe war –die Ausbildung dort dauerte Jahre –, musste immer jemand in meiner Nähe sein. In meinem Fall war das für gewöhnlich Stapa. Ich hatte mich immer ein bisschen geehrt gefühlt, dass Jad mir Stapa zuteilte, denn immerhin hieß das, dass er selbst auf seinen besten Mann verzichtete.

Jemanden unauffällig zu beschatten, wenn Stapa dabei war, war nicht einfach, denn schon allein durch seine Statur zog er alle Blicke auf sich. Meist hielt er sich daher im Hintergrund, blieb im Hotelzimmer oder im Auto, aber stets nah genug, um jederzeit eingreifen zu können, falls etwas schiefging.

Da sich unsere damalige Zielperson gerade in ihrem Haus befand und nahezu sicher war, dass sie es für den

Rest des Tages nicht mehr verlassen würde, beschlossen wir, etwas essen zu gehen. Das heißt, ich hatte es beschlossen, Stapa war wie üblich einfach mitgekommen. Durch Zufall landeten wir in einem kleinen American Diner. Es sah nicht sehr einladend aus. Die alten bunten Kunstledermöbel und die billig laminierten Speisekarten fielen zuerst in den Blick. Da es aber halbwegs sauber war, entschied ich zu bleiben. Wir setzten uns an einen kleinen Tisch und bestellten Chickenwings.

Stapa verschlang drei Portionen und schwärmte seither davon. Er hätte nie bessere Chickenwings gegessen, behauptete er. Immer wieder erwähnte er das. Da die Gegend etwas abgelegen war, waren wir aber, solange ich der Gruppe angehörte, nicht mehr dorthin gekommen. Ich fragte mich, ob Stapa mittlerweile mal wieder Gelegenheit gehabt hatte, in dem Diner zu essen.

Ich stockte.

Plötzlich kam mir der Gedanke, dass es kein Zufall gewesen war, dass Stapa seinen Appetit kundgetan hatte, als ich es noch hören konnte.

Sollte es ein Hinweis für mich sein? Eine Aufforderung, dahinzukommen? Warum hatte er es dann nicht offen gesagt? Es war nur Jad in der Nähe gewesen und Stapa tat nichts ohne dessen Anweisung.

Vielleicht war es aber auch eine Falle. Stapa wollte uns zuerst erwischen, um sich hervorzutun. Während ich darüber nachdachte, erschien mir das unwahrscheinlich. Stapa war nicht hinterhältig. Er war geradezu uncharmant ehrlich und direkt. Wenn er einmal etwas sagte, wusste man immer, woran man bei ihm war. Seine schweigsame Art hatte so gesehen etwas Positives.

Andererseits war es auch möglich, dass ich mich irrte und die ganze Chickenwings-Sache nur ein Zufall war.

War Stapa wirklich schlau genug, um uns einen versteckten Hinweis zukommen zu lassen? Oder war es möglich, dass der Hinweis von Jad kam? Vielleicht hatte er Angst gehabt, dass wir abgehört wurden. Ich verwarf den Gedanken wieder. Jad war der unangefochtene Anführer der Gruppe. Wer sollte ihn abhören? Es war auch völlig undenkbar, dass jemand eine Wanze an ihm anbringen könnte, ohne dass er es bemerkte. Zudem hätte Jad mit Sicherheit ein anderes Codewort gewählt als Chickenwings. Er war damals nicht dabei gewesen. Nein, wenn es ein Hinweis war, dann kam er von Stapa selbst.

Ich sah zu Nico, der aus dem Fenster starrte. Wir hatten eigentlich keine andere Wahl. Wir mussten es versuchen und hoffen, dass Stapa es gut mit uns meinte.

Außerdem hatte er es nicht nötig, uns in eine Falle zu locken, um sich zu profilieren. Er würde sowieso einer der Ersten sein, die uns fänden. Was das anging, war er wie ein Bluthund: Sobald er die Witterung aufgenommen hatte, hatte der Gejagte keine Chance mehr. So gesehen war es eigentlich auch egal, ob wir warteten, bis er uns fand, oder ob wir ihm absichtlich in die Arme liefen.

»Wir steigen die nächste Station aus«, sagte ich entschieden.

Natürlich waren wir bisher genau in die falsche Richtung unterwegs gewesen, daher reichte unser Geld nicht für die ganze Strecke zurück.

Ich erklärte Nico, wohin ich wollte, und versuchte ihm auch den Grund dafür klarzumachen. Das war nicht leicht, da ich selbst nicht genau wusste, warum ich es versuchen wollte. Ich konnte ihn aber nicht in noch größere Gefahr bringen, ohne ihn wenigstens in meinen Plan einzuweihen. Als ich seinen leeren Blick sah, umarmte ich ihn und spürte, dass er mir vertrauen wollte.

Wir verbrachten den größten Teil der Fahrt damit, im Zug hin und her zu laufen. Als ein Schaffner uns dennoch anhielt und nach unseren Tickets fragte, erklärte ich ihm, dass wir mit einer Gruppe unterwegs seien und die anderen das Gruppenticket hätten. Ich beschrieb ihm eine blonde junge Frau mit Jeansjacke und einem Gitarrenkoffer, die angeblich in Wagen drei säße und unsere Reiseunterlagen verwalte. Die junge Frau hatte ich mir, wie den Rest der Geschichte, ausgedacht. Ich hoffte, dass nicht zufällig tatsächlich eine Dame, auf die diese Beschreibung zuträfe, dort sitzen würde und sich bald der Befragung des Schaffners stellen müsste.

Der Schaffner war etwas skeptisch. Das lag mit Sicherheit an Nicos Blick. Wie ein verstörtes Kaninchen starrte er vor sich hin, aber wir hatten Glück. Eine ältere Dame kam aufgeregt auf uns zu. Der Automat am Bahnhof hatte ihr Geld nicht genommen, somit hatte sie kein Ticket lösen können.

Der Schaffner nickte uns knapp zu und wandte sich dann der Dame zu: »Kein Problem. Ich kann Ihnen ein Ticket ausstellen.«

Zwei Wagen weiter zog ich Nico in die Toilette.

Er sah mich mit großen Augen an: »Mann, fast hätte

selbst ich dir geglaubt.«

Ich lächelte. Seine Reaktion war mir ein wenig unangenehm, weil ich wusste, dass Nico nicht viel von Lügen hielt.

»Na ja, es musste halt sein«, erklärte ich kleinlaut.

Wir verbrachten den Rest der Fahrt in der engen Kabine. Als wir aus dem Zug stiegen, waren wir völlig steif und übermüdet.

Nun stellte sich uns ein weiteres Problem: Ich wusste zwar noch, in welcher Stadt wir damals gewesen waren, aber nicht mehr genau, wo sich das Restaurant befand. Wir mussten uns ein wenig durchfragen und die halbe Stadt zu Fuß durchqueren, denn das Diner lag ein gutes Stück vom Bahnhof entfernt.

5.

Es war schon Abend, als wir endlich das Restaurant erreichten.

Ich bat Nico, in einiger Entfernung zu warten. Ich würde ihn holen, wenn ich mir sicher war, dass keine Gefahr droht. Nico wollte mich zunächst nicht alleine gehen lassen. Er war ein Gentleman und hatte sich mittlerweile soweit beruhigt, dass es ihm unangenehm war, dass ich mich in Gefahr begeben wollte, während er draußen Däumchen drehte. Ich versicherte ihm, wenn ich ohne ihn ginge, wäre ich in geringerer Gefahr.

»Ich kenne Stapa und weiß, was ich tun muss, falls ich feststelle, dass es eine Falle ist«, behauptete ich. Selbst in meinen Ohren hörte sich das dämlich an. Wenn es wirklich eine Falle war, hatte ich keine Ahnung, was ich tun sollte, und gegen Stapa waren meine Chancen geradezu verschwindend gering. Trotzdem würde ich mich besser konzentrieren können, wenn ich Nico draußen in Sicherheit wusste.

Nach einigem Hin und Her stimmte er schließlich zu. Ich erklärte ihm, er solle abhauen, wenn ich nach zehn Minuten nicht zurück sei. Er würde es vermutlich nicht tun, aber das war nicht schlimm. Wenn es eine Falle war, dann waren wir sowieso verloren. Selbst wenn Nico versuchen würde zu fliehen, würden sie ihn binnen einer halben Stunde finden. Er hatte keine Ahnung, worauf er achten musste. Sie hätten ein leichtes Spiel mit ihm.

Ich zögerte, es war verdammt gefährlich, doch ich musste es wagen. Wir konnten schließlich nicht ewig auf der Flucht sein. Es war nur eine Frage der Zeit, bis sie uns finden würden. Ich musste diese Chance nutzen. Dennoch zitterten mir die Knie, als ich über den Parkplatz zum Eingang ging.

Ich betrat den kleinen Raum. Er sah noch genauso aus, wie ich ihn in Erinnerung hatte, und es roch wie damals nach Fett. Mein Magen regte sich, denn er kümmerte sich nicht um gesund oder ungesund. Er wollte essen, denn immerhin hatte er den ganzen Tag noch nichts bekommen.

Es waren nur wenige Tische besetzt. An einem Tisch ganz hinten sah ich halb im Schatten eine große Gestalt. Ich wusste sofort, wer es war. Ich atmete tief durch und mit unsicheren Schritten ging ich auf ihn zu. Er war alleine und vor ihm stand ein großer Teller, auf dem sich abgenagte Geflügelknochen stapelten. Das waren sicher nicht die Knochen von nur einer Portion. Unwillkürlich fragte ich mich, wie lange er schon hier wartete und ob er die ganze Zeit über gegessen hatte.

Er blickte nicht auf, als ich vor ihm stehen blieb.

»Ich dachte schon, du kommst nicht. Setz dich.«

Ich setzte mich.

»Wo ist der Junge?«

»Draußen.«

Erst jetzt sah er mich an.

»Du traust mir nicht?«

Ich antwortete nicht.

»Gut so«, brummte er und ich wusste nicht, ob es ein

Kompliment sein sollte oder ob er sich über mich lustig machte.

»Warum hast du mich herbestellt? So ... ganz geheim.«

Ich versuchte in Stapas Gesicht zu lesen, doch dessen harte Fassade ließ keine Aussage über seine Gedanken zu.

»Ich habe mir Sorgen um dich gemacht. Du hättest eher hier sein können.« Er ging nicht auf meine Frage ein.

»Ich bin gut zurechtgekommen«, behauptete ich ein wenig trotzig.

»Es gefällt mir nicht, dich mit dem allein zu lassen«, sagte er und nickte unbestimmt in Richtung Ausgang.

Nichts in seinen Augen oder seiner Stimme bestätigte die Worte, die doch Sorge ausdrücken sollten. Ich konnte seinen Blick nicht deuten, daher fragte ich: »Warum?«

»Wir sind doch Freunde.« Jetzt grinste er.

Der Anblick hätte vermutlich jedem anderen Angst gemacht. Ich hingegen fühlte mit einem Mal, dass es richtig gewesen war, hierherzukommen.

Diese Worte aus Stapas Mund zu hören, war seltsam. Waren wir Freunde? Wir hatten zusammengearbeitet. Wir hatten viel Zeit miteinander verbracht, aber besonders emotional war unsere Verbindung nie gewesen. Andererseits war Stapa niemandem gegenüber besonders emotional. Vielleicht betrachtete Stapa mich tatsächlich als Freundin. Der Gedanke rührte mich ein wenig.

Ich nickte.

»Hol den Kerl rein. Ihr habt sicher Hunger.« Schon war das Grinsen wieder verschwunden.

Nico war angespannt, doch er vertraute und folgte mir, ohne ein Wort zu sagen. Ich hoffte sehr, sein Vertrauen würde sich nicht als Fehler erweisen.

Als wir wiederkamen, standen drei volle Teller Chickenwings und Pommes auf dem Tisch.

Stapa musterte Nico und nickte ihm dann knapp zu. Nico versuchte zu lächeln, doch es gelang ihm nicht. Stapa schüchterte ihn sichtlich ein. Wen hätte der über zwei Meter große Hüne mit der großen Narbe über dem linken Auge und dem ernsten Gesichtsausdruck nicht eingeschüchtert? Noch dazu in Nicos Situation. Nachdem wir gegessen hatten, zahlte Stapa. Er hatte Zimmer für uns in einem nahegelegenen Hotel reserviert. Nico sah sehr unsicher aus, als er auf die Rückbank des dunklen Geländewagens kletterte.

Noch immer wusste ich nicht, was Stapa hier machte. Er war sehr schweigsam und ich wollte ihn nicht drängen, zumal wir nicht unter uns waren. Zwar machten mich die Fragen in meinem Kopf nervös, doch sie würden noch ein wenig warten müssen. Ich glaubte uns fürs Erste in Sicherheit. Das war alles, worauf es im Moment ankam. Hoffentlich konnten wir ein wenig schlafen und duschen. Ich fühlte mich klebrig und verschmutzt.

Stapa hatte ein Einzelzimmer und unter falschem Namen ein Doppelzimmer reserviert. Es sah also so aus, als ob Stapa wirklich alleine gekommen war. Wusste niemand davon? Warum tat er das? Seit wann handelte er auf eigene Faust? Nico und ich betraten das Hotel einige Minuten nach ihm. Eine Sicherheitsmaßnahme, die verhindern sollte, dass man eine Verbindung zwischen uns herstellen konnte. Unsere Verfolger hatten überall ihre Kontakte.

Stapa erwartete uns vor unserem Zimmer.

»Du nimmst das Einzelzimmer«, brummte er und hielt mir den Schlüssel hin. Als er meinen Blick bemerkte, erklärte er, dass er mich nicht mit Nico alleine lassen wolle. Nico sah aus, als habe er einen Schlag ins Gesicht bekommen. Der Gedanke, dass Stapa und Nico ein Zimmer teilten, gefiel wiederum mir ganz und gar nicht.

Wollte Stapa den Auftrag doch erfüllen, während ich arglos im Nebenzimmer schlief? Für wie blöd hielt er mich denn? Warum wollte er mich nicht mit Nico alleine lassen? Hatte er Angst, wir würden erneut versuchen abzuhauen? Warum hätten wir dann überhaupt herkommen sollen? Glaubte er, Nico würde mir etwas antun? Das war von Stapas Standpunkt aus betrachtet sogar nachvollziehbar. Immerhin kannte er ihn nicht und wusste nur, dass er eine »gefährliche Person« war. Dieser Gedanke war für mich nach wie vor völlig abwegig. Seit unserer Flucht hatte Nico es kaum fertiggebracht, einen zusammenhängenden Satz zu sprechen, und seit wir Stapa getroffen hatten, wirkte er sogar noch verschreckter. Nein, von ihm drohte mir definitiv keine Gefahr. Aber mir fehlte die Kraft und die Lust, mit Stapa jetzt darüber zu diskutieren.

»Nico bekommt das Einzelzimmer«, entschied ich daher und reichte diesem den Schlüssel.

Ich forderte ihn auf, schlafen zu gehen. Nico zögerte, doch ich erklärte ihm, ich müsse mit Stapa alleine sprechen. »Außerdem ist das Zimmer direkt nebenan. Falls irgendetwas sein sollte, musst du nur rufen«, schloss ich.

Die Worte wirkten. Dass wir seit zwei Tagen nicht geschlafen hatten, trug ebenfalls dazu bei, dass Nico den Schlüssel nahm und in das Einzelzimmer verschwand. Was Stapa von dieser Aufteilung hielt, gab er nicht zu erkennen, aber immerhin akzeptierte er sie stillschweigend.

Unser Zimmer war sehr klein. Es wurde dominiert von einem großen Doppelbett, das so nah an einem kleinen Balkon platziert war, dass man die Türe dazu kaum öffnen konnte. Daneben standen zwei blaue Sessel und ein kleiner Tisch. Gegenüber dem Bett befanden sich ein schmaler Schreibtisch mit Fernseher und ein Stuhl.

Ich warf meine Jacke über den Stuhl und ließ mich in einen der Sessel fallen. Er roch etwas muffig und ich versank ein wenig darin, aber es tat gut zu sitzen. Stapa setzte sich in den anderen. Er trug keine Jacke. Das tat er selten, und wenn, dann vermutlich eher, um sich vor Messerstichen als vor der Kälte zu schützen.

Nun saß er mir gegenüber, sah mich an und sagte kein Wort. Ich betrachtete ihn, doch ich konnte nichts in seiner Miene erkennen. Was hatte er vor? Warum hatte er uns hierhergeholt? Je mehr ich darüber nachdachte, desto weniger konnte ich es mir erklären.

»Was ist hier los?« Ich fühlte mich genötigt zu sprechen, denn von selbst würde Stapa nicht beginnen.

Er antwortete nicht, griff stattdessen nach einem Umschlag, der auf dem Tisch lag, und reichte ihn mir. Ich war überrascht. Der Umschlag hatte bereits auf dem Tisch gelegen. Ich hatte ihn nicht bemerkt. Meine

Beobachtungsgabe war momentan wirklich miserabel. Als ich mich nun umsah, stellte ich fest, dass Stapa schon in diesem Zimmer gewesen sein musste. Neben dem Bett lag eine Reisetasche und die Flasche Wasser, die auf dem Tisch stand, war angebrochen.

Ich nahm den Umschlag und zog einige Papiere heraus. Zuerst stach mir ein Foto von Nico ins Auge. Dann überflog ich den Text.

»Drogen? Mord? Das ist unmöglich. Nico würde so was niemals tun. Ich glaube, er weiß nicht einmal, wie ein Joint aussieht.« Ich sah Stapa entsetzt an.

Sein Gesicht verriet noch immer keine Emotionen, doch er zuckte mit den Schultern.

»Hier steht, dass Nico Drogen schmuggeln würde und dass er drei Menschen ermordet hätte, einer davon ein kleiner Junge, der rein zufällig Zeuge eines Deals wurde«, fasste ich zusammen, was ich gerade gelesen hatte.

Stapa nickte langsam.

»Das ist doch totaler Blödsinn. Ich kenne ihn. Dazu wäre er niemals fähig«, stammelte ich.

Die anderen Papiere zeigten weitere Bilder von Nico. Sie waren alle nicht besonders alt. Nico trug auf einigen ein Hemd, das wir zusammen gekauft hatten. Auf einem der Bilder gab er einem Jugendlichen die Hand. Die Art, wie er es tat, und die düstere Umgebung ließen die Vermutung zu, dass er ihm Drogen verkaufte. Sah man da nicht auch etwas Weißes zwischen ihren Händen schimmern? Ich schaute genauer hin, konnte aber nicht erkennen, was es war. Auf einem anderen Foto stand er zwischen zwielichtigen Gestalten am Hamburger Hafen.

Ich überflog noch einmal den Text und warf dann alles auf den Tisch.

»Warum will ihm jemand etwas anhängen?«, fragte ich mehr an mich als an Stapa gerichtet.

Ich war mir völlig sicher, dass Nico nichts von alledem getan hatte, was man ihm vorwarf. Er war einer der sanftesten, nettesten und ehrlichsten Menschen, die ich kannte. Er konnte sich unmöglich so gut verstellt haben. Meine Menschenkenntnis war vielleicht nicht die beste, aber so schlecht war sie dann doch nicht, dass ich ein Lamm nicht von einem Löwen hätte unterscheiden können.

Die Fotos mussten gefälscht sein. Ich griff wieder danach und versuchte Beweise dafür zu finden.

»Warum sollte ihm jemand etwas anhängen wollen?«, gab Stapa zurück. Zuerst dachte ich, er wiederhole einfach meine Frage, doch dann wurde mir bewusst, dass er das Wort »sollte« betont hatte.

»Glaubst du etwa, dass es wahr ist?«, fragte ich und starrte ihn an.

Natürlich glaubte er es. Warum sollte er daran zweifeln? Er kannte Nico ja nicht.

Stapa zuckte mit den Schultern. Ich verstand ihn nicht. Wenn er glaubte, dass Nico das getan hatte, warum half er uns dann? Half er uns überhaupt?

»Warum bist du hier?«, fragte ich ihn und aus meiner Stimme sprach wieder die Angst, er könnte uns verraten. Ich sprang auf und ging unruhig im Zimmer auf und ab.

Er blieb ruhig sitzen.

»Du hast nichts getan«, sagte er ruhig.

Ich starrte ihn an. Es ging ihm wirklich darum, mir

zu helfen. Ich hatte immer gedacht, dass er stur Befehle befolgte. Jetzt stellte ich zum ersten Mal fest, dass Stapa in der Gruppe war, weil er einer Überzeugung folgte. Er hatte es sich zur Aufgabe gemacht, für Gerechtigkeit zu sorgen. Zum ersten Mal fragte ich mich, ob ich diesen Mann all die Jahre unterschätzt hatte.

»Weiß Jad, dass du hier bist?« Ich setzte mich wieder.

Er schüttelte den Kopf, sagte aber nichts.

»Du solltest ins Bett gehen«, sagte er, bevor ich weiterfragen konnte. »Und duschen«, fügte er mit einem Grinsen hinzu.

Ich wollte etwas sagen, doch er schnitt mir erneut das Wort ab: »Ich nehme den Sessel, du kannst das Bett haben. Nimm dir ein T-Shirt aus der Tasche.«

Seine Miene zeigte, dass es keinen Sinn hatte, mit ihm zu diskutieren oder weitere Fragen zu stellen. Außerdem hatte er recht, ich brauchte dringend eine Dusche. Ich kramte eines seiner T-Shirts aus der Reisetasche und verschwand im Bad.

Das warme Wasser der Dusche tat gut. Zum ersten Mal seit Beginn unserer Flucht entspannte ich mich ein wenig. Ich genoss das Gefühl und wollte das Wasser gar nicht wieder abstellen, denn ich wusste, wenn ich es tat, trat ich wieder in die Gegenwart zurück. Irgendwann musste es aber doch sein. In einem Glas fand ich zwei verpackte Zahnbürsten. Kaum hatte ich die beruhigende Wärme des heißen Wassers verlassen, schwirrten mir wieder unzählige Fragen und Gedanken durch den Kopf. Am meisten störte mich, dass Stapa Nico für einen Mörder hielt. Man sah ihm doch wohl an, dass er zu so etwas nicht fähig war. Menschenkenntnis schien Stapa jedenfalls noch weniger zu besitzen als ich. Andererseits musste der Auftrag ja irgendwoher gekommen sein. Das konnte ich mir am allerwenigsten erklären. Ich seufzte und zog mir Stapas T-Shirt über den Kopf.

Es war riesig und reichte mir bis über die Kniekehlen. Daher verzichtete ich darauf, meine Hose darunterzuziehen. Es war einfach unbequem, in einer engen Jeans zu schlafen. Außerdem trug ich diese Hose nun schon seit zwei Tagen. Es würde ihr nicht schaden, wenn sie über Nacht ein wenig gelüftet würde.

Ich ließ meine Kleider im Bad liegen und trat wieder ins Zimmer. Stapa saß unverändert im Sessel. Als er mich sah, blickte er auf und ein Grinsen überzog sein Gesicht. Ich bot vermutlich einen lustigen Anblick in seinem übergroßen T-Shirt.

»Ich weiß, dass Nico nicht ...«, begann ich möglichst ruhig.

»Ich glaube auch nicht, dass der Junge dazu fähig wäre«, unterbrach er mich knapp.

Ich war erstaunt, brachte aber nur ein stummes Nicken hervor und kroch ins Bett.

Stapa griff zu dem Lichtschalter neben ihm.

Ich wünschte ihm eine gute Nacht und bekam ein höfliches Knurren zur Antwort.

Die Straßenlaterne erhellte den Raum, so dass man Schatten erkennen konnte, und ich sah, wie Stapa sich in seinem Sessel zurücklehnte.

Erst jetzt wurde mir bewusst, dass ich nie zuvor mit Stapa nachts alleine in einem Raum gewesen war. Auch wenn ich keine Angst vor ihm hatte, so war er mir doch immer ein klein wenig unheimlich gewesen. Das würde jeder nachvollziehen können, der ihn einmal gesehen hatte. Seine riesige Statur und das harte Gesicht, die große Narbe, von der niemand wusste, woher sie stammte, und dazu sein ernster Charakter. Er blieb immer ruhig und strahlte trotzdem etwas Bedrohliches aus.

Eigentlich kannte ich ihn gar nicht so gut. Wer tat das schon? Ich glaube, man konnte Jahre mit Stapa verbringen und ihn trotzdem nicht kennen. Er war ja nicht gerade gesprächig. Ich hatte ihn zwar immer gemocht, aber beruhte das nicht viel mehr auf der Vorstellung, die ich von ihm hatte, als auf einer wirklichen Kenntnis seines Charakters?

Mir wurde bewusst, dass Stapa mir völlig fremd war und dass niemand wusste, dass er hier war und jetzt lag ich in diesem Bett und trug nur ein T-Shirt und eine Unterhose.

Hätte man sein Grinsen vorhin auch anders deuten können? Ich zog die Decke enger um mich, doch als mein Blick wieder zu Stapa wanderte, entspannte ich mich. Er saß noch immer im Sessel und bewegte sich nicht.

Ich atmete ein paar Mal tief durch. Nein, ich war mir sicher, von Stapa hatte ich keinen nächtlichen Übergriff zu befürchten. Ich mochte ihn vielleicht nicht besonders gut kennen, aber in diesem Punkt gab es keinen Zweifel. Ich bekam ein schlechtes Gewissen, weil ich auch nur einen Moment so etwas von ihm gedacht hatte, und schob es auf meine angespannten Nerven und den Schlafmangel. Die Angst war verflogen, im Gegenteil, ich fühlte mich sicher, und so lächelte ich dem großen Schatten zu.

6.

Als ich aufwachte, war Stapa verschwunden. Ich sah mich im Raum um, als hätte er sich irgendwo versteckt.

Im Bad fand ich einen Zettel. »Warten beim Frühstück auf dich«, hatte Stapa mit seiner schnörkellosen Schrift darauf geschrieben.

Ich beeilte mich, denn zum einen wollte ich die beiden nicht warten lassen und zum anderen wollte ich Nico nicht mit Stapa alleine lassen. Stapa mochte ihn zwar nicht für einen Mörder halten, aber der arme Nico fühlte sich sicherlich alleine in Stapas Gesellschaft nicht wohl.

Wenig später fand ich sie schweigend an einem kleinen Tisch sitzen und essen. Ich umarmte Nico zur Begrüßung. Sein Blick verriet eine deutliche Erleichterung, mich zu sehen. Also fand ich meine Vermutung bestätigt.

Stapa blickte nicht einmal auf. Ich wusste nicht, wie ich ihn begrüßen sollte, also schnappte ich meinen Teller und ging zum Buffet.

Das Frühstück verlief weiterhin zum größten Teil schweigend. Die Stille wurde nur einmal unterbrochen, als ich mit einem Teller, voll beladen mit Brötchen und Croissants, vom Buffet zurückkam. Nico starrte kurz darauf und sagte dann: »Ich dachte, du isst nicht viel zum Frühstück. Neulich hast du kaum den Toast angerührt.«

Das klang nicht nach mir und ich brauchte einen Moment, um zu verstehen, was er meinte. Dann fiel mir wieder ein, worauf er anspielte. Dieser Morgen als ich bei ihm übernachtet hatte schien mir so weit weg zu sein, dabei waren seither gerade einmal zwei Tage vergangen.

Stapa sah uns ernst an, und so lächelte ich Nico nur entschuldigend zu. Ich würde es ihm später erklären. Nico schien sich nicht zu trauen, noch etwas zu sagen, und mit Stapa war schweigen sowieso leichter als sprechen.

Nico starrte eine Weile auf den Tisch vor sich. Ich dachte zuerst, dass Stapa ihm vielleicht einige unangenehme Fragen gestellt hatte. Dann folgte ich seinem Blick und sah, worauf er wirklich schaute. Er hatte den Anhänger an Stapas Arm entdeckt. Er sah mich fragend an. Ich seufzte und lächelte. Jetzt konnte ich ihm unmöglich erklären, warum Stapa den gleichen Anhänger trug, den Nico vor ein paar Tagen gefunden hatte.

Stapa stand zuerst auf und ging. Nico und ich blieben sitzen, da meine Kaffeetasse noch halb voll war.

»Ist alles in Ordnung?«, fragte ich, als Stapa außer Hörweite war.

»Ja, und bei dir?«

Er sah Stapa unsicher nach.

»Alles gut. Hat er dich geweckt?«

Nico nickte.

»Hat er dir Fragen gestellt?«

»Er hat kaum ein Wort gesagt, nur dass ich aufstehen und frühstücken soll. Was ist los? Weißt du, warum ...«

Ich zischte ihm zu, leise zu sein. Hastig sah ich mich um. Es schien niemand auf uns zu achten, aber sollten unsere Verfolger uns auf die Spur kommen und in den nächsten Tagen in diesem Hotel nach uns fragen, durften weder Kellner noch die anderen Gäste etwas über uns erzählen können.

Mit einem Nicken gab ich ihm zu verstehen, dass ich etwas mehr wusste als gestern. Ich leerte die Tasse und wir folgten Stapa auf das Zimmer. Er hatte die Reisetasche zusammengepackt, stand am Fenster und wartete auf uns.

»Ich habe Jad gesagt, dass ich möglicherweise eine Spur zu euch hätte. Ich soll mich melden, wenn ich mehr weiß.«

Ich erschrak, doch er grinste uns an, und ich hatte das Gefühl, den Schauer zu sehen, der Nico dabei über den Rücken lief. Wenn Stapa grinste, musste ich immer an ein Raubtier denken, das seine Beute in die Enge getrieben hat und weiß, dass sie ihm nicht mehr entkommen kann.

»Wir sollten jetzt gehen«, sagte er, nahm seine Tasche und ging voraus.

Ich wusste, dass Nico auf Antworten brannte, doch ich konnte sie ihm jetzt noch nicht geben. Er würde warten müssen, bis wir irgendwo alleine waren.

Im Auto kramte ich den Umschlag aus Stapas Tasche. Ich hielt ihn unsicher in der Hand. Ich wusste nicht recht, wie ich damit umgehen sollte. Stapa fuhr auf einen Rastplatz und stoppte den Wagen. Er sah mich auffordernd an.

»Mach schon«, brummte er dann ungeduldig, doch ich wusste nicht gleich, was er meinte.

»Du willst das doch klären.« Er schaute auf den Umschlag.

Ich hatte das Gefühl, ihn verärgert zu haben, und zögerte, doch dann zog ich das Foto von Nico und dem Jungen heraus.

»Du musst uns die Wahrheit sagen«, beschwor ich Nico, als ich mich zu ihm umdrehte. »Wer ist das?«

Ich reichte ihm das Bild und beobachtete Nicos Gesicht.

Er sah das Foto überrascht an, dann führte er es näher an sein Gesicht. In seinem Blick lag nichts als Ratlosigkeit.

»Ich kenne ihn nicht«, sagte er verwundert und ich glaubte ihm. »Ich weiß nicht ... Wann ... Das Bild ...«

Er stammelte und verstummte dann.

»Das ist Julio, einer von Vics Leuten«, sagte Stapa als Erklärung für mich.

»Er ist so jung«, sagte ich erstaunt.

»Ein kleiner Dealer. Hatte Talent, wäre sicher schnell aufgestiegen.«

»Wäre?« Ich ahnte Übles.

»Er ist tot. Hinterrücks ermordet.«

Stapa warf Nico einen Blick zu, doch dieser starrte wie benommen auf das Foto.

Vic war ein alter Bekannter von uns. Wir hatten oft unsere Probleme mit ihm gehabt. Er war ein Drogenbaron, hatte aber auch in anderen Bereichen immer wieder seine Finger im Spiel. Der Polizei gelang es nicht, auf seine Spur zu kommen, und wir kamen auch nicht viel näher an ihn heran. Wir fanden zwar oft heraus, dass er hier und da mit drinsteckte und die Fäden zog, doch es war uns nicht einmal gelungen herauszufinden, wie er aussah. Hin und wieder erwischten wir einen Dealer oder einen Zuhälter, der für ihn arbeitete, aber keiner brachte uns zu dem Kopf der Bande. Es schien, als habe niemand von ihnen den großen Boss je selbst getroffen.

Uns blieb also nichts anderes übrig, als uns mit den kleinen Fischen zu begnügen und zu hoffen, dass wir irgendwann eine Spur zu Vic selbst finden würden. Es hatte Jad wahninnig gemacht, dass alles, was wir hierzu unternahmen, im Nichts endete.

»Ich kenne ihn nicht«, wiederholte Nico leicht verzweifelt.

Auch wenn er noch immer nicht wusste, worum es ging, dass die Angelegenheit ernst war, spürte er.

»Eine Montage«, sagte Stapa an mich gewandt. Seine Stimme gab keinerlei Emotion zu erkennen. Obwohl es um Nico ging, sprach er nicht ihn an.

»Woher kommt der Auftrag?«, fragte ich und wunderte mich, dass mir diese Frage erst jetzt einfiel. Doch Stapa machte meine Hoffnung eine Spur zu finden zunichte, indem er mit den Schultern zuckte.

»Jad hat es nicht gesagt. Er kam neulich einfach damit an.«

Das war nicht ungewöhnlich. Jad erklärte selten, woher die Aufträge stammten, und normalerweise war es auch nicht von Bedeutung. Stapa blickte nachdenklich auf den Umschlag. Sein Blick war finster.

»Kannst du dir irgendjemanden vorstellen, der dir etwas antun will, Nico?« Noch bevor er auf meine Frage reagieren konnte, wusste ich, dass dem nicht so war.

Ich sah ihn trotzdem abwartend an. Nico schüttelte den Kopf. Er sah so hilflos aus. Ich streichelte behutsam seine Schulter und versuchte ihn anzulächeln. Er erwiderte mein Lächeln gequält. Die Situation überforderte ihn natürlich völlig und ich konnte ihm nicht wirklich helfen, denn auch ich hatte keine Ahnung, was hier vor sich ging. Das ergab doch alles keinen Sinn.

Stapa hatte nachdenklich vor sich hingestarrt und schaute mich nun direkt an: »Ihr beide. Seid ihr ein Paar?«

Sein Blick war sehr konzentriert, fast lauernd.

»Nein, aber wir sind sehr gut befreundet«, erklärte ich.

»Einige behaupten aber, es sei bald so weit«, ergänzte Nico und ein kleines Grinsen stahl sich auf sein Gesicht.

Ich rollte die Augen und erklärte nachdrücklich: »Wir verbringen viel Zeit miteinander und verstehen uns gut. Manche interpretieren aber mehr hinein, als da ist.«

Stapa sagte nichts, doch er sah aus, als ob er angestrengt nachdenke.

»Was überlegst du?« Ich konnte die Frage nicht zurückhalten. Ich hatte ihn nie als Denker erlebt. Er war doch sonst eher der Mann für das Grobe. Der nachdenkliche Ausdruck an ihm war mir fremd, doch er stand ihm gut zu Gesicht. Ich hoffte inständig, dass er wusste, was er tat. Es würde jedenfalls nicht schaden, wenn er mich in seine Gedanken einweihte, so konnte ein zweites Gehirn mitdenken.

»Was, wenn es gar nicht um ihn geht?« Er nickte knapp in Nicos Richtung.

Mir fiel auf, dass Stapa Nico noch nicht ein einziges Mal bei seinem Namen genannt hatte.

»Du meinst, es geht um mich?« Nach der ersten Überraschung musste ich zugeben, dass dieser Gedanke nachvollziehbar war, doch noch immer fehlte mir ein Grund. Warum sollte mich jemand umbringen wollen?

Ich schadete niemandem und ich war schon seit sechs Jahren keinem im Weg gewesen. Außerdem, wenn jemand mich aus dem Weg haben wollte, warum dann der Umweg über Nico?

Ich stellte diese Fragen. Zu meinem Erstaunen hatte Stapa gleich Antworten parat.

»Es sollte nicht nach Rache aussehen, daher mussten ein paar Jahre vergehen«, murmelte er.

Ich war mir nicht sicher, ob er mit uns oder mit sich sprach. Jedenfalls ging sein Blick dabei ins Leere.

Das Wort Rache irritierte mich allerdings.

»Rache? Wofür? ... Ich habe nichts getan ... Du meinst doch nicht etwa ... wegen der alten Geschichte? Ich habe doch niemandem geschadet. Ich meine, ja gut, ich habe einen Fehler gemacht, aber ich kann mir nicht vorstellen, dass mich irgendwer deswegen umbringen will. Außerdem ist es ewig her. Ich meine, das interessiert doch heute niemanden mehr.«

»Vielleicht doch«, sagte Stapa völlig ruhig und startete das Auto.

»Wen denn?«, fragte ich aufgebracht.

Seine Ruhe machte mich nervös. Er zuckte mit den Achseln. Er verheimlichte mir etwas, doch es gelang mir nicht, ihn zum Sprechen zu bringen. Er half Nico vielmehr dabei, mich zum Sprechen zu bringen. Der wollte jetzt nämlich wissen, wovon ich gesprochen hatte, und drängte mich, die Geschichte zu erzählen, die ich so gerne vergessen wollte.

»So arg viel gibt es da gar nicht zu erzählen«, begann ich schließlich zögernd. »Du weißt ja mittlerweile, dass

Stapa zu einer Gruppe gehört, in der ich früher auch mal Mitglied war.« Ich stockte. Wie sollte ich ihm nur erklären, was Jads Leute taten? Egal was ich auch sagte, es musste sich für Nico völlig unglaubwürdig Nico anhören. Ich versuchte es dennoch: »Die Gruppe greift da ein, wo die Polizei Schwierigkeiten hat, weil sie vom Gesetz behindert wird. Du weißt ja, dass viele Verbrecher ihrer Strafe entgehen, weil die Polizei sich an gewisse Regeln halten muss, sei es beim Aufspüren der Täter, dem Nachweis der Verbrechen oder der Verurteilung. In solchen Fällen kommen sie dann ins Spiel. Ich gebe zu, es ist eine Art Selbstjustiz, aber es dient immerhin dazu, Gerechtigkeit zu schaffen.«

»Wie Robin Hood?«

Ich musste bei dem Vergleich lachen, fand den Gedanken aber gut.

»So in etwa«, sagte ich daher und ignorierte das Schnauben vom Fahrersitz.

»Nur dass eure Gruppe Menschen tötet«, sagte Nico und zerstörte so ein wenig das heldenhafte Bild.

»Nun, so weit kommt es sehr selten«, versuchte ich das Vorgehen der Gruppe zu rechtfertigen. »Also nur, wenn es wirklich nicht anders geht. Bei Menschen, die brutal morden oder vergewaltigen und denen man einfach nichts nachweisen kann oder die so reich sind, dass sie innerhalb kürzester Zeit wieder auf freiem Fuß wären. Die Personen müssen schon eine dauerhafte Gefahr für andere darstellen. Wie schon gesagt, ich habe das in meinen drei Jahren bei der Gruppe nie erlebt.« Ich hielt inne. Aus dem Augenwinkel hatte ich einen seltsamen Blick von Stapa aufgefangen.

Da ich ehrlich zu Nico sein wollte, räumte ich ein: »Na ja, einmal kam es aus Versehen vor, weil jemand dachte, er müsse auf uns schießen. Ich war aber selbst nicht dabei.«

Es war ein schrecklicher Moment gewesen, als die Jungs damals zurück in die Villa kamen, in der wir alle lebten, und erzählten, dass sie jemanden erschossen hatten. Es hatte alle mitgenommen, obwohl wir wussten, dass der Mann zwei Unschuldige ermordet hatte, weil sie zur falschen Zeit am falschen Ort gewesen waren. Jad war der Einzige, der nicht ins Zweifeln geriet. Er erklärte ruhig, dass der Vorfall zwar bedauerlich, aber unvermeidlich gewesen sei. Obwohl die meisten Jad im Grunde zustimmten, gab doch die fast schon gefühllose Art, wie er mit der Sache umging, den Anlass dafür, dass einige Männer ihn nun in einem anderen Licht sahen. Man munkelte sogar, dass seine Härte bei diesem Fall zu rigoros gewesen sei und ein solcher Ausgang hätte vermieden werden können. Das war das Einzige Mal in meiner Zeit dort, dass jemand Jads Vorgehen in Frage stellte, doch es kam nie zu einem offenen Eklat deswegen.

Ich schüttelte die Erinnerung ab und seufzte: »Jedenfalls habe ich ziemlich fest zu der Gruppe gehört. Mein Job war es meistens, den Lockvogel zu spielen, du weißt schon, enges, kurzes Kleid und so. Das war auch ziemlich cool. Irgendwann ist dann aber eine zweite Gruppe aufgetaucht.«

»Es gibt mehr solcher Robin-Hood-Banden?«

»Zwei. Zumindest ist mir von weiteren nichts bekannt. Ich fand auch seltsam, dass wir nicht die Einzigen waren.

Jad hat die Sache sehr ernst genommen. Er traute den anderen nicht. Ich weiß nicht, woran es genau lag, aber seine Feindseligkeit erschien mir fast ein bisschen übertrieben. Immerhin hatten wir ja eigentlich dieselben Ziele. Ich glaube, für Jad waren sie trotzdem nichts als Rivalen, die in sein Gebiet eingedrungen sind. Außerdem haben sie uns immer wieder Aufträge abgenommen.«

»Moment mal, wer hat euch die Aufträge denn gegeben?«

Ich sah etwas hilflos zu Stapa, doch der machte keine Anstalten, etwas zur Unterhaltung beizutragen, also musste ich gestehen, dass ich das gar nicht so genau wusste. Ich vermutete, einige Hinweise auf ungelöste Fälle kamen von den Kontaktleuten bei der Polizei, aber es gab sicher noch andere Quellen, die ich nicht kannte. Ich beschloss, endlich zu dem Teil der Geschichte zu kommen, der dazu geführt hatte, dass ich mich von der Gruppe trennte: »Wie auch immer. Irgendwann sollte es dann ein Treffen geben, um die Zuständigkeiten zu klären. Drei von der anderen Gruppe kamen auf unsere Einladung hin zu uns. Einer von ihnen war nicht viel älter als ich und sah verdammt gut aus.«

Bei dem Gedanken an Alec durchfuhr mich ein heißer Schauer; seine schwarzen Haare, die ihm immer wieder ins Gesicht fielen, die lässige Lederjacke und die unglaublichen blauen Augen. Jeans und Hemd waren nie zu eng, aber doch so nah am Körper, dass sie die darunterliegenden Muskeln erahnen ließen.

Ich räusperte mich und fuhr schnell fort: »Ich war vorher schon gewarnt worden, dass er ein Schürzenjäger sei, und man glaubte, es sei besser, wenn man mich von ihm fernhielte. Ich habe nie zu den Frauen gehört, die sich leicht von ein paar schönen Augen und lässigen Sprüchen beeindrucken lassen, aber ich war trotzig und wollte ihn mir wenigstens mal anschauen, also bin ich einfach auch zu dem Treffen gegangen. Jad konnte mich ja schlecht wegschicken, als ich auftauchte. Das hätte ausgesehen, als wären wir nicht perfekt organisiert, und Jad hätte vor den anderen niemals eine Schwäche gezeigt. Ein kurzer missbilligender Blick in meine Richtung war seine ganze Reaktion.

Der Kerl, Alec, hatte tatsächlich eine äußerst anziehende Ausstrahlung und er war auch nicht blöd. Er hatte bemerkt, dass man mich von ihm fernhalten wollte. Es konnte ihm auch gar nicht entgehen, immerhin haben Stapa und ein anderer Kerl mit ähnlicher Statur ständig versucht, mich vor seinen Blicken abzuschirmen. Dadurch bin ich natürlich erst recht interessant für Alec geworden.«

»Das soll wohl ein Witz sein. Gib nicht uns die Schuld«, unterbrach Stapa mich. Ich wurde rot.

»Auf dem Treffen gab es keine Einigung. Alec war der Anführer der anderen Gruppe. Ich weiß nicht warum, aber ich hatte das Gefühl, dass es Jad gar nicht passte, mit ihm verhandeln zu müssen. Er forderte, dass Alec und seine Leute uns aus dem Weg bleiben sollten, und war nicht bereit, irgendwelche Zugeständnisse zu machen. Ich glaube, das Einzige, was er akzeptiert hätte, wäre eine völlige Unterwerfung gewesen. Natürlich hat Alec das abgelehnt. Er versuchte sehr vernünftig mit Jad zu diskutieren, aber der ließ ihn kaum zu Wort kommen. Irgendwann wurde das Gespräch dann ohne Ergebnis abgebrochen. Also sind wir uns immer wieder gegenseitig ins Gehege gekommen. Ich fand es spannend mit Alec zu flirten, wenn wir uns begegneten, und ihn dann immer wieder abblitzen zu lassen«, gestand ich. »Jads Feindseligkeit hat den verbotenen Flirt mit dem Gegner noch reizvoller gemacht. Ich habe mich gut gefühlt, begehrt und doch unnahbar.«

Ich hielt inne, um einen Schluck zu trinken. Meine Kehle fühlte sich durch die Erinnerung ausgetrocknet an.

»Es ging eine Weile gut, bis wir uns eines Tages zufällig in einem kleinen Supermarkt über den Weg gelaufen sind. Weit weg von unseren Gruppen und weit weg von meinem Wachhund.«

Ich schaute zu Stapa, der mir einen ungnädigen Blick zuwarf.

Nico hörte mir aufmerksam zu. »Also habt ihr miteinander ...?«

Ich nickte und seufzte.

»Es kam ziemlich schnell heraus und es gab 'ne Menge Ärger. Einige haben mir vorgeworfen, ich hätte die Gruppe verraten, denn dummerweise hat die Sache uns auch noch einen Auftrag gekostet. Unsere damalige Zielperson war überraschend aufgetaucht und mein Einsatz wäre erforderlich gewesen. Da ich aber nicht zu finden war, hat die Suche nach mir dafür gesorgt, dass Alecs Gruppe uns den Auftrag vor der Nase wegschnappte. Offensichtlich hatten die ihren Anführer dafür nicht gebraucht, denn der war ja anderweitig beschäftigt.«

Vom Fahrersitz kam ein Geräusch, das irgendwo zwischen Schnauben und Knurren lag. Ich wurde rot, denn mir wurde bewusst, dass Stapa damals zu denen gehört hatte, die mich gesucht hatten, statt sich um die Zielperson zu kümmern. Er war bestimmt ziemlich sauer gewesen. Ob er es mir noch immer übelnahm? Er sagte nichts. Aus Angst, Verachtung in seinem Blick zu finden, traute ich mich nicht ihn anzusehen, als ich weitersprach: »Mit einem Schlag war jedes Vertrauen in mich weg. Man warf mir sogar vor, Informationen weiterzugeben und die Gruppe zu sabotieren. Das war natürlich Blödsinn. So etwas hätte ich niemals getan, aber nicht alle waren davon zu überzeugen, also bin ich gegangen. Jad meinte zwar, das würde sich schon wieder einrenken, aber ich war mir da nicht so sicher. Zudem...«, ich stockte und setzte neu an, »zudem war ich selbst so unsicher. Ich meine, ich hätte nie Informationen weitergegeben oder irgendetwas getan, was der Gruppe schadet, aber die Art, wie mich alle angesehen haben ... Es war besser zu gehen, bevor es noch mehr Ärger gegeben hätte.«

»Hast du ihn geliebt?« Für Nico war es unvorstellbar, mit jemandem zu schlafen, den man nicht liebte.

»Ich glaube nicht, nein«, sagte ich wahrheitsgemäß.

Ich hatte damals einen kompletten Schnitt gemacht, das hieß nicht nur weg von der Gruppe, sondern auch weg von Alec. Letzteres hatte weitaus weniger geschmerzt als ersteres, also war ich wohl nicht verliebt gewesen. Es war nichts als eine kleine Schwärmerei, ein schwacher Augenblick, der mein Leben damals so komplett veränderte.

Ich drehte mich wieder nach vorne. Stapa hatte kein Wort gesagt, vermutlich hatte er nicht einmal zugehört. Warum auch? Er kannte die Geschichte ja gut genug, immerhin hatte er sie miterlebt. Einen Moment lang fragte ich mich, was er damals darüber gedacht hatte. Ich hatte ihn damals nicht mehr gesehen, hatte mich nicht einmal von ihm verabschiedet. Gestern Abend hatte er gesagt, wir wären Freunde. Wenn er das so sah, hatte er mir bestimmt übelgenommen, dass ich ohne ein Wort des Abschieds an ihn zu richten, weggegangen war, und damit hatte er natürlich recht. Ich wollte etwas sagen, mich entschuldigen, aber ich fand keine Worte.

Daher lehnte ich mich in meinem Sitz zurück, starrte auf die Straße und ließ die Gedanken zu, die auf mich einströmten. Ich sah das kleine Geschäft, durch das ich gemütlich schlenderte, und dann beobachtete mich plötzlich Alecs schönes Gesicht durch ein Regal hindurch.

Seine hellblauen Augen bildeten einen starken Kontrast zu den schwarzen Haaren. Der kleine Bart um seinen Mund betonte diesen und lud zum Küssen ein, und dann war da vor allem dieser Blick ... Dieser Blick vermittelte das Gefühl, der Mann dahinter könnte Träume erfüllen. Dazu kam natürlich die unglaublich gut trainierte Figur. An Alec stimmte einfach alles. Er war ein Traummann und er wusste es. Er setzte seine Ausstrahlung und seinen Charme bewusst ein.

Ich ließ ihn nun schon seit Monaten zappeln, das war er nicht gewöhnt, aber er zweifelte mit Sicherheit nicht daran, dass auch ich ihm verfallen würde. Meine Ablehnung war nur dadurch so standhaft, weil Jad Stapa zu meinem Schatten gemacht hatte, wann immer Alec in der Nähe war, und das wusste er. Ich selbst wusste es allerdings nicht. Ich war überzeugt, dass ich auch ohne Aufpasser nicht schwach werden würde. Ich wusste ja um Jads besondere Abneigung gegenüber Alec und ich wollte meine Freundschaft mit ihm nicht gefährden.

Stapa war ein sehr stiller Schatten gewesen. Obwohl er monatelang kaum von meiner Seite gewichen war, hatten wir in dem einen Tag unserer Flucht mit Nico mehr miteinander gesprochen als damals.

Dann war es einige Wochen lang ruhig gewesen. Da wir keine Einsätze hatten und sich dadurch die Rivalität zwischen unserer und Alecs Gruppe etwas gelegt hatte, hielt Jad es nicht mehr für nötig, mich unter ständiger Bewachung zu halten. Immerhin war ich ja keine Gefangene. Natürlich hatte ich auch einen mittelgroßen Aufstand angefacht: von wegen ich sei kein kleines Kind und könne meine eigenen Entscheidungen treffen. Ich würde mich nicht länger so behandeln lassen und so weiter.

An einem schönen Sommertag ging ich shoppen. Ich brauchte ein wenig Ruhe von den Jungs und etwas Zeit für mich. Als ich schon auf dem Heimweg war, hielt ich noch an einem kleinen Einkaufsmarkt. Dort stand dann plötzlich Alec vor mir. Natürlich habe ich ihm zunächst die kalte Schulter gezeigt, doch nach einiger Diskussion ließ ich mich auf ein Eis einladen. Dass Jad mich unter Bewachung gestellt hatte, ärgerte mich noch immer und ich war wohl etwas trotzig deswegen. Außerdem war es meine Freizeit. Da würde ich mir nicht vorschreiben lassen, wen ich sehen durfte und wen nicht.

Alec und ich verstanden uns gut. Wir saßen mehrere Stunden in einer Eisdiele, redeten und lachten.

Ich hatte nicht erwartet, in ihm einen so angenehmen Gesprächspartner zu finden. Ich hatte vermutet, einen langweiligen Nachmittag mit einem arroganten und überheblichen Typen zu verbringen, der mich von meiner kleinen Schwärmerei rasch heilen würde,

doch Alec war nett und hatte einen tollen Humor. Es war offensichtlich mehr an ihm als nur eine schöne Hülle.

So blieb es nicht bei dem Eis. Ich hatte plötzlich gar keine Lust mehr, kalt und unnahbar zu sein. Die Jungs hatten alle ihre Abenteuer. Hatte ich nicht auch das Recht, mich mal zu amüsieren? Ich warf alle Gedanken an die Folgen über Bord. Es musste ja schließlich niemand etwas davon erfahren. Wir landeten in seinem Bett.

Noch immer kribbelte es in mir, wenn ich an diese Nacht dachte. Alec wusste genau, was er tat. Es war so leidenschaftlich gewesen.

Ich seufzte, schüttelte den Kopf, um wieder in die Gegenwart zurückzukehren, und bemerkte, dass Stapa auf einen Schnellimbiss zufuhr.

7.

Es war bereits Mittag, wie mir ein kurzer Blick auf die Uhr verriet.
Wieder einmal war ich erstaunt, welche Mengen Stapa essen konnte, doch auch Nico schaffte eine große Portion.
Meine Gedanken hatten mir den Hunger vertrieben, aber das kam Stapa gerade gelegen, denn so konnte er auch meine fast unangerührte Currywurst noch vertilgen.

Nach dem Essen ging Stapa nach draußen, um Jad anzurufen. Er musste mit ihm in Kontakt bleiben, um ihm zu berichten, wie die angebliche Suche nach uns voranging. Ich verstand noch immer nicht, warum er ihm nicht einfach erzählte, dass wir bei ihm waren. Ich war mir sicher, Jad würde uns decken, und wenn er die anderen auf eine falsche Fährte führte, hätten wir genug Zeit, um einen Ausweg aus unserer prekären Situation zu finden.
Stapa meinte aber, es sei besser, wenn Jad nicht wüsste, dass er bei uns war. Er erklärte es damit, dass Jad vor der Gruppe hart bleiben müsse, und das wäre leichter, wenn er selbst nicht mehr wisse als sie. Ich hatte Jad nie schwach erlebt und war überzeugt, dass er ein Geheimnis ohne Probleme vor den anderen hätte verbergen können. Außerdem sagte mir etwas in Stapas Blick, dass er mir nicht die Wahrheit sagte. Es musste einen anderen Grund geben, warum er seinen Anführer nicht

ins Vertrauen zog, doch ich beschloss, diese Entscheidung Stapa zu überlassen.

Als Stapa zurückkam, hatte er das Vorgehen für die weitere Suche nach uns mit Jad abgesprochen. Details erzählte er nicht. Es war ja auch nicht wichtig. Wir vertrauten einfach darauf, dass er die Gruppe in die Irre führte. Uns blieb ja auch nichts anderes übrig. Wir hatten uns nun einmal ihm angeschlossen, jetzt mussten wir hoffen, dass dies kein Fehler gewesen war.

Stapa erklärte knapp, wohin wir als nächstes fahren würden, und gab uns die Nummer eines Hotels vor Ort.

Ein paar Stunden später reservierte ich von einem öffentlichen Telefon aus unter falschem Namen ein Zimmer für Nico und mich. Ein Einzelzimmer hatte Stapa bereits im Anschluss an das Telefonat mit Jad gebucht. Ebenso ein Zimmer unter seinem eigenen Namen in einem Hotel, das nur wenige Kilometer entfernt lag. So würde er Jad am nächsten Tag berichten können, dass er uns knapp verpasst habe.

Um wie ganz normale Touristen zu wirken, besorgten wir in einem Kaufhaus zwei Rucksäcke, Wanderschuhe und Outdoorjacken, außerdem ein paar frische Klamotten. Das war dringend nötig, immerhin trugen wir seit mehr als zwei Tagen dasselbe Zeug. Ich kaufte zwei Jeanshosen, T-Shirts, einen Pullover und Unterwäsche. Da es Nico unangenehm war, nicht selbst zahlen zu können, suchte ich ihm einige Klamotten zusammen und kaufte sie, ohne ihn zu fragen. Die Gruppe besaß genug Geld und ich hatte keine Gewissensbisse, das Geld, das Stapa uns gegeben hatte, auszugeben. Nico hingegen versicherte Stapa mehrfach, dass er ihm das Geld zurückzahlen werde, doch der brummte nur abwehrend.

Wir betraten das Hotel vor Stapa, der noch eine Weile mit dem Auto durch die Gegend fuhr. Alle Autos der Gruppe waren mit Peilsendern ausgestattet, und obwohl Stapa sich sicher war, dass niemand ihm gegenüber misstrauisch war, wollte er dazu auch keinen Anlass geben. Es sollte so aussehen, als ob er nach uns suche. Später ließ er das Auto vor dem anderen Hotel stehen und kam zu Fuß zu unserem zurück.

Ich war wieder einmal überrascht von seiner genauen Planung. Er dachte wirklich an jedes Detail.

Nico und ich lagen auf dem Bett und sahen uns einen Film an, … nun, eigentlich redeten wir. Es war das erste Mal, seit wir Stapa getroffen hatten, dass wir etwas Ruhe hatten und unter uns waren. Nico war noch immer völlig verwirrt von der ganzen Situation, doch ich fand, dass er sich dafür sehr gut hielt. Jetzt nutzte er die Gelegenheit und fragte mich über alle möglichen Dinge aus, die ich früher erlebt hatte, und ich antwortete ihm gerne. Es tat gut, endlich mal mit jemandem darüber zu reden. Ich hatte das alles so lange für mich behalten und verdrängt. Nico war fasziniert und starrte mich an, als sei ich eine völlig fremde Person. Genau genommen war es auch so. Ich war nicht die Frau, die er kennengelernt hatte.

»Hast du das alles vermisst?«, wollte er irgendwann wissen.

»Ja, ziemlich oft sogar. Es war schwer, wieder ‚normal' leben zu müssen.«

»Na ja, ganz normal warst du nie.« Er lachte und ich warf mit einem Kissen nach ihm.

Es war schön, ihn endlich wieder lachen zu hören.

Trotzdem wurde ich gleich darauf wieder ernst: »Es tut mir so leid, dass ich dich da mit reingezogen habe.«

»Du kannst ja nichts dafür. Vielleicht ist es besser so. Stell dir vor, sonst wärst du jetzt mit Stapa alleine unterwegs.« Er lächelte und ich musste einfach mitlächeln.

Ich gab zu, dass mir dieser Gedanke tatsächlich nicht besonders gefiel. Dabei hätte ich nicht genau sagen können, woran das lag. Ich hatte keine Angst vor Stapa, aber wären wir alleine gewesen, hätte ich mich vermutlich sehr hilflos gefühlt. So musste ich auf Nico aufpassen und ihm durch diese verwirrende Situation helfen.

»Du redest immer von der Gruppe, hattet ihr nicht irgendeinen coolen Namen?«, unterbrach Nico meine Gedanken.

Ich hob eine Augenbraue: »Wie zum Beispiel …?«

»Weiß nicht …‚Rächer der Gerechtigkeit'«, schlug er vor und wir brachen beide in Lachen aus.

»Ich werde es bei Gelegenheit mal vorschlagen«, versprach ich.

Es war schon spät, als Stapa an unsere Tür klopfte. Er forderte Nico auf, ins Bett zu gehen, und sein Gesicht ließ keinen Zweifel daran, welches Bett er meinte. Nico nahm den Schlüssel, den ihm Stapa reichte, und verschwand in das Einzelzimmer.

»Traust du ihm immer noch nicht?«, fragte ich, als Nico das Zimmer verlassen hatte.

»Euch beiden«, kam die knappe Antwort und sein

Gesichtsausdruck ließ mal wieder nicht erkennen, was er damit meinte.

Dann ließ er sich auf das kleine Sofa fallen und schloss die Augen.

Ich überlegte kurz, ob ich etwas dazu sagen sollte. Bei dieser Aussage ging es nicht darum, dass Nico gefährlich sein könnte. Was ging es Stapa an, wenn ich etwas mit Nico anfangen wollte? Es gab keinen Grund, mich von ihm fernzuhalten. Stapa war nicht mehr mein Aufpasser.

Auf der anderen Seite hatte ich ja gar nicht vor, etwas mit Nico anzufangen, und es war mir auch egal, wer in welchem Zimmer schlief. Selbst mir war klar, wie unnötig es war, eine Diskussion mit Stapa darüber anzufangen. Es wäre eine reine Trotzreaktion gewesen.

Ich ging also ohne eine Erwiderung ins Bad, um zu duschen.

Als ich zurückkam, lag Stapa unverändert auf dem Sofa und regte sich nicht.

»Schläfst du schon?«

Ein Brummen signalisierte, dass er noch wach war.

»Du hast doch eine Vermutung. Wer, glaubst du, steckt hinter dem Ganzen hier?«

Er ignorierte meine Frage. Einen Moment lang dachte ich, er sei jetzt vielleicht wirklich eingeschlafen, doch ich wollte noch nicht aufgeben und setzte erneut an: »Bist du sauer auf mich?«

Ich saß mit angezogenen Beinen auf der Bettkante. Er öffnete ein Auge und sah mich überrascht an.

»Wie kommst du darauf?«, murmelte er.

Weil ich euch damals den Auftrag versaut habe? Weil

ich gegangen bin, ohne mich von dir zu verabschieden?, wollte ich sagen, aber alles, was ich herausbrachte, war: »Bist du es?«

»Nein.«

Wir schwiegen und ich dachte, er würde wieder versuchen zu schlafen, doch er sah mich an, also fühlte ich mich ermutigt, noch einmal nachzuhaken: »Warum sagst du mir dann nicht, was du denkst?«

»Ich bin mir nicht sicher«, brummte er.

Wieder schwiegen wir. Es machte mich beinahe verrückt. Warum schwieg dieser Mann so viel? Warum sagte er nicht einmal etwas von sich aus?

Nach einigen Minuten entschied ich, nicht wieder diejenige zu sein, die das Schweigen brach, und ließ mich rückwärts ins Bett fallen. Ich zog die Decke über mich, löschte das Licht und wollte versuchen zu schlafen, da begann tatsächlich er zu sprechen: »Hattest du etwas mit Jad?«

Die Frage verwirrte mich. Sie war so absurd. Jad war mein bester Freund, mein Beschützer. Ich liebte ihn, aber auf eine völlig unerotische Art. Nicht dass ich ihn nicht attraktiv gefunden hätte. Er war über fünfzehn Jahre älter als ich, aber sein durchtrainierter Körper, seine tiefen, braunen Augen und dieses spitzbübische Lächeln konnten einer Frau schon den Kopf verdrehen, und ich wusste, dass sie das auch des Öfteren taten. Jads häufig wechselnde Liebschaften hatten mich aber nie gestört. Nicht ein einziges Mal hatte ich das Bedürfnis gehabt, anstelle einer dieser Frauen zu sein. Für mich war Jad immer der große Bruder gewesen, den er bei unserem ersten Treffen gespielt hatte, um mir aus einer blöden

Situation zu helfen. Ich wäre nie auf den Gedanken gekommen, mit ihm ins Bett zu gehen. Abgesehen von dem einen Versuch ganz am Anfang, hatte auch Jad nie wieder ein solches Interesse an mir gezeigt. Ich war überzeugt, er war ebenso wie ich froh, dass ich ihn damals hatte abblitzen lassen, denn sonst wäre nie eine Freundschaft zwischen uns entstanden. Diese war definitiv mehr wert als eine flüchtige Affäre.

Ich schüttelte also den Kopf und vergaß für einen Moment, dass Stapa das nicht sehen konnte, also verneinte ich es, und meine Stimme verriet ihm sicher meine Überraschung über diese Frage.

»Hast du jemals versucht, ihn zu verführen?« Aus seiner Stimme war nicht herauszuhören, was er dachte.

»Nein.«

»Auch nicht, als du dich von ihm verabschiedet hast?«

»Nein.«

»Es ist wichtig, dass du mir das jetzt sagst.« Er klang beinahe drohend.

Ich betonte jedes Wort, als ich zurückgab: »Ich habe nie versucht, mit ihm zu schlafen.«

Ich hatte mich wieder gesetzt und starrte Stapas dunklen Schatten an. Auch er hatte sich aufgesetzt. Ich konnte sein Gesicht nicht erkennen.

»Wenn du nicht ehrlich zu mir bist, ...«

»Verdammt, was soll denn das?« Jetzt war ich wirklich verärgert. Warum sollte ich ihn belügen? Was sollten diese Fragen? Was ging ihn das eigentlich an? Plötzlich wurde mir klar, was Stapa von mir halten musste.

Ich hatte mit Alec geschlafen, obwohl ich wusste, dass es zu Problemen führen würde. Ich hatte meine Triebe nicht im Griff gehabt. Stapa war der Meinung, dass ich mit jedem gleich ins Bett ging. Hatte er nicht vorhin noch gesagt, dass er mir und Nico nicht traue? Er traute mir nicht zu, eine Nacht in Nicos Gegenwart zu verbringen, ohne über ihn herzufallen. Er hatte seine alte Position als Aufpasser eingenommen. Sein Schatten auf dem Sofa rührte sich nicht und trotzdem hatte ich das Gefühl, dass sein misstrauischer Blick auf mir ruhte.

Hatte er Angst, dass ich es bei ihm versuchen würde? Ich, das männerverschlingende Miststück.

»Was hältst du eigentlich von mir? Ja, ich habe einen Fehler gemacht. Das heißt aber noch lange nicht, dass ich eine Schlampe bin. Im Gegensatz zu euch habe ich doch wie eine Nonne gelebt. Scheiße.« Ich schrie ihn an, bekam aber wie üblich keine Antwort.

Er fuhr sich mit der Hand über sein Gesicht und das kurz geschorene Haar. Mit einem möglichst lauten Stöhnen, das meine Wut ausdrücken sollte, warf ich mich aufs Bett. Am liebsten hätte ich gegen irgendwas getreten.

»Er hat es gesagt«, sagte Stapa langsam und sehr leise.

»Was?« Ich brauchte einen Moment, versuchte mich daran zu erinnern, was er zuletzt gesagt hatte.

Er half mir dabei: »Er sagte, dass du ihn verführen wolltest.« Stapa sprach noch immer langsam.

»Warum?«

Stapa seufzte und schüttelte den Kopf, wie alles, was er tat, sehr langsam.

»Eifersucht.«

War das eine Frage? Eine Feststellung? Ich konnte es nicht an seiner Stimme erkennen und versuchte es an seinem Schatten zu sehen. Ich wusste nicht, was ich dazu sagen sollte. Es schien völlig absurd zu sein. Genau, das war es.

»Das ist absurd«, rief ich.

»Tatsächlich? Du warst eine der wenigen Frauen, die er nicht rumbekommen hat. Das hat ihm imponiert. Er hielt dich für unnahbar, im positiven Sinn, doch als du mit Alec geschlafen hast, hast du dieses Bild zerstört. Es lag nicht mehr an deinem starken Charakter, dass er dich nicht bekommen hat, sondern an ihm selbst.«

Ich starrte ihn an. Ich hatte ihn noch nie so lange am Stück sprechen hören und wusste nicht, was mich mehr überraschte, diese Tatsache oder das, was er sagte.

»Trotzdem verstehe ich nicht, warum er dann erzählt hat, dass ich mit ihm schlafen wollte.«

»Stolz.«

Das war wieder der Stapa, den ich kannte. Eine Antwort, die aus einem Wort bestand. Ich wartete, doch es folgte nichts mehr. Wieder schwiegen wir.

Mir rasten viele Gedanken durch den Kopf. Wenn es stimmte, was Stapa sagte, hatte ich Jad mehr verletzt, als mir bewusst war. Ich hatte die sexuelle Spannung der Anfangszeit längst vergessen und hatte nicht daran gedacht, dass sie für Jad noch aktuell sein könnte. Seine Annäherungsversuche hatte ich als Spaß abgetan und zum Teil waren sie das vermutlich auch gewesen. Er hatte mich immer die »Unnahbare Verführerin« genannt. Häufig war es meine Aufgabe gewesen, Männer abzulenken, damit die anderen an sie herankamen, doch ich hatte von Anfang an meine Grenzen festgelegt, und sie waren akzeptiert worden. Ich flirtete zwar intensiv, war aber nicht bereit, mit jemandem ins Bett zu steigen.

Ich dachte an Jads Reaktion auf das, was ich mit Alec getan hatte. Eigentlich wusste ich gar nicht, wie er reagiert hatte, als er davon erfahren hatte. Irgendwann wussten es plötzlich alle. Ich habe nie erfahren, woher. War ich doch heimlich überwacht worden? Hatte Alec damit geprahlt, mich ins Bett bekommen zu haben?

Ich erinnerte mich nur zu gut an diese abschätzigen Blicke, als ich durch die vertrauten Räume ging. Ich wusste, dass ich als Verräterin betrachtet wurde, doch ich wusste nicht, wie Jad mich empfangen würde. Er hatte mich zu sich rufen lassen, um unter vier Augen mit mir zu sprechen.

Ich hatte bereits die Entscheidung getroffen zu gehen, denn ich wusste, dass nichts mehr so sein würde wie zuvor. Das Vertrauen war zerstört, doch ich hoffte, dass wenigstens Jad mich nicht verurteilen würde. Er kannte mich gut genug, um zu wissen, dass ich ihm und den anderen nie schaden wollte. Ich war mir sicher, dass er das wusste. Dennoch zitterte ich, als ich die Türe zu seinem Zimmer öffnete. Er saß in einem Sessel an einem kleinen Tisch, vor ihm lag ein brauner Umschlag, einer wie die, in denen er die Aufträge aufbewahrte, und ich wusste, welche Informationen dieses Kuvert enthielt. Ich ging zögernd auf ihn zu, doch als ich sprechen wollte, hinderte mich seine erhobene Hand daran. Ich wartete, bis er endlich den Blick hob und mich ansah. Ich konnte seine Miene nicht deuten. Er wirkte so emotionslos, wie ich es noch nie an ihm gesehen hatte. Mein Herz raste und der Moment schien eine Ewigkeit zu währen.

Dann sagte er mit einer Stimme, die ebenso emotionslos war wie sein Gesicht: »Was machst du nur?«

Er verzog den Mund zu einem Lächeln, doch es erreichte seine Augen nicht. Dann seufzte er und jetzt endlich veränderte sich sein Blick. Bedauern lag darin. Er erklärte mir ganz ruhig, dass er gerne bereit sei, den Vorfall zu vergessen. Noch bevor er ein »aber« anfügen konnte, sagte ich, dass ich gehen würde.

Er sah mich überrascht an und versicherte mir, dass es dafür keinen Grund gebe und dass ich fürs Erste etwas kürzertreten könne. Ich solle mich einfach im Hintergrund halten, bis Gras über die Sache gewachsen sei.

Er machte sogar eine Bemerkung darüber, dass er ja nun, da meine Unnahbarkeit aufgebrochen war, endlich auch Chancen bei mir hätte. Ich lachte über sein herausforderndes Zwinkern, doch wieder lächelten seine Augen nicht mit. Ich ging davon aus, dass das der Gesamtsituation geschuldet war.

Jetzt, nach Stapas Worten, sah ich die Szene natürlich in einem anderen Licht. Jad hatte diese Bemerkung ernst gemeint. So gesehen war er es, der Annäherungsversuche gemacht hatte. Warum schob er sie auf mich? Stapa meinte, es läge an seinem Stolz. Dass Jad stolz war, konnte ich nicht bestreiten. Ich habe nie einen Menschen kennengelernt, der ein so selbstbewusstes Auftreten hatte wie er. Langsam ergab sich ein Bild für mich. Jad hatte vor seinen Leuten zeigen wollen, dass er ebenso gut war wie Alec. Das war völlig dämlich, aber es machte irgendwie Sinn.

»Hat ihn das wirklich so getroffen?« Wieder war ich es, die das Schweigen brach. Ich konnte einfach nicht nachvollziehen, dass ich den starken, selbstbewussten Jad so sehr verletzt haben könnte, oder besser gesagt seinen Stolz. Ich war damals doch noch so jung gewesen.

»Er hat dich verehrt«, sagte Stapa, als sei das ganz selbstverständlich.

»Verehrt?«

Langsam kam ich mir dämlich vor, alles was er sagte, als Frage zu wiederholen.

»Du warst in seinen Augen vollkommen. Dieses Bild hast du zerstört.«

»Quatsch, ich habe öfter mal Mist gebaut oder mich nicht gerade vorbildlich benommen«, widersprach ich.

Wie oft hatte Jad mich aus bedrohlichen Situationen retten müssen, in die ich mich hineinmanövriert hatte? Wie oft hatte er mich völlig betrunken ins Bett tragen müssen? Wie oft hatte er mich ausgelacht, weil ich etwas, das er mir erklärte, einfach nicht verstehen konnte?

»Nicht fehlerlos; vollkommen.«

Ich begann diese kurzen Antworten zu hassen.

»Ich habe ihn enttäuscht«, sagte ich resigniert.

Es machte mich traurig. Jad war mein bester Freund, wie hatte mir nicht klar sein können, was er für mich empfand?

»Sehr«, brummte Stapa.

Das trug nicht dazu bei, dass sich meine Stimmung hob.

»Das tut mir leid.« Ich schluckte.

Ich würde nicht vor Stapa weinen.

»Etwas spät«, kam es emotionslos vom Sofa und ich wusste nicht, auf wen sich meine Wut gerade mehr richtete. Auf mich, die ich meinen besten Freund verletzt hatte, oder auf Stapa, der mir meinen Fehler so trocken unter die Nase rieb.

»Jad ist nicht der Typ, der still vor sich hin leidet«, sagte Stapa.

Wenn das ein Versuch sein sollte, mich aufzumuntern, ging er völlig in die Hose. Stapas Stimme hatte sich nicht verändert, er hätte ebenso gut sagen können: »Ich habe Hunger.«

Ich schnaubte und bemerkte, dass er mich ansah. Sein Schatten schien mich eindringlich zu mustern.

»Jeder geht mit Enttäuschungen anders um.«

Er wollte auf etwas hinaus und ich hatte das Gefühl, etwas nicht mitbekommen zu haben. Es half nichts, ich musste fragen: »Wie meinst du das?«

»Jad akzeptiert Enttäuschungen nicht einfach so.«

Als ich nicht reagierte, ließ sich Stapa dazu herab, mir noch einen Hinweis zu geben: »Jad hat den Auftrag gebracht, den Jungen zu finden.«

»Jad bringt alle Aufträge«, sagte ich gleichgültig.

Ich verstand nicht, was er mir zu sagen versuchte.

Im Nachhinein denke ich, dass ich es einfach nicht verstehen wollte.

»Wir waren uns doch einig, dass es nicht um den Jungen geht«, seufzte er geduldig.

Ich nickte und fühlte mich wie ein dummes Kind, dem ein Lehrer versucht, auf die Sprünge zu helfen. Es dauerte noch einen Moment, bis Stapas Hinweise sich endlich in meinem Kopf ordneten und ich erkannte, was er mir sagen wollte: Jad konnte ohne Probleme einen falschen Auftrag erstellen. Niemand würde es bemerken. Niemand würde daran zweifeln.

»Nein«, brach es aus mir heraus. »Nur weil sein männlicher Stolz verletzt ist? Das ist doch Blödsinn.«

»Du hast vorhin selbst gesagt, dass Jad eine ganz besondere Abneigung gegen Alec hat. Vielleicht hättest du dir einen anderen Liebhaber aussuchen sollen.« Den Vorwurf in Stapas Stimme nahm ich zwar wahr, aber er erreichte mich nicht.

»Das glaube ich nicht«, flüsterte ich tonlos.

Ich fühlte mich leer. Alles, woran ich geglaubt hatte, war plötzlich Infrage gestellt.

Stapa sagte nichts. Er strich sich erneut über die Haare. Ich sprang auf und lief im Zimmer auf und ab. Die Gedanken flimmerten in meinem Kopf. Jad wollte mich umbringen, nur weil ich mit Alec geschlafen hatte? Verletzter Stolz hin oder her. Das war maßlos übertrieben. Bedeutete ich ihm wirklich so wenig – oder sein Stolz ihm so viel? Warum hatte er mich und Nico dann zuerst laufen lassen? Ich brauchte Stapa nicht zu fragen, denn diesmal fand ich die Antwort selbst. Hätte er uns gleich umgebracht, hätte sich jemand wundern können, warum er mich nicht verschonte. Ich mochte als Verräterin gelten, doch Jad hatte damals zu mir gestanden. Außerdem hatte ich nichts Falsches getan, zumindest nichts, was es rechtfertigen würde, mich zu beseitigen, und so grausam war keiner in der Gruppe, dass er eine Unschuldige umbrachte. Zudem waren sie einmal meine Freunde gewesen und ich konnte davon ausgehen, dass sie es in dieser Situation nicht fraglos akzeptiert hätten, wenn ich zu Schaden gekommen wäre. Wenn ich mich jetzt aber eindeutig auf die Seite eines Verbrechers und somit gegen die Gruppe stellte, blieb Jad nichts anderes übrig, als sich gegen mich zu wenden, um sein Ansehen aufs Spiel zu setzen. Ich half einem Drogendealer und kaltblütigen Kindsmörder. Wenn ich auf der Flucht mit ihm starb, würde es vielleicht der ein oder andere bedauern, aber keiner hinterfragen. Ich war sicher, Jad würde es hinterher so aussehen lassen, als habe er gar nicht anders gekonnt oder als sei es ein Unfall gewesen und als würde es ihm unendlich leidtun. Er war vermutlich sehr zufrieden mit sich, sein Plan ging auf. Ich fühlte mich leer und einsam. Wie konnte er mich so sehr hassen? Tränen schossen mir in die Augen und ich konnte nicht sagen, ob aus Wut, Angst oder Enttäuschung. Ich starrte auf das verschlungene Muster des Teppichs, das selbst im Dämmerlicht zu erkennen war. Die Gedanken in meinem Kopf drehten sich wild hin und her, oder waren da überhaupt keine Gedanken?

»Warum bist du hier?«, fragte ich nach einer Weile.

Stapa schreckte hoch. Ihm waren wohl bereits die Augen zugefallen und er brauchte einen Moment, um meine Frage zu verstehen.

»Weil du nichts getan hast«, murmelte er und legte sich wieder zurück, als müsste mich dieser Satz zufriedenstellen.

»Aber du gibst alles auf. Deine Stellung bei Jad, nur um mir zu helfen.«

»Es ist meine Aufgabe, Unschuldige zu beschützen.«

Die gebrummelten Worte waren nur schwer zu verstehen. Gut, er wollte jetzt schlafen. Seine Worte trugen jedoch dazu bei, dass ich mich noch einsamer fühlte. Es ging ihm nur um Gerechtigkeit, und nicht im Geringsten um mich. Er tat das nicht, weil er mich mochte oder weil wir Freunde waren, sondern weil ich unschuldig war. Vor ein paar Tagen hatte ich ihn noch für korrupt gehalten, hatte gedacht, er würde alles tun, was man ihm auftrug, wie eine Maschine, und nun, da ich erkannte, dass ich mich geirrt hatte, war ich nicht zufriedener. Er hatte offensichtlich ein sehr starkes Gerechtigkeitsempfinden, aber machte ihn das zu einem Menschen mit Gefühlen? Genau genommen kam er mir jetzt, wie er da schlafend auf dem viel zu kleinen Sofa lag, noch kälter und unnahbarer vor als jemals zuvor. Er wirkte so roh, so kalt. Eigentlich hätte es mir egal sein sollen, warum er uns half. Ohne ihn hätte man uns mit Sicherheit längst gefunden und ich wollte mir gar nicht ausmalen, was dann mit uns geschehen wäre. Auf der anderen Seite hatte er gesagt, wir seien Freunde. Dass das scheinbar nur eine leere Floskel war, verletzte mich. Ich wollte nicht einfach ein Fall wie jeder andere für ihn sein. Jetzt rannen mir doch Tränen rannen über die Wangen, doch ich bemühte mich, das Schluchzen zu unterdrücken. Ich wollte keine Schwäche zeigen, nicht vor diesem kalten Felsen. Ich weinte mich still in den Schlaf.

8.

Wir zogen einige Tage herum. Stapa behandelte uns wie Kinder, auf die er aufpassen musste. Er entschied, in welchen Hotels wir übernachteten, wo wir aßen und wohin wir fuhren. Er ließ Nico und mich nie länger als zwei Stunden aus den Augen, so als könnte uns etwas geschehen oder als könnten wir irgendeine Dummheit machen. Wie konnte er mir nur so wenig vertrauen? Meistens lief er schweigend zwischen oder ein paar Meter hinter uns. Wir sprachen nur das Nötigste miteinander. Mir war das recht, ich fühlte mich gekränkt, was natürlich lächerlich und tatsächlich kindisch war, aber die Art, wie er uns behandelte, empfand ich als abwertend.

Er telefonierte häufig mit Jad, doch er tat es immer, wenn wir nicht in der Nähe waren, und er erzählte uns nie, was bei diesen Gesprächen besprochen wurde. Ich fragte auch nicht weiter nach. Eigentlich hätte ich ihn mit Fragen löchern müssen, denn immerhin ging es um mein Leben, aber ich tat es nicht. Ich schob die Gefahr von mir weg und konzentrierte mich ganz auf meinen albernen Stolz.

Einmal kaufte Stapa zwei Tickets und schickte Nico und mich ins Kino. Er würde in der Zwischenzeit mit Jad sprechen. Angeblich wollte Stapa, dass wir uns nicht langweilten, aber in Wahrheit war es für mich wie ein weiterer Schlag ins Gesicht. Er schickte uns weg, um seine Ruhe zu haben. Er stand schon vor dem Kino und erwartete uns, als wir herauskamen. Als hätten wir den kurzen Weg bis zum Hotel nicht ohne ihn gefunden. An diesem Abend war ich froh, dass wir nicht zusammen aßen. Wir hatten, wie immer, einzeln eingecheckt. Ich hatte darauf bestanden, im Hotel zu essen, und daher saßen wir an unterschiedlichen Tischen.

»Er lässt uns nicht aus den Augen«, sagte ich zu Nico, als wir auf unser Essen warteten.
Stapas Tisch war am anderen Ende des Raumes und er konnte uns nicht hören, doch sein Blick ruhte auf uns. Ich spürte es, obwohl ich mit dem Rücken zu ihm saß.
»Stapa? Er will uns doch nur beschützen.« Nico lächelte.
Ihn schien unser Aufpasser nicht weiter zu stören. Er hatte sich an ihn gewöhnt. Die Angst, die er anfangs vor ihm gehabt hatte, war gewichen. Stapas Gegenwart gab ihm mittlerweile ein Gefühl von Sicherheit.
»Ich finde, er übertreibt es«, gab ich mürrisch zurück.
»Wie lange wird das noch so weitergehen?«, fragte Nico und sah plötzlich weit weniger entspannt aus.
Ich sah ihn an. Er war immer noch verängstigt. Natürlich hatte ich ihm unsere Vermutungen mitgeteilt. Er hatte es erstaunlich ruhig hingenommen, als er erfuhr, dass er meinetwegen in Gefahr war. Er hatte nur wissen wollen, ob man ihn immer noch umbringen wollte, und als ich dies bejahte, hatte er ruhig genickt. Doch ich sah ihm an, dass er Angst hatte. Als er mich jetzt fragend anblickte, wurde mir das erste Mal bewusst, dass er zurückwollte. Er musste zur Uni, er wollte wieder mit unseren Freunden weggehen und alles wieder so haben, wie es zuvor gewesen war.

Ich hatte bisher nicht darüber nachgedacht, wie es weitergehen sollte. Ich würde nicht zurück ins beschauliche Mölln gehen können. Die Vergangenheit, die ich jahrelang mit aller Macht verdrängt hatte, hatte mich eingeholt. Irgendwie hatte ich es mir immer gewünscht. Ich hatte immer heimlich gehofft, dass die Menschen, die mir einst so wichtig waren, irgendwann wieder vor mir stehen würden. Ich hätte das nie zugegeben, am wenigsten mir selbst gegenüber. Ich hatte mir jeden Gedanken an sie verboten. Nun, da es tatsächlich geschehen war, schien ein Zurück in mein normales Leben unmöglich.

Natürlich hatte ich mir ein Wiedersehen ganz anders vorgestellt. Ich hatte nie daran gedacht, dass Jad mich umbringen wollen könnte. Die Auswirkung auf die Zukunft war jedoch ähnlich. Ich würde nicht wieder nach Mölln gehen. Das galt für mich, aber nicht für Nico. Er wollte und musste zurück. Für ihn gab es dieses normale Leben noch, und da ich dafür verantwortlich war, dass es ihm genommen worden war, musste ich auch dafür sorgen, dass er es wiederbekam. Es wurde Zeit, meinen Stolz hinunterzuschlucken.

Ich beschloss also, mein Schweigen gegenüber Stapa zu brechen. Noch immer bestand er darauf, in der Nacht das Zimmer mit Nico zu tauschen, und noch immer schlief er Nacht für Nacht auf unbequemen Sesseln und Sofas und überließ mir wortlos das große Doppelbett. Ich bot ihm nie an zu tauschen, obwohl es für mich weitaus angenehmer gewesen wäre, auf den kleinen Zweisitzern zu schlafen, als für ihn, der die zwei Meter gut überragte.

Natürlich hatte ich manchmal ein schlechtes Gewissen, aber ich war auch sauer. Sauer darauf, dass Stapa uns wie Kinder beaufsichtigte, dass er uns nicht zutraute, im selben Zimmer zu schlafen, ohne dass etwas passierte. Was fiel ihm ein, auch noch die Anstandsdame zu spielen? Ich hatte nicht vor, mit Nico zu schlafen, und selbst wenn, wo wäre das Problem gewesen? Wir waren alt genug und Nico gehörte auch nicht zu einer verfeindeten Gruppe. Es hätte unsere Situation nicht verschlimmert. Nico wurde gejagt, genau wie ich, es wäre keine neue Gefahr daraus hervorgegangen. Jad konnte uns ja schlecht zwei Mal töten.

Ich nahm an, dass Stapa Angst hatte, ich könnte etwas mit Nico anfangen und dann wie ein verliebter Teenager alles um mich herum vergessen. Also wieder die Behandlung, die man einer Zwölfjährigen zukommen lässt. Ich hatte sogar kurz daran gedacht, aus Trotz mit Nico zu schlafen. Nur um Stapa zu ärgern, um ihm zu zeigen, dass es dämlich war, uns zu bewachen, und um ihm zu beweisen, dass ich mich nicht überwachen ließ. Es wäre aber Nico gegenüber nicht fair gewesen und es hätte Stapa nur bestätigt, was er von mir dachte: dass ich kindisch sei.

Ich hatte mich also dafür entschieden, einfach nicht mehr mit ihm zu sprechen. Nicht gerade weniger kindisch, aber immerhin kam dabei niemand zu Schaden.

Jetzt war ich allerdings im Begriff, auch dieses Vorhaben zu brechen, was genau betrachtet nicht schlimm war, denn mein Schweigen hatte sowieso nichts gebracht. Stapa hatte einfach mitgeschwiegen und nur dann und wann Anweisungen gegeben, die wir zu befolgen hatten. Meine bösen Blicke hatte er ignoriert.

»Wir sollten uns langsam überlegen, wie wir weitermachen«, als wir an diesem Abend in unserem Zimmer waren, sagte ich daher so ruhig wie möglich. »Nico kann nicht ewig mit uns auf der Flucht sein. Er muss zurück.«

Ich war gerade aus dem Bad gekommen und saß nun auf dem Bett. Noch immer benutzte ich Stapas T-Shirts als Nachthemden. Ich hatte bei unserem Einkaufsbummel neulich vergessen, Schlafsachen zu kaufen, und die übergroßen Shirts waren superbequem. Außerdem gab mir der Geruch ein Gefühl von Sicherheit. Das hätte ich aber momentan unter keinen Umständen zugegeben.

Stapa nickte. Er stand am Fenster und sah hinaus.

»Wir müssen eindeutig beweisen, dass er nichts getan hat. Die anderen werden keinem Unschuldigen etwas antun«, fuhr ich fort.

Keine Reaktion von Stapa, also sprach ich weiter: »Ich weiß aber nicht, wie wir das machen sollen.«

»Es wird vermutlich nicht zu beweisen sein.« Seine Stimme klang wie so oft völlig emotionslos.

Ich fragte mich wirklich, was in ihm vorging. Wahrscheinlich gar nichts.

»Irgendetwas müssen wir aber tun können. Ich meine, er hat nichts mit der ganzen Sache zu tun. Wir … ich kann doch nicht zulassen, dass ihm etwas passiert … wegen mir.«

»Ihm wird nichts passieren. Wir werden ihn bald zurückbringen können«, sagte Stapa, als gäbe es daran keinen Zweifel.

»Wie?« Es ließ sich nicht vermeiden, dass meine Stimme flehend klang.

Ich stand auf, traute mich aber nicht zu Stapa zu treten. Jetzt kam ich mir wirklich wie ein kleines Kind vor. Ich stand reglos da und starrte auf die hünenhafte Gestalt, die sich noch immer nicht zu mir umwandte.

»Jad wird herkommen. Die Sache dauert ihm zu lange«, sagte Stapa unvermittelt.

Ich erstarrte und stammelte: »Nein ... was sollen wir denn jetzt machen?«

»Ich habe heute mit Alec gesprochen.«

»Du hast Alec angerufen?« Damit hätte ich niemals gerechnet. Einem Moment lang fiel es mir schwer, einen klaren Gedanken zu fassen.

Endlich drehte Stapa sich langsam um, doch nicht, um mich anzusehen, sondern um an mir vorbei zum Tisch zu gehen, auf dem eine Flasche Wasser stand.

»Ich habe ihn getroffen«, sagte er und nahm einen Schluck. Ich konnte es nicht glauben.

»Warum hast du mir das nicht gesagt?«

Er antwortete nicht, aber er sah mich an. Ich fühlte mich plötzlich schmutzig und dumm. Es ging also wieder um die alte Geschichte. Gleich darauf stieg in mir eine riesige Wut auf. Was bildete er sich ein? Wegen des einen Ausrutschers würde ich Alec doch nicht gleich anspringen, wenn ich ihn sah.

»Verdammt, es reicht. Hör endlich auf, mich wie ein kleines Kind zu behandeln. Ich bin alt genug. Du musst mich nicht ständig beobachten wie eine Dreijährige und ich habe ein Recht darauf zu erfahren, was du vorhast, immerhin betrifft es mich. Es geht um meinen Arsch, ich bin dir wirklich dankbar, dass du mir helfen willst, aber ich lasse mich nicht länger so behandeln. Schau mich an. Ich bin nicht mehr die kleine Zwanzigjährige, die sich von irgendeinem dahergelaufenen Kerl verführen lässt.« Ich schrie ihn an und bemerkte nicht, dass sich sein Gesichtsausdruck veränderte.

Seine gleichgültige Maske fiel ab. Auch er bebte vor Zorn: »Wie wäre es dann, wenn du aufhörst, dich so zu verhalten?«

Er blickte mich wütend an und ging einen Schritt auf mich zu. Instinktiv wich ich zurück. Er sah aus, als würde er mich gleich schlagen. Dann fing ich mich wieder. Ich würde mich nicht einschüchtern lassen. Sollte er mich doch schlagen.

»Ich verhalte mich wie ein Kind? Wer überwacht mich denn den ganzen Tag? Wer schickt mich einfach weg, um geheime Treffen durchzuführen?«

»Und wer schweigt mich aus reinem Trotz stundenlang an?« Auch er hatte seine Stimme erhoben.

»Als ob du mehr sprechen würdest ... Du verheimlichst mir sogar, dass du dich mit Alec triffst. Scheiße, es geht um meinen Arsch. Weißt du was? Danke für deine Hilfe, ich gehe.«

Ich stürzte auf die Tür zu. Ich war fest entschlossen, mein Glück alleine zu versuchen. Ich hatte natürlich keine Ahnung, wie ich das anstellen sollte, aber in diesem Augenblick war es mir egal, ob Jad mich erwischen würde, was er sicher getan hätte, und mich erschießen würde, was er ebenfalls sicher getan hätte. Stapa fasste mich am Arm. Er drückte so fest zu, dass es schmerzte, und ich stöhnte auf. Sofort lockerte sich sein Griff, doch er ließ mich nicht los.

»Warte ... Es tut mir leid. Es war nicht meine Absicht, dich zu kränken.« Seine Stimme war wieder ganz ruhig, wenn auch nicht ganz so gleichgültig wie sonst.

»Das hast du aber.«

Ich antwortete zu schnell. Erst danach wurde mir

bewusst, was er gesagt hatte. Er hatte sich entschuldigt. Ich drehte mich zu ihm und sah ihn an. Er sah betroffen zu Boden. Der Anblick war so fremd. Langsam hob er den Blick, bis er meinem begegnete, und versuchte zu lächeln, doch es wirkte hilflos.

»Ich weiß, dass du kein Kind bist. Ich wollte dich nur beschützen«, murmelte er.

Jetzt tat mir mein Benehmen beinahe leid und mein Ton wurde versöhnlich.

»Ich weiß«, seufzte ich.

Er ließ meinen Arm los und ich ging zurück ins Zimmer.

»Also, was haben wir vor?«, fragte ich so unbeschwert, wie es meine Stimme zuließ.

Er war dankbar, dass ich das Thema fallen ließ, und ihm ein langes Versöhnungsgespräch erspart blieb.

»Alec wird uns helfen. Ich habe ihm erzählt, was vorgefallen ist. Er ist bereit, sich für euch einzusetzen. Ich werde ihn morgen noch mal treffen und alles Weitere besprechen«, erklärte er ganz sachlich.

»Ich möchte mitkommen«, sagte ich ruhig, aber sehr bestimmt.

Der Gedanke fiel ihm vermutlich nicht, doch er nickte. Wir sprachen nicht mehr. Es war spät geworden und wir legten uns hin.

Am Morgen gingen wir wortlos, aber in stillschweigendem Einvernehmen zum Frühstück.

Nico war noch nicht da, daher ging ich zurück, um ihn zu wecken. Stapa warf mir einen kurzen Blick zu, ging dann aber weiter zu dem kläglichen Buffet, das aus kaum mehr als ein paar Brötchen, Aufschnitt, Käse und etwas

Marmelade bestand. Den Kaffee konnte man ebenso wie Orangensaft aus einem großen Kanister ziehen.

Nico war wach und öffnete mir lächelnd. Er warf einen Blick hinter mich, vermutlich erwartete er Stapa zu sehen, und trat dann zur Seite, um mich einzulassen.

Ich war froh, mit ihm alleine zu sein. Meine Wut auf Stapa hatte sich zwar gelegt, aber ein wenig grummelte es noch immer in mir. Zudem wollte ich gerne alleine mit Nico sprechen. Ich musste ihm berichten, was geschehen war und was wir, was Stapa vorhatte. Ich erzählte Nico von seinem Treffen mit Alec.

»Der Alec?«, fragte Nico mit großen Augen.

Ich nickte: »Er kann uns vielleicht helfen. So langsam müssen wir mal sehen, wie wir das Problem lösen können. Stapa kann nicht ewig mit uns durch die Gegend ziehen und du musst auch wieder zurück in dein Leben. Deshalb werden wir Alec heute treffen«, erklärte ich.

Ich ging einfach davon aus, dass Nico mitkommen würde. Ihn irgendwo zurückzulassen, kam für mich nicht infrage.

»Was wird er tun?«, wollte Nico wissen.

»Ich weiß es nicht«, gestand ich. »Er wird sich von unserer Geschichte erst mal ein Bild machen wollen und dann ...«

Ich verstummte mitten im Satz, ließ mich auf den Sessel sinken und starrte auf den Boden. Was genau erwartete ich? Was sollte Alec für uns tun? Ich hatte nicht die geringste Ahnung. Seit Stapa mir davon erzählt hatte, setzte ich meine ganze Hoffnung auf Alec und seine Gruppe. Wenn man es recht bedachte, musste ich das auch tun.

Jad war auf dem Weg hierher. Stapa würde uns alleine nicht beschützen können. Unwillkürlich fragte ich mich, ob er das überhaupt tun würde oder ob er sich nicht vielmehr gegen uns wenden würde, wenn Jad hier auftauchte. Immerhin stand seine Stellung in der Gruppe auf dem Spiel. Es würde auch für ihn gefährlich werden, wenn Jad herausfand, dass er uns geholfen hatte. Das konnte ich unmöglich von ihm erwarten.

Plötzlich bekam ich Angst. Bisher hatte ich jeden Gedanken an die Gefahr, in der wir schwebten, erfolgreich in den Hintergrund gedrängt. Jetzt stürzten sie auf mich ein.

Wenn Jad wirklich so weit ging, mich nach all den Jahren zu jagen, mich vielleicht zu ... – diesen Gedanken konnte ich nicht weiterdenken –, dann würde er sich nicht so leicht davon abbringen lassen. Entsprach das, was Stapa mir erzählt hatte, der Wahrheit, dann war Jad aufgeflogen, dann gäbe es kein Zurück mehr für ihn, dann würde er mich jagen, solange ... solange wir beide lebten. War das die einzige Lösung? Musste einer von uns sterben? Konnte ich von Alec verlangen, dass er Jad tötete? Konnte ich es selbst tun? Jad war mein bester Freund gewesen. Ich hatte ihm vertraut.

Was war mit Stapa? Auf wessen Seite würde er sich stellen, wenn es zum Äußersten kam? Er hatte jahrelang für Jad gearbeitet, er stand ihm viel näher als mir. Würde er zulassen, dass Jad etwas geschah? Würde er mir oder Nico etwas antun, wo er doch wusste, dass wir nichts verbrochen hatten?

Andererseits hatte er Alec gerufen. Wollte er ihm die Verantwortung für uns übergeben? Nein, das würde er nicht tun. Schließlich hatte er uns nicht einmal mit zu dem Treffen mit Alec nehmen wollen.

Vielleicht wusste Stapa, worauf es hinauslaufen musste, und suchte neue Verbündete, weil wir alleine keine Chance hatten. Hatte er mich wirklich über Jad gestellt? Nicht mich, die Gerechtigkeit, korrigierte ich mich. Womöglich hatte Stapa aber auch einfach nicht gedacht, dass sich die Situation dermaßen zuspitzen würde.

Unsere Lage war verzwickt und ich sah momentan keine Möglichkeit, das Ganze friedlich zu lösen. Ein eiskalter Schauer überkam mich.

»Ich bin mal echt gespannt, ob dieser Alec wirklich so toll ist.« Nico grinste mich breit an und holte mich aus meinen Gedanken.

Ich musste unwillkürlich lachen. Diesen Gesichtsausdruck liebte ich an ihm, und seit wir auf der Flucht waren, hatte ich ihn so selten gesehen. Ich boxte ihm freundschaftlich auf den Arm und zog ihn an mich. Am liebsten wäre ich einfach so stehen geblieben, doch er löste sich behutsam und wir gingen runter.

Stapa blickte nicht auf, als wir uns an den Tisch neben ihm setzten. Ich holte mir einen Kaffee. Er schmeckte fürchterlich und auch eine große Menge Milch und Zucker half nicht. Es war aber auch nicht wichtig. Die Aussicht, Alec zu treffen, ließ meinen Magen rumoren. Wir hatten uns seit dieser einen Nacht nicht wiedergesehen. Ich wusste nicht, was ich erwartete. Es war ein One-Night-Stand gewesen. Es war nicht, als würde ich einem Ex-Freund wiederbegegnen. Ich dachte an meinen letzten Freund. Vor einem Wiedersehen mit ihm wäre ich sicher nicht so aufgeregt wie an diesem Morgen. Wie würde Alec reagieren? Wie sollte ich mich ihm gegenüber verhalten? Was sagten seine Leute dazu, dass sie mir helfen sollten? Sicher hatte er nicht solche Probleme in seiner Gruppe bekommen, wie ich sie hatte. Typisch Mann, vermutlich war er noch dafür gefeiert worden. Eigentlich war ich nicht besonders feministisch veranlagt, aber manchmal gab es doch Situationen, die für Männer eindeutig leichter waren.

Ich hatte keinen Appetit und nagte lustlos an einem harten Brötchen mit Käse. Langsam wurde ich unruhig. Wie weit war Jad noch weg? Wir sollten aufbrechen.

Nico war offensichtlich gut gelaunt und sehr gesprächig. Nach einer Weile ließ ich mich bereitwillig von meinen nervösen Gedanken ablenken. Wenig später blödelten wir herum, als wäre alles in bester Ordnung. Es gelang mir tatsächlich, jeden Gedanken an unsere Situation zu verdrängen. Einen kurzen Moment war es, als wären wir einfach zwei Freunde, die einen harmlosen Ausflug machten.

»Hast du alles gepackt?«, fragte Stapa ausdruckslos und zerbrach so unsere heile Welt. Er stand vor unserem Tisch und wirkte völlig ruhig.

Ich bewunderte ihn dafür, denn immerhin trafen wir gleich Alec, den ewigen Gegner seiner Gruppe.

»Ja.« Nico reichte ihm seinen Zimmerschlüssel.

Natürlich war die Frage an ihn gerichtet, denn dass meine Zahnbürste und das Nachthemd schon ordentlich in meinem Rucksack verstaut waren, wusste Stapa. Als er nach dem Schlüssel griff, fiel mein Blick auf sein Handgelenk.

»Zehn Minuten«, sagte er und verschwand.

»Wieder mal kein Wort zu viel«, grinste Nico und ich musste lachen.

»Stimmt. ‚Zehn Minuten' reicht doch aber völlig aus, warum sich denn die Mühe machen und ‚Wir treffen uns in zehn Minuten am Auto' sagen«, spöttelte ich.

»Er scheint das Treffen mit Alec gut geplant zu haben. Er hat sogar sein Armband abgelegt. Sicher, um jedes Zeichen der Feindschaft zu vermeiden«, stellte ich nachdenklich fest.

»Das trägt er doch schon seit Tagen nicht mehr«, lachte Nico. »Ist dir das nicht aufgefallen?«

Ich war so konzentriert auf meinen Ärger gewesen, dass es mir tatsächlich entgangen war. Jads Verrat hatte Stapa also tief getroffen. Er hatte sich von der ganzen Gruppe losgesagt. Hieß das, er würde auch zu uns stehen, wenn es hart auf hart käme? Das schlechte Gewissen bahnte sich einen Weg in meinen Kopf. Was hatte ich nur angerichtet? Das war Stapas Welt gewesen. Ich hatte ihn herausgerissen. Ich versuchte mir einzureden, dass er freiwillig entschieden hatte, uns zu helfen. Ich hatte ihn mit keinem Wort darum gebeten. Ich wäre nicht einmal auf den Gedanken gekommen, ausgerechnet Stapa um Hilfe zu bitten. Er war ein erwachsener Mann und hatte die Entscheidung selbst getroffen. Trotzdem blieb ein fader Beigeschmack und ich nahm mir vor, ab jetzt freundlicher zu ihm zu sein. Er tat so viel für uns und verdiente es nicht, dass ich ihm das Leben zusätzlich schwermachte. Außerdem war ich wirklich froh, ihn bei uns zu haben. Auch wenn mich seine sture Art manchmal in den Wahnsinn trieb, ich fühlte mich in seiner Gegenwart sicher.

»Kommst du nicht mit zurück?«, fragte Nico unvermittelt und sein Gesichtsausdruck wurde ernst.

Ich hatte den Gedankensprung nicht mitbekommen und sah ihn verwirrt an.

»Du hast vorhin gemeint, dass ich wieder zurückmuss. Es klang, als ob du nicht mitkommen würdest.«

Ich lächelte. Er hatte meine Gedanken erraten.

»Ich kann nicht«, begann ich, wusste aber nicht, was ich weiter sagen sollte.

»Wenn doch aber alles geklärt wird ...«

Ich sah ihm in die Augen und er verstand, dass es keine äußeren Gründe gab, die mich von einer Rückkehr nach Mölln abhalten würden.

»Nicht noch einmal«, fügte ich dem hinzu, was er in meinen Augen las.

Ich würde es nicht noch einmal schaffen, alles zu vergessen und ein bürgerliches Leben zu führen. Wenn ich ehrlich war, war es mir nie wirklich gelungen. Ich hatte meine Sehnsucht immer unterdrückt, mir den Gedanken verboten. Diesmal würde es kein Zurück geben. Sollte ich diejenige sein, die diese Sache heil überstand, würde ich mich, wie vermutlich auch Stapa, Alec anschließen. Ich konnte nur hoffen, dass er mich aufnehmen würde.

»Du wirst aber immer mal von dir hören lassen?«

Ich versprach es lachend und legte den Arm um ihn.

Fröhlich verabschiedeten wir uns von der freundlichen Hotelbesitzerin und schlenderten zum Auto, wo Stapa uns bereits erwartete. Er schlug gerade den Kofferraum zu. Als er uns bemerkte, sah er uns einen Augenblick lang nachdenklich an und ich fürchtete schon, dass er es sich anders überlegt haben könnte und uns doch nicht mitnehmen würde. Ich machte mich bereit, etwas zu sagen, und ging mit festen Schritten auf ihn zu, doch da huschte ein kaum sichtbares Lächeln über sein Gesicht.

»Du wirst nicht von meiner Seite weichen. Ist das klar?«, brummte er, als wir im Auto saßen und er den Motor startete.

»Klar«, versicherte ich ihm strahlend.

Meine Laune war auf dem Höchstpunkt. Nicht, weil ich Alec begegnen würde, sondern, weil es mir gelungen war, mich gegen Stapa zu behaupten. Außerdem gelang es mir wieder einmal, meine Sorgen beiseitezuschieben. Es brachte sowieso nichts, wenn ich mir den Kopf zermarterte. Stapa allerdings hegte ganz andere Vermutungen:

»Wir können keine Schwierigkeiten mehr brauchen. Bleib weg von Alec.«

»Was? Ich habe nicht vor ..., das ist doch längst ...« Ich brach mit einem lauten Stöhnen ab und sah ihn zornig an, doch ich merkte selbst, dass mein Blick eher enttäuscht als wütend wirkte. Ich war enttäuscht, dass Stapa wirklich dachte, ich könnte alles gefährden, nur weil ich meine Gefühle nicht unter Kontrolle hatte.

Er schien das zu bemerken, denn er setzte etwas sanfter hinzu: »Ich wollte damit nicht sagen, dass du ...«

»Schon gut«, unterbrach ich ihn unwirsch. Dann schwiegen wir wieder einmal für den Rest der Fahrt.

Stapa fuhr auf die Autobahn und dann ein langes Stück auf einer Landstraße. Die Ortsnamen, die auf den Schildern erschienen, sagten mir nichts. Ich weiß nicht mehr, was mir durch den Kopf ging oder ob ich über irgendetwas nachgedacht habe. Ich glaube, ich war verärgert, dass Stapa so schlecht von mir dachte. Verärgert über ihn, aber genauso über mich. Immerhin hatte ich ihm ja vor sechs Jahren den Anlass für sein Misstrauen gegeben. Eigentlich sollte das längst verjährt sein, dachte ich. Keiner in der Truppe war ein Unschuldslamm, wenn es um sexuelle Belange ging. Auch Stapa war von mehr als nur einer ausgelassenen Party mit einer Frau im Arm verschwunden. Gut, Stapa vielleicht nicht so oft wie die anderen, genau genommen erinnerte ich mich nur an zwei solcher Vorkommnisse ganz am Anfang meiner Zeit bei der Gruppe. Ich vermutete, es lag daran, dass er den meisten Frauen Angst machte. Abgesehen von seinem Aussehen waren ja auch seine Umgangsformen nicht sonderlich elegant. Manchmal nahm er auch seine Aufgabe, auf mich aufzupassen, einfach zu ernst. Selbst auf Partys im Kreise der Gruppe hatte ich hin und wieder bemerkt, dass sein wachsamer Blick auf mir ruhte. Einmal habe ich ihn sogar darauf angesprochen.

»Du hast Feierabend. Hier brauchst du mich nicht zu bewachen«, lachte ich.

Er hatte eine Augenbraue hochgezogen und erwidert: »Es schadet aber auch nichts, ein Auge auf dich zu haben.«

Mich hatten die Frauengeschichten der Männer nie gestört. Keiner von ihnen war dadurch in meinem Ansehen gesunken, nur weil er eine Reihe von Affären oder One-Night-Stands hatte. Es war einfach nicht meine Art gewesen, es ihnen gleichzutun. Ich war einfach nicht der Typ für bedeutungslosen Sex. Zudem waren für mich die Möglichkeiten eher beschränkt. Zu den vielen Partys, die in unserer Villa gefeiert wurden, waren meist nur Frauen von außerhalb eingeladen. Die Männer gehörten fast alle zu uns und mit einem von ihnen etwas anzufangen, fand ich unmöglich. Eine Beziehung wäre vielleicht gegangen und es hätte auch ein paar Interessenten gegeben, aber ich war nie in einen von ihnen verliebt gewesen und eine Affäre hätte mir schnell einen schlechten Ruf eingebracht. Innerhalb der Gruppe mit dem ein oder anderen zu schlafen, wäre dumm von mir gewesen. Ich wollte nicht als leicht zu haben gelten.

Natürlich hatte ich geflirtet. Ich war gut darin. Ich musste ja auch üben, immerhin musste ich meistens mit unseren Zielpersonen flirten. Ich fühlte mich begehrt und glaube, kaum einer hätte mich damals von der Bettkante gestoßen. Andererseits wussten sie auch, dass sie mich nicht haben konnten. Es war ein Spiel und ich hätte nicht immer mit Bestimmtheit sagen können, was ernst gemeint war und was nicht. Es spielte aber auch keine Rolle. Meine Grenzen waren klar und nur einer hat je gewagt, sie zu übertreten. Er hieß Arndt, war etwa einen Kopf größer als ich, schmal und drahtig, seine Augen waren etwas ungleich. Wir hatten schon den ganzen Abend herumgeblödelt und er war sturzbetrunken. Plötzlich fasste er mir besitzergreifend an den Hintern. Ich schob seine Hand weg und erklärte ihm freundlich, aber bestimmt, dass er das lassen solle. Beim zweiten Mal erklärte ich es nur noch bestimmt und beim dritten Mal erklärte es meine Hand. Ich schlug mit voller Kraft zu. Man konnte jeden meiner Finger auf seiner Wange erkennen. Während die ersten beiden Zurückweisungen im Lärm der Party untergegangen waren, erregte die schallende Ohrfeige Aufmerksamkeit. Sofort standen Stapa und zwei weitere Männer hinter mir und funkelten der verdutzten Arndt böse an. Der zog den Kopf ein wie ein geprügelter Hund und verschwand. Vermutlich zog er sich in sein Zimmer zurück, denn ich sah ihn an diesem Abend nicht mehr. Stapa wollte ihm hinterher, doch ich hielt ihn zurück.

Am nächsten Tag entschuldigte Arndt sich bei mir. Er hätte zu viel getrunken und mein Verhalten falsch interpretiert. Ich wies darauf hin, dass »Nein« nun mal »Nein« bedeute, und er murmelte: »Das habe ich jetzt auch verstanden.«

Noch den ganzen Tag über war seine Wange rot, was mir einige respektvolle Blicke einbrachte. Danach hat immer die erste Warnung ausgereicht, wenn jemand sich etwas zu weit vorwagte.

Gut, nicht jeder wollte mich haben. Unter den zwanzig Männern gab es mindestens sechs, die wie Stapa kein erotisches Interesse an mir zeigten, und noch mal drei, die in glücklichen Beziehungen steckten. Eigentlich nur zwei, denn Petis Freundin wusste nicht, womit er sein Geld verdiente. Sie kannte niemanden von uns und er war immer bemüht, das so beizubehalten. Die anderen beiden Frauen gehörten zur Truppe. Ich verstand mich gut mit ihnen. Selena war Mitte dreißig und echt cool drauf. Man hätte uns als beste Freundinnen beschreiben können. Allerdings hatten sie und Ulf einen einjährigen Sohn, der ihre Zeit natürlich zum Großteil in Anspruch nahm. Manchmal saßen wir zusammen am Pool oder in ihren Wohnräumen und unterhielten uns stundenlang. Wenn Ulf auf den Kleinen aufpasste, gingen wir auch mal zusammen joggen oder ins Kino, aber bei Partys, im Training oder bei Einsätzen war sie nur selten dabei. Die dreißigjährige Ann war auch in Ordnung, etwas ernster und strukturierter, aber trotzdem nett. Sie hielt sich völlig im Hintergrund. Zwar war sie auf allen Partys dabei, doch manchmal nahm ich sie gar nicht wahr. Sie war ein Ass am Computer und übernahm als Hackerin einen wichtigen Part bei vielen Einsätzen.

Ein leichtes Ruckeln brachte mich zurück in die Gegenwart. Stapa fuhr gerade von der Straße ab und bog in einen etwas breiteren Feldweg ein. Weit und breit war niemand zu sehen. Der Weg führte auf einen Wald zu und wurde mitten in diesem zu einer schmalen geteerten Straße. Ich blickte in den düsteren Wald und in mir erwachte die Aufregung aufs Neue. Es konnte nicht mehr weit sein. Wir trafen Alec also in einem abgelegenen Waldstück. Gut, das würde immerhin keine Aufmerksamkeit erregen und die Wahrscheinlichkeit minimieren, dass jemand Zeuge unseres Gesprächs wurde.

Erst als vor uns ein riesiges altes Bauernhaus auftauchte, wurde mir bewusst, wo wir waren.

9.

»Wir fahren direkt zu ihnen«, stellte ich tonlos fest.

Ich hatte erwartet, Alec an einem neutralen Ort zu treffen. Sein Haus vor mir zu sehen, machte mir klar, dass Stapa schon viel engeren Kontakt zu ihm geknüpft hatte, als ich dachte.

Im Gegensatz zur Villa von Jads wirkte dieses Gebäude hier weit weniger prächtig. Dunkle Balken und viele Spinnweben schmückten die Fassade.

Stapa fuhr an das große, gusseiserne Tor und es dauerte nicht lange, da öffnete es sich wie von selbst. Automatisch hielt ich Ausschau nach den Kameras, die den Bewohnern unsere Ankunft verraten hatten. Sie waren gut getarnt zwischen den Ästen umstehender Bäume versteckt. Ich zählte auf Anhieb drei, doch es konnten natürlich mehr sein.

Während wir den Weg zum Hof entlangfuhren, reichte Stapa Nico und mir wortlos zwei Messer, die wir ebenso wortlos einsteckten. Stapa parkte den Wagen, dann gingen wir um das Haus auf eine schmale Terrasse zu.

Nico wurde merklich nervös, als drei Männer mit Sonnenbrillen auf uns zukamen. Sie trugen Jeans und schwarze Muskelshirts. Etwas klischeehaft, wie ich fand, aber wenigstens nicht allzu übertrieben. Schwarze Anzüge à la »Men in Black« hätten sicherlich alberner ausgesehen. Die Augenbrauen des einen hoben sich über seine Sonnenbrille, als er uns sah. Sie hatten wohl erwartet, dass Stapa alleine käme.

»Tess und Nico«, sagte Stapa knapp und wies auf uns, als würde das alles erklären.

Vielleicht tat es das auch, schoss es mir durch den Kopf. Immerhin waren wir der Grund für dieses ungewöhnliche Treffen. Die Männer kümmerten sich zumindest nicht weiter um uns.

»Waffen?«, fragte einer der beiden und ich dachte, dass es völlig sinnlos gewesen war, die Messer einzustecken.

Jad hätte niemals zugelassen, dass jemand bewaffnet in seine Villa kam, und sicher herrschten hier ähnliche Regeln.

»Natürlich«, antwortete Stapa trocken.

Er zog das Hemd nach oben und zeigte seinen Revolver, zögernd zeigte auch ich mein Messer und Nico tat dasselbe.

Ein Lachen ertönte. Erst jetzt bemerkte ich, dass jemand auf die kleine Terrasse getreten war, die um den rechten Teil des Bauernhauses herumführte, und zu uns heruntersah.

Mein Herz schlug schneller und unwillkürlich warf ich Stapa einen Blick zu, um festzustellen, ob er es hören konnte. Er sah mich nicht an, sondern lächelte in Alecs Richtung und hob lässig die Hand zum Gruß.

Nico und ich folgten ihm, als er auf Alec zuging. Niemand machte den Versuch, uns aufzuhalten oder die Waffen abzunehmen. Ich starrte Alec an und konzentrierte mich darauf, meine zittrigen Beine dazu zu bringen, geradeaus zu gehen.

Alec sah noch immer verdammt gut aus. Sein Haar

war kürzer, was ihn etwas älter wirken ließ, ihm aber gut stand. Den Bart hatte er noch immer. Die Haut war von der Sonne gebräunt. Die blauen Augen strahlten noch blauer, als ich sie in Erinnerung hatte. Sie ließen ihn einfach sympathisch erscheinen. Einen Augenblick lang trafen sich unsere Blicke und der seine war eine Herausforderung, eine Erinnerung an diese eine Nacht. Es kostete mich Überwindung, nicht sofort beschämt wegzusehen. Doch es gelang mir, seinem Blick standzuhalten und ein gleichgültiges Lächeln auf mein Gesicht zu zwingen. Hoffentlich wurde ich jetzt nicht rot.

Alec und Stapa reichten sich die Hände.
»Freut mich, euch hier zu sehen«, sagte Alec und seine Stimme war so fest und freundlich, dass ich mich einfach sicher fühlen musste.
»Tess.« Er musterte mich ohne die geringste Scheu von oben bis unten. »Wow, du siehst umwerfend aus«, stellte er zufrieden fest.
Ich hielt dieses Kompliment für reichlich übertrieben, denn ich trug nur Jeans und ein einfaches Tanktop. Gut, mein Ausschnitt wurde dadurch ganz nett betont, aber Alecs Blick schien zu sagen, dass ich die attraktivste Frau war, die er je gesehen hatte. Das war natürlich Blödsinn, aber Alec verstand es nun einmal, einer Frau zu schmeicheln.
Dann zog er mich in seine Arme und für einen Moment wurden meine Knie ganz weich. Ich wollte mich einfach fallen lassen. Er hätte mich sicher festgehalten, doch dann lockerte er seinen Griff und reichte Nico die Hand.

Ich schnappte einen drohenden Blick von Stapa auf und wich ihm aus. Er hatte ja recht. Ich sollte mich zusammenreißen. Schnell sah ich zu Nico, von dem jede Anspannung abgefallen war. Er stellte sich Alec ihm breit grinsend vor. Ich ahnte, was dieses freche Grinsen bedeuten sollte, und musste schmunzeln. Freundschaftlich boxte ich ihm auf den Oberarm.

Alec führte uns über die Terrasse um das Haus herum in den Garten.

Auf der riesigen, von Wald umgebenen Wiese befand sich ein großer Pool. Einige Männer badeten oder genossen die Sonne. Wie auch bei uns damals, gab es hier nur wenige Frauen. Auf einer Luftmatratze trieb eine sich räkelnde blonde Schönheit im Pool. Sie war mit Sicherheit kein fester Bestandteil der Gruppe. Auch bei Jads Gruppe hatte es häufig Besuche von Damen gegeben, die für ein paar Tage blieben und dann wieder verschwanden.

Alec wies auf einige Stühle auf einer Terrasse, die sich außer Hörweite der übrigen Anwesenden befand. Er ließ Stapa den Vortritt und dieser ging gezielt auf einen Stuhl zu und setzte sich. Mit einem Blick und einer knappen Kopfbewegung wies er mir den Stuhl direkt neben sich zu. Nico beachtete er nicht, daher nahm dieser an meiner anderen Seite Platz. Einer von Alecs Männern gesellte sich mit ernster Miene zu uns und für einen Moment hatte ich das Gefühl, an einer streng geheimen Mafia-Konferenz teilzunehmen, wie man sie oft in Filmen sah. Ein weiterer Mann brachte ein Tablett mit Getränken und setzte sich dann ebenfalls zu uns.

»Du hast recht«, begann Alec unvermittelt und sah Stapa an. »Nico ist natürlich unschuldig.«

Es war ungewohnt, dass jemand nicht »der Junge« sagte.

»Es dürfte eigentlich nicht schwer sein, das euren Leuten klarzumachen«, erklärte er ruhig.

Stapa nickte.

»Eure Leute sind gut organisiert«, fuhr Alec fort. »Soweit wir in Erfahrung bringen konnten, kommen sie langsam hier in der Gegend zusammen.«

»Ich weiß. Ich habe Jad gesagt, dass Tess und Nico in der Stadt waren.« Stapa grinste sein bedrohliches Grinsen.

»Er will mich treffen«, erklärte er weiter. »Ich kann sie nicht mehr verstecken, wenn Jad erst hier ist.«

Er sah Alec unverwandt an und diesen schien die Frage weit weniger zu überraschen als mich: »Worum geht es hier?«

Alec seufzte und lächelte gequält: »Ich hatte befürchtet, dass du das fragst.«

Er zögerte, und was er dann erzählte, bewirkte, dass ich ihn fassungslos anstarrte: »Ich war ungefähr 15, als mein großer Bruder während seiner Studienzeit in eine eigenartige Gruppe hineingeriet. Ein Kommilitone von ihm hatte die fixe Idee, dass der Arm des Gesetzes in unserem schönen Land nicht richtig funktioniere. Er hielt das für einen großen Nachteil der Demokratie. Irgendetwas von wegen, wenn zu viele Menschen mitbestimmen dürfen, werden automatisch zu viele Rechte gefordert ... ganz genau weiß ich es nicht. Jedenfalls überzeugte er meinen Bruder und ein paar andere

Studenten davon, dass sie diesen Missstand beheben könnten ... Na, ihr kennt das ja, ich nehme an, Jads Ansichten haben sich seither nicht grundlegend verändert. Jedenfalls schloss sich mein Bruder seiner Gruppe an. Zuerst machten sie einige kleinere Sachen. Natürlich war Jad damals noch nicht so professionell unterwegs wie heute. Sie haben sehr impulsiv und oft überstürzt gehandelt.«

Alec griff nach seinem Glas und nahm einen großen Schluck. Mir stand der Mund offen und ich blickte zu Stapa, um zu sehen, wie er das aufnahm. Wie immer verriet seine Miene nicht im Geringsten, was sich in seinem Kopf abspielen mochte.

Dann fuhr Alec fort: »Ich erfuhr von der Sache, als mein Bruder über Ostern heimkam. Er verhielt sich seltsam, wirkte irgendwie nervös. Natürlich wollte er es mir erst nicht erzählen, aber ich kann hartnäckig sein. Letztlich erfuhr ich alles. Was ihn so unruhig machte, war, dass Jad diesmal an einer größeren Sache dran war. Es ging nicht darum, irgendwelchen kleinen Gaunern das Geschäft zu vermiesen. Ich glaube, es ging um Waffen, aber so genau weiß ich es nicht mehr ... Mein Bruder war der Meinung, dass Jad sich dabei überschätzte. Er meinte, es ginge ihm nur darum, sich zu profilieren, denn mit einigen gezielten Tipps an die Polizei wäre den Typen auch das Handwerk zu legen. Aber Jad wollte davon nichts hören, er wollte sich selbst darum kümmern. Die Gruppe bestand damals nur aus vier Studenten, die keine Ahnung hatten, was sie überhaupt taten.«

»Warum ist dein Bruder nicht einfach ausgestiegen?«, wollte Nico, der gespannt zuhörte, wissen.

Alec lächelte: »Er wollte die anderen nicht hängen lassen. Immerhin waren es seine Freunde und es schien gefährlich zu werden. Außerdem ... wollte er wohl auch nicht als Feigling dastehen.«

Wieder nahm Alec einen großen Schluck. Man sah ihm an, dass er über das, was dann geschehen war, nicht gerne redete: »Die Aktion lief völlig aus dem Ruder. Sie sind aufgeflogen, es wurde geschossen. Wäre nicht ein Sondereinsatzkommando der Polizei aufgetaucht, wäre vermutlich keiner der vier lebend aus der Sache rausgekommen.«

»Also war die Polizei doch schon an der Sache dran?«, fragte ich.

Alec schüttelte den Kopf: »Nein, sie hatten einen Tipp bekommen ... Ich wusste ja, wo das Ganze sich abspielen sollte ... Natürlich nahm die Polizei nicht nur die Waffenhändler fest, damit hatte ich gerechnet, aber lieber sollte mein Bruder ins Gefängnis gehen als umgebracht werden. Sie kamen letztlich alle glimpflich davon, aber Jad hat mir das sehr übel genommen. Dass er seine Freunde in Lebensgefahr gebracht hatte, spielte dabei keine Rolle. In seinen Augen hatte ich ihn sabotiert und verraten. Aber verdammt, ich war erst 15 und ich hatte Angst um meinen Bruder ...«

Wir schwiegen. Stapa nickte ihm verständnisvoll zu.

»Was ist aus deinem Bruder geworden?«, brach ich nach einer Weile das Schweigen.

»Er lebt mit Frau und Kindern in München. Er war so geschockt von dem, was vorgefallen war, dass er den Kontakt zu Jad sofort abgebrochen hat. Eine Kugel hat ihn damals nur knapp verfehlt. Auch die anderen beiden wollten nichts mehr von Jads Gruppe wissen. Einen hatte die Aktion für Wochen ins Krankenhaus gebracht. Er war angeschossen worden und hat ein steifes Bein davon behalten.«

»Wie kommt es dann, dass du jetzt selbst ...?« Nico sah verwirrt aus.

»Na ja, im Grunde waren Jads Überlegungen nicht verkehrt. Die Idee ist mir nie aus dem Kopf gegangen, nur die Umsetzung war eben beschissen.« Jetzt zeigte Alec wieder sein typisches gewinnendes Lächeln.

»Ja, mittlerweile läuft alles etwas professioneller ab«, sagte ich und dachte an die perfektionistische Planung und die vielen Vorkehrungen, die in der Gruppe getroffen wurden, wenn eine größere Aktion bevorstand.

»Natürlich war es keine Option, mich Jads Gruppe anzuschließen. Er hatte meinen Bruder unnötig in Gefahr gebracht ... Und für ihn bin ich nach wie vor ein Verräter, dabei könnte er mir sogar dankbar sein. Ich habe seinen Arsch gerettet und ich bin sicher, dass seine Kontakte zur Polizei in dieser Zeit entstanden sind.« Alec lachte auf.

Auch Stapa schnaubte und grinste. Bisher hatte er schweigend zugehört, doch jetzt ergriff er das Wort: »Ja, Jad kann es gar nicht leiden, wenn ihm jemand in die Quere kommt, und erst recht nicht, wenn derjenige ihn auf seine Fehler hinweist.«

Jetzt war mir klar, warum Jad so sauer auf mich war. Ich hatte nicht nur irgendeinen anderen Mann ihm vorgezogen, sondern ausgerechnet jemanden, den er seit Jahren als seinen Feind betrachtete. Alec war ihm schon zu Studienzeiten in die Quere gekommen, und durch seine Gruppe war er ihm auch jetzt wieder im Weg und untergrub seine Vormachtstellung. Als ich mich dann auch noch mit ihm eingelassen habe, muss das für Jad wie ein weiterer Schlag ins Gesicht gewesen sein. Alec war in jeder Beziehung sein Widersacher. Jad konnte es nicht ertragen, auf irgendeine Weise hinter ihm zurückzubleiben. Ein Grund mich zu töten war das aber noch lange nicht. Zumindest meiner Meinung nach … Jad schien das anders zu sehen.

»Ich sitze ganz schön in der Scheiße«, stellte ich also fest.

Stapa nickte gewohnt emotionslos. Dann sah er Alec in die Augen und wartete. Mich beschlich das Gefühl, dass er auf eine Antwort wartete. Die Antwort auf eine ungestellte Frage und es war nicht schwer, diese zu erraten: Werdet ihr uns unterstützen?

Alec wandte seinen Blick mir zu, dann begann er zu grinsen und lachte selbstbewusst auf.

»Tja, sieht aus, als ginge es bald rund«, rief er ausgelassen.

Aufregung, Freude und ein undefinierbares drittes Gefühl mischten sich in mir und ich blickte zu Stapa. Ich hatte ein Grinsen erwartet, doch sein Gesicht war ernst. Er sah mich an und ich hatte sofort das Gefühl, etwas übersehen zu haben.

Klar, dass es bald rundgehen würde, war nichts Positives. Ich hatte einen Bandenkrieg herbeigeführt.

Alec brach die Anspannung, indem er auf das weitere Vorgehen zu sprechen kam: »Tess und Nico, ihr bleibt bei uns. Ihr seid hier sicher. Dann kann Stapa in Ruhe zu Jad gehen.«

»Danke«, murmelte ich etwas kleinlaut.

»Nein«, sagte Stapa mit ernster, tiefer Stimme und wir starrten ihn alle überrascht an.

»Ich werde nicht zu diesem Treffen gehen«, erklärte er. »Ich werde bei euch bleiben. Es hat keinen Sinn, es hinauszuzögern. Es ist an der Zeit zu zeigen, auf welcher Seite ich stehe, und es zu Ende zu bringen.«

In meinem Bauch wurde es ganz warm. Jetzt hatte Stapa ausgesprochen, dass er zu uns stehen würde, was immer auch passieren mochte. Ich hatte es natürlich geahnt und gehofft, aber endlich hatte ich Gewissheit.

Ich bemerkte, dass er mich misstrauisch ansah, und das warme Gefühl verschwand schlagartig. Er traute mir noch immer nicht. Das war der wahre Grund, warum er mich nicht allein bei Alec lassen wollte. Was ging es ihn an, wenn wieder etwas zwischen uns passieren würde? Dabei hatte ich nicht die Absicht, noch einmal etwas mit Alec anzufangen. Klar, er sah so gut aus, dass einem unweigerlich die Knie weich wurden, wenn er einen anlächelte, aber aus irgendeinem Grund hatte ich keinerlei Bedürfnis, ihm wieder näher zu kommen.

»Nimmst du uns die Sache von damals etwa auch übel?«, fragte Alec und sein Gesicht verzog sich zu einem spöttischen Grinsen.

»Natürlich nicht«, antworte Stapa langsam, ohne den Blick von mir zu nehmen »Trotzdem lasse ich sie nicht alleine.« Einen Augenblick lang fragte ich mich, ob »sie« sich auf mich und Nico oder nur auf mich bezog.

»Gut«, sagte Alec und seine Stimmung war noch immer ungetrübt. »Wie du willst. Was schlägst du vor?«

»Wir müssen herausfinden, wie viele von ihnen Jad noch folgen würden, wenn sie die Wahrheit erfahren«, antwortete Stapa in sachlichem Ton.

»Dazu müssen wir ihnen die Wahrheit glaubhaft vermitteln«, dachte Alec laut.

»Das wird das Problem sein«, gestand Stapa. »Es wird nicht reichen, eine Anschuldigung in den Raum zu stellen. Sie stehen fest hinter ihm.«

»Würde dir niemand glauben?«, fragte Alec und blickte Stapa fest an.

»Man würde eher glauben, dass die kleine Hexe mich bezaubert hat.« Ein flüchtiges Grinsen huschte über sein Gesicht, als er mit einem Blick auf mich wies.

Alec lachte, dann schwieg er und dachte offensichtlich nach.

»Du wirst Leute bei ihnen einschleusen müssen«, fuhr Stapa fort. »Sie sollen Informationen sammeln, Misstrauen säen. Jads Leute sollen selbst auf den Gedanken kommen, dass etwas nicht stimmt.«

Stapa entwickelte den Plan und Alec hinterfragte ihn nicht. Im Gegenteil, er hörte aufmerksam zu und nickte zustimmend.

Das hätte ich niemals erwartet. Wir kamen als Fremde in seine Gruppe, wollten ihre Hilfe und Alec ließ es zu, dass Stapa auch noch die Führung übernahm. Noch mehr überraschte mich aber, dass Stapa einen guten Anführer abgab. Er sprach so ruhig und selbstverständlich, als hätte er nie etwas anderes gemacht. Alles, was er sagte, war durchdacht und verständlich. Ich fragte mich, warum mir diese Seite von ihm früher nie aufgefallen war. Ich hatte ihm einfach zu wenig Beachtung geschenkt.

»Ich sag dir, wie du an sie herankommst. Am besten, ihr nehmt euch Joe, Billy und Kist vor. Joe und Billy sind noch recht neu. Sie wissen vielleicht nicht viel, wir können aber durch sie Informationen reinbringen und vielleicht Zweifel säen. Bei Kist sollte es einfach sein. Wenn man ihn gut abfüllt, bekommt man alles aus ihm heraus.«

Wieder nickte Alec.

Der Mann neben ihm ergriff nun zum ersten Mal das Wort: »Es wird eine Weile dauern.«

Stapa nickte: »Jad wird sehr bald wissen, dass ich bei Tess bin. Alle werden wissen, dass ich mich auf ihre Seite gestellt habe. Wenn wir Glück haben, macht das einige stutzig, allerdings wird Jad dann auch stark darauf bedacht sein, seine Position zu festigen. Er wird sie unter allen Umständen so schnell wie möglich finden wollen. Unser einziger Vorteil ist, dass sie nichts von euch wissen. Trotzdem müsst ihr schnell handeln. Sollte Jad Verdacht schöpfen, wird er nicht zögern ...«

»Klingt verdammt gefährlich«, sagte der Mann herausfordernd.

»Zu gefährlich?«, fragte Stapa im gleichen Tonfall.

Auch das war eine Herausforderung. Sie brachte Alec wieder zum Sprechen: »Ich werde das mit meinen Leuten besprechen. Wir treffen uns heute Abend wieder zum Essen. Tut, was ihr wollt. Ich habe euch Zimmer herrichten lassen. Ihr findet dort auch Badesachen.«

Er grinste und stand auf. Auch wir standen auf. Stapa und er reichten sich die Hände. Mir zwinkerte Alec verschwörerisch zu, was ich mit einem Blick quittierte, der hoffentlich ausdrückte, dass ich mich auf keinen Flirt mit ihm einlassen würde. Stapa ignorierte Alecs Zwinkern, obwohl er es gesehen haben musste. Er gab mir mit dem Kopf ein Zeichen, ihm zu folgen, und ich tat es, doch nicht ohne die Augen theatralisch zu verdrehen und dabei Alec anzugrinsen, was meinem ablehnenden Blick vermutlich die Glaubhaftigkeit nahm.

Im Haus empfing uns ein kleiner, blonder Kerl, vermutlich jünger als ich und sehr agil. Er stellte sich als Nils vor und erklärte, dass er uns die Zimmer zeigen würde. Wir folgten ihm in den ersten Stock. Es handelte sich um drei kleine Zimmer, die nebeneinanderlagen. Stapa wies mir das mittlere zu und verschwand dann in seinem. Das Zimmer war zwar klein, aber gut eingerichtet. Ich hatte ein großes Bett, einen Fernseher, einen Tisch und einen Schrank, in dem sich einige Handtücher, eine Decke und Badesachen befanden. Es waren drei Bikinis und ein paar Badehosen da. Stapa betrat mein Zimmer, als ich diese begutachtete. Sein Blick fiel missbilligend auf das kleine Stück Stoff, das ein Bikinioberteil sein sollte.

»Dein Zimmer ist größer, das heißt, wir werden hier schlafen«, sagte er einfach.

»Moment mal. Du willst hier schlafen?«

Er grinste und nickte. Ich seufzte. Es hatte keinen Sinn, sich darüber zu ärgern. Wenn er mich sonst schon nicht aus den Augen ließ, dann würde er es hier sicher erst recht nicht tun.

Dennoch konnte ich mir nicht verkneifen zu fragen: »Glaubst du wirklich, dass ich hier in Gefahr bin?«

Wieder grinste Stapa: »Nein. Ich will nur nicht, dass du zur Gefahr wirst.«

Ich musste lächeln. Bisher hatte ich immer gedacht, er sehe mich als unbeholfenes Mädchen, das seine Triebe nicht im Griff hat. Seine Worte legten etwas anderes dar. Er sah in mir eine Frau, die für Männer zur Gefahr werden konnte, die wusste, was sie tat, eine Femme fatale.

»Du brauchst dir keine Sorgen zu machen«, versicherte ich ihm, doch er hob zweifelnd eine Augenbraue.

Diskutieren hatte keinen Sinn, also wechselte ich das Thema. Es war ein wunderschöner Tag und ich wollte ihn gerne genießen. Wer wusste schon, was uns in den nächsten Tagen erwarten würde? Ich wollte das Haus etwas genauer ansehen und dann schwimmen gehen. Stapa war mit dem Plan einverstanden und ließ sich für zehn Minuten wegschicken, damit ich mich umziehen konnte.

Ich wählte den Bikini aus, der am wenigsten knapp geschnitten war, was jedoch nicht ganz einfach war, denn viel Stoff war an keinem dran.

Stapa stand bereits vor meiner Tür, als ich fertig war, und auch Nico hatte sich zu ihm gesellt. Er hatte ein Handtuch unterm Arm, also war klar, dass auch er den Pool genauer in Augenschein nehmen wollte.

Das Gelände erwies sich als riesig. Auf unserem Stockwerk waren einige Gästezimmer und ein großer Fitnessraum. In der oberen Etage waren die Zimmer der Männer. Im Erdgeschoss war der gemeinschaftliche Wohnraum: eine geräumige Küche mit zwei riesigen, gut gefüllten Kühlschränken, ein Speisesaal mit einer Tafel, an der mindestens zwanzig Personen Platz hatten, und ein weitläufiges Wohnzimmer. Ich sah mehrere Sitzecken, eine Leinwand, einen Beamer und einen weiteren Tisch, zusätzlich eine hochpreisige Stereoanlage.

Im Haus trafen wir nur auf wenige Leute. Eine Frau lag eng umschlungen mit einem Mann auf dem Sofa. Sie schaute kurz auf und erklärte uns, dass wir in der Küche nehmen könnten, was wir wollten.

Im Garten stellten wir mit Verwunderung fest, dass es keinen Zaun gab. Die große Wiese ging einfach in den Wald über.

Später erfuhren wir, dass ein Radar jeden meldete, der sich dem Gelände näherte. Ich fand das sehr unvorsichtig, aber der nette Junge, der uns stolz das Gerät zeigte, an dem er saß, um das Grundstück zu überwachen, meinte, dass mehr nicht nötig sei. Wenn ich an die vielen Sicherungsmaßnahmen der Villa von Jads Leuten dachte, wirkte das hier geradezu leichtsinnig.

Am Pool lagen mittlerweile mehr Männer. Die Blondine sonnte sich noch immer auf der Luftmatratze.

Stapa warf mir einen abschätzigen Blick zu, als ich Hose und Top auszog. Ich ignorierte ihn. Das Outfit war knapp, aber ich hatte ja keine große Auswahl gehabt. Zudem war die Frau auf der Luftmatratze um einiges leichter bekleidet als ich. Ihr Unterteil verdiente die Bezeichnung Badehose bei Weitem nicht und ich bezweifelte stark, dass das Oberteil eine größere Bewegung mitgemacht hätte, ohne ihren üppigen Busen zu enthüllen. Sie war in jeder Hinsicht perfekt: groß, schlank, langes blondes Haar und dann dieser sehr üppige Vorbau.

Im Vergleich zu ihr kam ich mir vor wie ein kleines Mädchen. Natürlich regte sich ein wenig Neid in mir. Jede Frau musste sich neben ihr unscheinbar fühlen.

Ich bemühte mich aber, mir das nicht anmerken zu lassen, und räkelte mich auf einer der freien Liegen. Stapa nahm, wie zu erwarten war, neben mir Platz. Ich war erstaunt, als auch er Hose und Hemd auszog.

Ihn in Badehose zu sehen, war ungewohnt. Ich starrte ihn mit offenem Mund an. Ich hatte mir nie vorgestellt, wie Stapa unter seiner Kleidung aussehen könnte. Jetzt, wo ich ihn sah, fragte ich mich, warum ich es nie getan hatte. Sein nackter Oberkörper war beeindruckend. Ich hatte das Gefühl, dass er noch breiter war, als er im Hemd wirkte, und das war eigentlich schon Respekt einflößend genug. Es gab kein Gramm Fett, nur wohlgeformte Muskeln. Es fiel mir schwer, den Blick abzuwenden.

Nach einer halben Stunde Sonnenbad forderte ich Nico zum Schwimmen auf. Ich fragte auch Stapa, doch ich erwartete nicht, dass er mitkam. Er zog eine Augenbraue hoch und schüttelte den Kopf. Er saß auf seiner Liege und wirkte selbst in Badehose noch wie ein Geheimagent. Ich war überzeugt, dass er uns von seinem Platz aus beobachten würde, auch wenn seine Augen hinter der Sonnenbrille verborgen blieben.

»Der ist echt ein Tier«, bemerkte Nico, als wir ein paar Runden geschwommen waren, mit einem Blick auf Stapa. Ich konnte ihm nur zustimmen.

Auch der Matratzenschönheit war das nicht entgangen. Wider Erwarten war ihr Bikini nicht verrutscht, als einige Männer sie von der Luftmatratze gestoßen hatten und sie mit einem lauten Schrei im Wasser gelandet war. Nachdem sie einen Moment lang mit ihnen getollt hatte, war sie elegant aus dem Pool gestiegen und hatte dabei nicht versäumt, ihren Tanga von allen Anwesenden bewundern zu lassen. Mit schwingendem Schritt ging sie zu dem kleinen Kühlschrank am anderen Ende des Pools und nahm sich etwas zu trinken. Unsinnigerweise stolzierte sie auf demselben Weg zu einer Liege. Es war geradezu offensichtlich, dass sie die weiteren Wege gewählt hatte, weil sie an Stapa vorbeiführten. Der Blick, den sie ihm dabei zuwarf, war eindeutig.

Jetzt lag sie auf ihrer Liege und blickte immer wieder verführerisch zum ihm hinüber, wenn sie an ihrem Drink nippte oder eine Seite ihrer Illustrierten umblätterte. Dabei befeuchtete sie ihren Finger jedes Mal überaus gewissenhaft.

Ich fand es ziemlich billig, wie sie sich aufführte. Stapa würde doch wohl nicht darauf anspringen?

Entschlossen wandte ich mich wieder Nico zu, der gerade versuchte, mich unter Wasser zu ziehen. Wir spielten wie Kinder und ich genoss den Moment, in dem wir nicht von Stapa beobachtet wurden, denn ich war sicher, dass die Augen hinter der Sonnenbrille gerade nicht auf uns gerichtet waren.

Erst als Alec zum Pool kam, richtete Stapa sich auf. Alec ging direkt auf ihn zu und setzte sich auf meine Liege. Er war sonnengebräunt und auf seiner Brust prangte eine Tätowierung, die eine gewundene Schlange darstellte. Ich schüttelte unwillkürlich den Kopf, um die Erinnerung daran zu vertreiben, wie meine Finger über diese Schlange geglitten waren.

Etwas schade war, dass eine Sonnenbrille jetzt seine strahlenden Augen verbarg. Obwohl er sehr durchtrainiert war, wirkte er neben Stapa wie ein kleiner Junge. Das war nicht verwunderlich, denn neben Stapa sah nahezu jeder Mann unscheinbar aus. Ich wollte mir gar nicht vorstellen, wie ich neben ihm aussah, ziemlich lächerlich vermutlich. Jedenfalls würde ich an seiner Seite nicht so elegant aussehen wie die Pool-Barbie. Die war mindestens einen Kopf größer als ich und würde Stapa somit wenigstens bis an die Schulter reichen.

Alec und Stapa unterhielten sich eine Weile, dann gab Alec der vollbusigen Schönheit ein Zeichen und sie kam provozierend langsam zu ihnen stolziert. Natürlich ging sie nur so langsam, damit Stapa jede ihrer eleganten Bewegungen und ihre Traumfigur begutachten konnte.

Ich fand es albern, sich so anzubieten. Stapa nickte ihr knapp zu, was weiter geschah, bekam ich nicht mit, denn meine Aufmerksamkeit wurde von Alec beansprucht, der direkt neben mir ins Wasser sprang und mich gleich darauf nassspritzte.

»Was hältst du von unserer bescheidenen Behausung?«

Er machte eine Geste, die das ganze Anwesen einschloss.

»Ziemlich cool«, gab ich zu und hätte mich beinahe in seinem Lächeln verloren.

Es war ansteckend und ich war überzeugt, dass er sehr genau wusste, wie er es einsetzten musste. Ich vergaß alles um uns herum und wir hatten einfach Spaß im Wasser. Er hielt mich fest und warf mich aus dem Wasser, so dass ich ein gutes Stück weiter wieder hineinplatschte. Außerdem war er höflich genug, auch Nico in unser Herumgetolle miteinzubeziehen. Das heißt, eigentlich verschworen sich die beiden Männer gegen mich, und ich hatte keine Chance, mich zu wehren. Ich vergaß völlig die Zeit und in welcher Situation wir uns befanden.

Anfangs warf ich hin und wieder einen Blick zu Stapa. Die Frau hatte meine Liege für sich beansprucht. Jetzt saß sie elegant darauf und redete auf Stapa ein. Ob sie wohl mehr Antworten von ihm erhielt als ich? Konnte man sich mit Stapa vielleicht auch normal unterhalten? Ich konnte es mir nicht vorstellen, aber Stapa hatte mich in den letzten Tagen immer wieder überrascht. Vielleicht fand er es nur uninteressant, mit mir zu reden. Ich verjagte den Gedanken und beschloss, Stapa für den Moment zu vergessen und einfach den unbeschwerten Moment zu genießen. Der Sommertag war herrlich, und Alecs Aufmerksamkeit war ja auch nicht zu verachten. Irgendwann äußerte Nico, dass er Hunger habe. Da auch mein Magen zu knurren begann, stiegen wir alle drei aus dem Wasser, wobei ich nicht ohne Stolz wahrnahm, dass Alecs Augen mich dabei sehr genau beobachteten. Trotzdem behielt ich ein normales Tempo bei und machte nicht extra langsam, damit er mehr zu sehen hätte. Er lächelte, natürlich, das tat er immer. Unwillkürlich sah ich zu Stapa und stellte fest, dass er wieder alleine war und – was auch sonst – uns beobachtete. Aus irgendeinem Grund freute mich das.

»Wir haben Hunger«, sagte ich fröhlich und schüttelte die Haare absichtlich so, dass er einige Tropfen abbekam.

»Trifft sich gut.« Er grinste und reichte mir ein Handtuch.

Irgendwer hatte auf der Terrasse einen Grill angemacht und Alec brachte einen großen Teller voller Grillgut, der Stapa ein breites Grinsen entlockte. Wir setzten uns zu einigen anderen Männern an den Tisch.

»Du bist also Tess?«, sagte einer von ihnen und musterte

mich unverwandt von oben bis unten, dann nickte er, als sei er zufrieden mit dem, was er sah.

»Ja, und du bist?« Ich gab mir Mühe, selbstbewusst zu klingen, und es gelang mir.

In seinen Augen war ich die Frau, die für Ärger sorgte, weil sich die Männer um sie rissen. Ich fühlte mich wirklich gut. Zumindest für ungefähr sieben Minuten, dann gesellte sich die Schönheit vom Pool zu uns. Sie trug noch immer das knappe Bikinioberteil, hatte sich aber ein Tuch um die Hüften gewickelt. Das war allerdings so hauchdünn, dass ich mich fragte, ob es etwas bedecken oder doch eher betonen sollte. Verglichen mit ihr war ich wirklich eine graue Maus. Als neidische Frau hätte ich sagen können, dass sie zu viel Busen hatte, aber ich war mir sicher, dass das hier niemand so empfand. Die Wahrheit war, dass sie extrem attraktiv war, auch wenn mir das nicht passte.

»Heute Abend wird gefeiert«, verkündete der Junge, der uns am Mittag seine Technik vorgeführt hatte.

Sein blondes Haar fiel ihm immer wieder in die Augen und er versuchte es durch Kopfschütteln aus dem Gesicht zu bekommen. Ich vermutete, dass er noch nicht sehr lange bei der Gruppe war. Man konnte sehen, dass er Sport trieb, aber im Vergleich zu den anderen war er dürr. Sein Selbstbewusstsein wirkte auf mich ein wenig aufgesetzt, so als müsse er sich und den anderen noch beweisen, wie toll er war. Doch allem Anschein nach hatte er viel Ahnung von Technik und bereits die Verantwortung für das Radarsystem inne. Er würde ohne Zweifel gute Chancen haben, seinen Platz in der Gruppe zu behaupten.

»Was gibt es zu feiern?«, fragte Nico und handelte sich damit belustigte Blicke ein.

Ich wusste aus den Erfahrungen, die ich mit meiner Gruppe gemacht hatte, dass Partys selten einen konkreten Grund hatten und nie einen brauchten. Sie standen vielmehr auf der Tagesordnung, doch Alec griff die Frage auf.

»Wir feiern zu euren Ehren«, rief er und erhob sein Bierglas.

Die anderen stimmten johlend ein.

»Darauf, dass es bald Action gibt«, fügte jemand hinzu und auch dies wurde johlend bestätigt.

Nach dem Essen zogen wir uns auf die Zimmer zurück. Ich wollte mich umziehen und außerdem wusste ich, dass es spät werden würde; daher wollte ich mich vor der Party ein wenig ausruhen.

Ich warf mich auf das Bett und starrte zur Decke. Ich war alleine; das erste Mal, seit wir auf der Flucht waren, war ich alleine und fühlte mich völlig sicher. Niemand würde uns heute angreifen. Niemand würde uns hier vermuten. Heute Abend würde ich wieder eine dieser Partys erleben, die früher beinahe Alltag für mich gewesen waren. Natürlich lebten hier andere Leute, doch alles kam mir so vertraut vor. Trotz aller Unterschiede waren sich die Gruppen doch ähnlich. Ihre Feindseligkeit gegeneinander war so sinnlos. Im Grunde wollten sie doch dasselbe, abgesehen von der Tatsache, dass die eine mich momentan umbringen wollte.

Alec und seine Leute würden mich schützen. Ich atmete tief ein. Eigentlich war das wirklich toll. Wer sonst könnte mich beschützen? Andererseits würde diese

Geschichte nicht gerade zur besseren Verständigung der beiden Gruppen beitragen. Soweit ich es beurteilen konnte, hatten sie in den letzten Jahren friedlich nebeneinander existiert und jeder hatte sein Ding gemacht. Nun würde sich das alles ändern. Wegen mir, einer unbedeutenden jungen Frau. Ich musste lächeln. Ja, dieser unbedeutenden Frau war es gelungen, dass gestandene Männer kurz davor waren, für sie zu kämpfen. Natürlich war das nichts, worüber man sich freuen sollte, und das wusste ich auch, aber andererseits konnte diese Pool-Schönheit das nicht von sich sagen.

Ich fühlte mich plötzlich wieder stark. Irgendetwas war wohl doch an mir dran.

Über diesen Gedanken schlief ich ein. Ich wurde von Nico geweckt, der plötzlich in meinem Zimmer stand und wissen wollte, was er anziehen sollte. Ich half ihm und wollte, nachdem ich mich selbst umgezogen hatte, Stapa abholen, doch er war nicht in seinem Zimmer.

»Er ist schon unten«, erklärte Nico.

Stapa hatte mich also tatsächlich für eine halbe Stunde unbeaufsichtigt gelassen. Auf einmal war ich mir nicht mehr sicher, ob mich das freute oder enttäuschte. Ich schob den Gedanken beiseite und ging mit Nico hinunter in das große Wohnzimmer. Hier hatte sich schon ein Haufen Leute eingefunden. Die Musik hatten wir bis oben gehört und auch das Geschrei und das Lachen. Ich musste unwillkürlich lächeln. Das Bild war vertraut: viel Bier, Rauch, Lachen und leicht bekleidete Damen, die mit durchtrainierten Männern flirteten und tanzten. Ich warf einen heimlichen Blick auf Nico. Er stand neben mir und seine Augen weiteten sich.

»Das kenne ich sonst nur aus Filmen«, flüsterte er mir zu und ich zog ihn lachend ins Getümmel.

Kurz darauf entdeckte ich Stapa. Er unterhielt sich wieder mit Alec und warf uns nur einen flüchtigen Blick zu. Ich widerstand dem Bedürfnis, zu ihnen zu gehen. Stattdessen setzte ich mich zu den Männern, mit denen wir vorher gegessen hatten. Sie entpuppten sich als äußerst unterhaltsam. Immer wieder gesellten sich neue Leute zu uns. Ich war eine kleine Attraktion. Eine junge Frau in meinem Alter fragte mich, als sie glaubte, es würde uns niemand zuhören, wie es mit Alec im Bett gewesen sei. Ich bemerkte aus dem Augenwinkel, wie zwei andere Frauen, die sich neben uns unterhielten, einen spöttischen Blick auf die Fragende warfen, und musste lachen.

»Du bist noch nicht oft hier gewesen?«, beantwortete ich ihre Frage mit einer Gegenfrage.

»Nein. Warum?«

»Du findest das schon noch raus.«

Ich lachte und die anderen beiden Frauen stimmten in mein Lachen ein. Meine Vermutung hatte also ins Schwarze getroffen. Alec war nicht der Typ, der etwas anbrennen ließ, und ich war nicht die Einzige hier, die seine Qualitäten kannte. Es störte mich nicht im Geringsten, denn ich hatte nichts anderes erwartet. Ich hatte mich nie der Illusion hingegeben, er könnte sich tatsächlich in mich verliebt haben. Es machte mich allerdings ein wenig stolz, dass er es bei mir nicht ganz so leicht gehabt hatte wie bei den anderen. Zumindest ging ich davon aus.

Irgendwer brachte mir noch ein Bier und ich suchte Nico. Für ihn war das alles hier fremd und ich wollte lieber ein Auge auf ihn haben. Meine Fürsorge stellte sich aber als überflüssig heraus. Ich sah, wie er gerade mit einem hübschen Mädchen flirtete, und beschloss, ihn nicht zu stören. Er zog an ihrer Zigarette, wirkte zufrieden und strahlte. Es war schön, ihn so zu sehen. Ich hoffte nur, dass er sich nicht gleich in das Mädchen verknallte.

Ich ließ mich auf ein Sofa fallen und lehnte mich zurück. Mein Blick suchte nach Stapa, doch ich fand ihn nicht.

»Alles klar?«

Ich zuckte zusammen. Alec stand hinter dem Sofa. Er schwang sich elegant über die Rückenlehne und ließ sich neben mich fallen.

»Hey«, sagte ich und verkniff es mir, ihn direkt auf Stapa anzusprechen.

»Alles geklärt?«, fragte ich daher beiläufig.

»Ja, ihr bekommt erst mal einen kleinen Urlaub in einer gemütlichen Hütte am See. ... Ich würde gerne mitkommen.«

Er sah mir in die Augen und mein Herz begann sofort zu rasen. Verdammt, der Kerl war aber auch zu attraktiv.

»Tja, wäre vermutlich unterhaltsamer.« Ich lächelte ihn so selbstbewusst und lässig wie möglich an.

»Willst du damit etwa sagen, dass Stapa kein Partylöwe ist?«, fragte Alec und lachte auf seine ganz spezielle Art. Ich lachte mit. Dann wurde er für einen Moment ernst: »Er ist ein guter Kerl.«

»Das ist er«, gab ich ebenso ernst zurück.

Das konnte ich nicht leugnen. Was Stapa für Nico und mich tat, war unglaublich. Er gab sein gewohntes Leben auf, um uns zu helfen. Egal wie sehr er mich manchmal aufregte, ich bewunderte ihn dafür. Ich hatte noch nie jemanden kennengelernt, der bereit war, alles aufzugeben, nur um jemandem zu helfen, dem Ungerechtigkeit widerfahren war.

Ich hatte mich auch mittlerweile an seine ständige Anwesenheit gewöhnt, wie ich jetzt feststellte. Es war ein komisches Gefühl, nicht zu wissen, wo er war.

Alec winkte einen Mann heran, der gerade mit zwei Flaschen Whisky vorbeilief, und forderte ihn auf, uns eine davon zu überlassen. Der junge Mann tat es, wenn auch ein wenig widerwillig.

Wir tranken direkt aus der Flasche. Der Whisky stieg mir schnell zu Kopf, dennoch bemerkte ich, dass Alec mit jedem Schluck näher an mich heranrückte, oder war ich es, die ihm näherkam? Er roch gut, betörend gut, und sein Hemd war gerade so weit aufgeknöpft, dass man seine starke Brust erahnen konnte. Während er sprach, drängten sich alte Bilder in meinen Kopf. Ohne dass ich es wollte, sah ich meine Finger die Knöpfe seines Hemdes öffnen, meinen Mund an seinem Hals. Ich schüttelte den Kopf, um die Gedanken zu vertreiben, und bemühte mich, meinen Blick auf sein Gesicht zu konzentrieren. Das war auch nicht besser, denn da waren ja diese Augen, die mich genau betrachteten, die mich forderten. Ich musste mich auf seine Worte konzentrieren.

»Es hat wirklich Vorteile, dass wir jetzt keine Feinde mehr sind«, sagte er gerade.

Verdammt. Auch das trug nicht dazu bei, mich auf andere Gedanken zu bringen, schon gar nicht in Verbindung mit diesem Grinsen.

»Ich glaube, Stapa würde es nicht gutheißen«, sagte ich und versuchte ein wenig von Alec abzurücken.

Dabei hatte ich das Gefühl, dass meine Stimme fordernder geklungen hatte, als wenn ich »Nimm mich« gesagt hätte.

Alec grinste: »Ich glaube, er hätte gerade nichts dagegen.«

Er sah an mir vorbei. »Wer behauptet eigentlich, er sei kein Partylöwe?«, fügte er grinsend hinzu.

Ich folgte seinem Blick und entdeckte Stapa auf der anderen Seite des Raumes in einem Sessel. Die Pool-Schönheit saß auf seinem Schoß und er hatte eine Hand an ihrer Hüfte. Ihre Arme waren um ihn geschlungen und sie lachte verführerisch. Ich fand es geradezu abstoßend, wie sie sich schamlos an ihn heranschmiss. Irgendwie fand ich es auch seltsam, dass er darauf ansprang. Es war so billig, das musste doch unter seiner Würde sein, aber vermutlich war er, was das anging, eben doch nur ein Mann.

Alec, der gerade den Abstand zu mir wieder verringerte, grinste jetzt auf eine Art, die eindeutig war. Noch ein paar Augenblicke und er würde mich küssen. Alles, was mir durch den Kopf schoss, war, dass ich Stapa versprochen hatte, mich im Griff zu haben. Ich wusste, dass er etwas dagegen hätte. Ich wusste, er würde mich dafür verachten. Jetzt war er abgelenkt. Im Moment war es ihm völlig egal, was ich tat. Trotzdem. Ich drehte mich weg.

»Ich bin müde. Ich gehe nach oben«, sagte ich und war

selbst erstaunt, dass meine Stimme kein bisschen zitterte.

Alec nahm meine Hand und ich ahnte die Worte, die er mir zuflüsterte mehr, als dass ich sie hörte: »Soll ich mitkommen?«

Er roch so gut.

»Nein«, sagte ich und jetzt wackelte meine Stimme doch ein wenig.

Ich sah ihn an und fürchtete, dass meine Augen mich verraten würden.

»Du weißt, wo du mich findest.« Er sagte es so lässig, so beiläufig, dass ich mich am liebsten auf ihn gestürzt hätte.

»Anne da drüben scheint ein nettes Mädchen zu sein«, brachte ich ruhig heraus und wies mit dem Kopf auf das Mädchen, das mich zuvor nach Alecs Liebhaber-Qualitäten gefragt hatte.

Meine Antwort war deutlich und Alec verstand, dass er nicht auf mich zu warten brauchte. Er lachte. Ich stand auf und ging, ohne mich noch einmal nach ihm umzudrehen.

Ich war wütend, als ich mein Zimmer betrat. Mir traten sogar Tränen in die Augen. Warum? Weil ich Alec eine Abfuhr erteilt hatte? Weil mich jede andere Frau da unten vermutlich für bescheuert hielt? Nein, das war es nicht. Ich warf mich auf das Bett. Neben mir war nichts, nur der Teppich. Hatte Stapa nicht gesagt, er würde bei mir übernachten? Nun, das hatte sich wohl erledigt. Er hatte eine interessantere Gesellschaft für diese Nacht gefunden. Seine Rolle als Wachhund hatte er aufgegeben. War ja auch nicht nötig. Ich hatte Alec weggeschickt.

Ich brauchte keinen Aufpasser. Mich ärgerte, dass Stapa es nicht gesehen hatte, weil er mit dieser blöden Blondine beschäftigt war. Er hätte es sehen sollen. Er sollte wissen, dass ich kein dummes kleines Mädchen mehr war, das bei ein paar blauen Augen schwach wird. Er sollte Respekt vor mir haben. Er sollte mich als Frau sehen, die wusste, was sie tat, die die Kontrolle behielt, die stärker war als die Männer, die sich ihr anboten. Was hatte er stattdessen gesehen? Die verdammt großen Brüste der verdammt gut aussehenden Barbie. Was wollte die denn von ihm? Sie hatte sich auf ihn gestürzt, als sei er Mr. Universe. Gut, er sah nicht schlecht aus, aber das traf hier auf jeden zu. Alle waren gut gebaut und muskelbepackt. Zugegeben, keiner der Männer hier war so groß und stark wie Stapa. Egal neben wem er stand, Stapa war beeindruckender. Vielleicht fand sie ihn aber auch einfach toll, weil er neu hier war. Vielleicht stand sie auf bedrohliche Typen. Vielleicht hatte sie auch alle anderen schon durch. Oder hatte Alec sie auf Stapa angesetzt? Das hatte Stapa doch wohl nicht nötig. Ja, sie war die hübscheste Frau, die ich auf der Party gesehen hatte, wobei man keine von ihnen als hässlich hätte bezeichnen können. Trotzdem war es unter Stapas Niveau, wenn Alec sie dazu angestiftet hatte. Andererseits sah sie nicht aus, als hätte sie lange überzeugt werden müssen. Sie hatte Stapa immerhin schon am Pool nicht aus den Augen gelassen.

Warum machte ich mir überhaupt Gedanken darüber? Ich hatte Stapa schon früher mit Frauen gesehen. Zumindest erinnerte ich mich an ein- oder zweimal. Nicht sehr oft. Dennoch hatte es zum Lebensstil der Gruppe gehört, und Stapa liebte dieses Leben. Wenige Männer in diesen Kreisen hatten feste Freundinnen oder Ehefrauen; die meisten genossen es, jede Nacht eine andere zu haben. Es hatte mich nie gestört.

Warum tat es das jetzt? Warum ärgerte es mich, dass Stapa nicht auf einer Matratze in meinem Zimmer lag? Warum ärgerte es mich so sehr, dass er mich vorhin nicht bewacht hatte?

Die Antwort war nicht schwer zu kombinieren und trotzdem überraschte sie mich. Ich fand, er sah gut aus, sogar mehr als das. Er war kein klassischer Traumprinz, aber sein raues, kantiges Gesicht und die bedrohliche Statur übten eine gewisse Anziehung auf mich aus.

Egal wie sehr ich mich über ihn aufregte, eigentlich mochte ich es, diesen breit gebauten Riesen an meiner Seite zu haben. Ich mochte es, dass er wenig sprach. Ich mochte, wie er mich abschätzig ansah, wenn ich zu viel sprach. Ich mochte, wie er mich argwöhnisch beobachtete, wenn ich mit Alec sprach, und es störte mich, dass er es heute Abend nicht getan hatte. Es störte mich, dass er lieber diese vollbusige Blondine angesehen hatte, als mich wütend anzustarren und mir die übelsten Sexgeschichten mit Alec anzudichten, und es störte mich, mir vorzustellen, dass er sie heute mit auf sein Zimmer nehmen und genau das mit ihr tun würde, was er mir und Alec unterstellte.

Ich hielt inne. Ja, ich war eifersüchtig. Ich hatte mich in Stapa verliebt. In Stapa, den Mann, der für mich bis vor einigen Tagen nicht mehr war als Jads rechte Hand, dem ich nicht mehr zugetraut hatte, als Befehle zu befolgen. Den Mann, von dem ich nun wusste, dass er bereit war, für die Gerechtigkeit alles aufzugeben, was ihm wichtig war. Der Mann, der genau wusste, was zu tun war, der so ganz anders war als ich und der jetzt wahrscheinlich eine heiße Nacht mit einer Schönheit verbrachte, an die ich niemals heranreichen konnte.

Ich kam mir plötzlich unglaublich unscheinbar vor. Ich ärgerte mich über mich selbst und ich fühlte mich überflüssig. Ich zog mich um und legte mich ins Bett. Tränen schossen mir in die Augen, ließen sich nicht zurückhalten.

Ein Rumpeln ließ mich aufschrecken. Gleich darauf wurde meine Tür aufgestoßen. Ich setzte mich auf und sah einen Schatten in der Tür, der etwas Großes hereintrug.

»Schlaf weiter«, flüsterte er mit rauer Stimme.

Es war Stapa und er brachte eine Liege vom Pool mit.

»Was soll das werden?«, fragte ich und war froh, dass es dunkel war. Meine Augen waren vermutlich gerötet. Hoffentlich glaubte er, meine Stimme würde so dünn klingen, weil ich schon geschlafen hatte.

»Ich habe doch gesagt, wir schlafen hier.« Er klang wie immer ausdruckslos.

»Ich dachte, du hättest es dir anders überlegt. Ich komm hier zurecht. Du hast Besseres zu tun«, sagte ich spitz und schluckte schwer an der Eifersucht, die in mir aufstieg.

Er sagte nichts und legte sich auf die Liege.

Schweigen.

Ich starrte auf die Schattengestalt. Er war hier, bei mir und nicht bei ihr. Er hielt sein Wort, auch wenn ich ihm gesagt hatte, dass ich es nicht wollte. Das hatte natürlich nichts zu bedeuten. Er ignorierte schließlich fast immer, was ich sagte.

Aber er hatte sie weggeschickt. Vielleicht war er bei ihr gewesen, aber jetzt lag er hier. Vielleicht lag sie auch in seinem Bett, jetzt alleine. Den Gedanken an das, was er möglicherweise getan hatte, bevor er zu mir gekommen war, verdrängte ich. Es konnte nicht besonders viel Bedeutung für ihn gehabt haben. Er war ein Mann und hatte gewisse Bedürfnisse. Ich seufzte, als mir klar wurde, dass ich für ihn nicht mehr war als das Mädchen, das er beschützen musste. Ich war sicher nicht der Typ Frau, der ihm gefiel. Dafür redete ich zu viel und war viel zu emotional. Diese Gedanken machten mir zu schaffen. Dennoch war ich einigermaßen zufrieden, dass er jetzt hier bei mir war, und schlief bald ein.

Im Haus herrschte noch Ruhe, als ich am nächsten Morgen aufstand. Zumindest mehr oder weniger, auf einem Sofa lag ein schnarchender Mann und auf dem Boden ein eng umschlungenes Paar. Durch das Fenster erkannte ich, dass auch auf den Liegen am Pool einige Leute schliefen.

Ich hatte keinerlei Hemmungen, mir etwas aus dem gut gefüllten Kühlschrank zu nehmen. Ich fand Butter, Käse und in einem Schrank auch Brot. Ich beschloss, eine ganze Kanne Kaffee zu kochen, denn ich war sicher, dass der ein oder andere gerne eine Tasse trinken würde, wenn er aufwachte.

Dann setzte ich mich mit meinem Frühstück an den kleinen Tisch in der Küche und sah aus dem Fenster.

Stapa hatte noch geschlafen, als ich aufgewacht war.

Ich hatte ihn eine Weile angesehen, soweit die zugezogenen Vorhänge und das damit verbundene schummrige Licht es zugelassen hatten. Er hatte auf der Seite gelegen, das Gesicht mir zugewandt. Die dünne Decke war von seinem nackten Oberkörper gerutscht. Es war das erste Mal gewesen, dass er so unbekleidet schlief. Während unserer Flucht hatte er nachts stets ein T-Shirt getragen. Ich nahm an, dass er gestern etwas viel Alkohol getrunken und dadurch vergessen hatte, die Etikette einzuhalten. Das störte mich natürlich nicht im Geringsten. Ich hatte in aller Ruhe seine Muskeln betrachtet. Manche würden sagen, dass es zu viele seien. Fand ich nicht. Mir gefiel es so. Er hatte eine Narbe unterhalb des linken Rippenbogens. Sie stammte von einer Messerstecherei. Ich erinnerte mich, wie sie damals zurückgekommen waren. Jad war voller Blut gewesen, weil er Stapa stützte. Ich war so erleichtert gewesen, dass Jad unverwundet war. Wenn ich jetzt daran dachte, schämte ich mich. Würde Stapa heute noch einmal mit so einer Wunde vor mir stehen, würde ich vor Sorge vermutlich verrückt werden. Er hatte kein großes Aufsehen darum gemacht und sich darüber beschwert, dass Jad ihm für einige Tage Ruhe verordnete. Die Wunde war schnell verheilt und hatte nur diese Narbe hinterlassen.

Woher die Narbe an seiner Schulter stammte, wusste ich nicht. Sie war klein und beinahe rund. Ob sie neueren Datums war als die unterhalb der Rippen?

Ich betrachtete sein Gesicht. Selbst im Schlaf sah er ernst aus, beinahe wachsam. Ich lächelte. Er trug keinen Bart, doch den hatte er auch nicht nötig. Eigentlich hatte er ein attraktives Gesicht, nicht auffällig, etwas rau, aber alles hatte eine angenehme Form. Die Lippen waren schmal, doch schön geschwungen, die Nase war weder zu groß noch zu klein und die Augen waren von einem dunklen Grau. Die kurzen Stoppeln auf seinem Kopf verliehen seinen Zügen zusätzliche Härte.

Mir wurde bewusst, dass ich ihn nie gefragt hatte, woher die Narbe über seinem Auge stammte. Seit ich ihn kannte, hatte er sie gehabt, und für mich gehörte sie einfach zu ihm.

Irgendwann hatte ich mich von seinem Anblick losgerissen und war vorsichtig aufgestanden, aus Angst, er könnte aufwachen und sehen, dass ich ihn im Schlaf beobachtete. Ich musste das Zimmer verlassen, denn einfach wegzusehen hätte ich nicht geschafft.

»Morgen.«

Seine Stimme ließ mich zusammenzucken. Ein kleines Grinsen umspielte seinen Mund.

»Ich hoffe, ich habe dich nicht geweckt«, sagte ich und fand, dass meine Stimme verräterisch weich klang.

Er schüttelte den Kopf, während er sich Kaffee einschenkte. Er kam langsam zum Tisch und setzte sich. Ich kam mir schrecklich unbeholfen vor. Wie ein Teenie, der seinem Schwarm gegenübersitzt und nicht weiß, was er sagen soll. Gut, eigentlich war das gar nicht schlimm, denn schweigen konnte man mit Stapa nur allzu gut. Daher war ich überrascht, als er das Wort ergriff: »Alles klar bei dir? Du kamst mir gestern unzufrieden vor.«

Ich sah ihn verwundert an. Hatte er mir das etwa angemerkt? Feingefühl war doch eigentlich nicht sein Ding.

»Ich hatte nur schon geschlafen«, murmelte ich und starrte auf den Tisch.

Es war Stapa, nur Stapa, der mir da gegenübersaß. Wir hatten die letzten Tage miteinander verbracht und es hatte sich in der letzten Nacht nichts verändert, abgesehen davon, dass ich mich in ihn verliebt hatte natürlich.

»Ich hatte nicht erwartet, dass du noch kommen würdest«, fügte ich eine Spur zu bissig hinzu.

»Warum nicht? Hatte es doch gesagt.« Er nahm einen Schluck Kaffee.

»Ich dachte, du hättest eine bessere Gesellschaft für die Nacht gefunden.« Ich gab meiner Stimme einen gleichgültigen Klang, traute mich aber nicht, ihn anzusehen. So betrachtete ich weiterhin die Tischplatte und stellte fest, dass die Maserung des Holzes an einer Stelle aussah wie eine Ente und dass die Platte einige Kratzer hatte, die mit viel Fantasie ein Kamel ergaben. Stapa sagte nichts.

»Vertraust du mir wirklich so wenig?« Ich wollte, dass es locker klang.

Es sollte ihn herausfordern, aber dazu musste ich ihn ansehen. Dabei stellte ich fest, dass auch er mich anschaute. Ruhig, doch irgendetwas musste er in meinem Blick gesehen haben, denn er zeigte sein vertrautes, etwas schiefes Grinsen, das einem Angst einjagte, wenn man ihn nicht kannte.

»Natürlich vertraue ich dir, außerdem habe ich gesehen, wie du Alec sitzen gelassen hast.« Jetzt wirkte sein Grinsen spöttisch, aber auch irgendwie zufrieden.

»Hab ich dir doch versprochen.« Ich erwiderte sein Grinsen und fühlte mich plötzlich wieder gut. Mein Selbstbewusstsein kehrte allmählich zurück. Es war ein schönes Gefühl, mit Stapa an einem Tisch zu sitzen, und ich musste lachen.

»Was ist so lustig?«, fragte er.

»Alecs Blick, als ich ihm gestern gesagt habe, dass ich schlafen gehe.«

Stapa gönnte sich ein kurzes Lachen, dann tranken wir schweigend unseren Kaffee.

Es dauerte nicht lange, bis das Haus erwachte. Frauen gingen, Männer holten Kaffee und grüßten uns gähnend. Alec kam als einer der Ersten und es war fast unverschämt, dass er nach einer langen, alkoholreichen Nacht so gut aussah. Er hatte sich nicht die Mühe gemacht, sein Hemd zuzuknöpfen, und der Anblick seiner nackten Brust jagte einen heißen Schauer durch meinen Bauch, da konnte ich noch so verliebt in Stapa sein. Die Haare hingen Alec in Strähnen ins Gesicht und die großen blauen Augen setzten einen Schlafzimmerblick auf, der nahezu jede Frau dazu gebracht hätte, ihn sofort wieder ins Bett zu zerren. Ich fragte mich, ob die Kleine von gestern Abend diesen Blick gesehen hatte oder ob sie noch schlief. Wenn er das Mädchen, das ich ihm empfohlen hatte, mitgenommen hatte, war sie vermutlich zu schüchtern, um ihn zurückzuhalten, als er aufstehen wollte. Ich wäre es nicht, dachte ich und warf gleich darauf einen schuldbewussten Blick auf Stapa. Er sah mich nicht an. Warum auch?

»Ihr seid ja schon wach«, sagte Alec völlig ohne Überraschung, als er sich Kaffee einschenkte und sich zu uns an den Tisch setzte.

Nachdem er einen großen Schluck genommen hatte, erklärte er beiläufig: »Wir haben eine schöne kleine Hütte in Schweden. Direkt am See, sehr ruhig, nichts außer Bäume drumherum. Da solltet ihr hinfahren, bis wir mehr wissen.«

Ich sah, dass mein Beschützer nicht begeistert davon war, so weit wegzufahren. Er wollte protestieren, doch Alec fiel ihm ins Wort, noch bevor er etwas sagen konnte: »Dort werden sie euch nicht finden. Es wäre ja nur für ein paar Tage. Bis wir wissen, was wir machen können. Tess und Nico wären dort aber auch ohne dich in Sicherheit, wenn es dir lieber wäre, hier ...« Diesmal fiel Stapa Alec ins Wort: »Ich bleibe bei ihnen.«

Er warf mir einen Blick zu und ich hatte sofort ein schlechtes Gewissen, denn ich wusste, er würde lieber bleiben. Es fiel ihm schwer wegzufahren, ohne zu wissen, was hier passierte, und ohne helfen zu können, wenn er gebraucht würde. Ich wollte ihn überreden zu bleiben, doch als ich den Mund öffnete, brachte er mich mit einem entschiedenen Blick zum Schweigen. Alec seufzte und reichte Stapa einen Umschlag.

»Eure Flugtickets, falsche Pässe und Autoschlüssel, außerdem die Adresse, wo ihr das Auto findet. Es hat ein Navi, kennt also den Weg zur Hütte.« Er lächelte.

Ich ging nach oben, um Nico zu wecken. Als er die Tür öffnete, sah er noch ziemlich übernächtigt aus, und einen Moment lang hatte ich ein schlechtes Gewissen, weil ich mich am Vorabend nicht um ihn gekümmert hatte. Allerdings stellte sich schnell heraus, dass Gewissensbisse überflüssig waren, denn er schwärmte begeistert, noch nie auf einer so tollen Party gewesen zu sein. Die freundlichen Mitglieder von Alecs Gruppe hatten ihn schnell aufgenommen. Es freute mich für ihn, dass er so schnell Anschluss gefunden hatte.

Eine halbe Stunde später wurde uns ein neues Aussehen verpasst, damit wir den Fotos in unseren falschen Pässen entsprachen. Eine junge Frau setzte uns Perücken auf und schminkte uns. Stapa bekam eine kurze blonde Perücke und eine Brille. Außerdem wurde er in einen dunkelblauen Anzug gesteckt, in dem er sich sichtlich unwohl fühlte. Wenn er nicht so muskulös gewesen wäre, hätte man ihn für einen Banker halten können. Das neue Outfit passte gar nicht zu ihm. Ich konnte mich vor Lachen kaum halten, als ich ihn sah. Er bedachte mich mit einem unwilligen Blick und einem Brummen.

Aus Nico und mir wurde ein Pärchen gemacht, ein Metal-Pärchen genauer gesagt. Ich bekam lange schwarze Haare, schwarze, enge Lederkleider und schwarz geschminkte Augen. Ich war der Meinung, dass ich auch in schwarzen Jeans und Tanktop passend gekleidet wäre, aber das war unserer »Kostümbildnerin« wohl zu langweilig. Ich musste mich in Lederhosen quetschen, die mindestens zwei Nummern zu klein waren, und wurde in ein schwarzes Korsett mit lila Spitzen eingeschnürt. Mir graute jetzt schon vor der Hitze des Tages, denn obwohl die Korsage extrem knapp war, würde ich darin und vor allem in der Hose ganz schön ins Schwitzen geraten.

Auch meine Augenfarbe wurde durch Kontaktlinsen verändert, so dass ich jetzt alle aus hellblauen Augen betrachten konnte. Nun war es an Stapa, die Mundwinkel belustigt zu verziehen, und an mir, mit den Augen zu rollen.

»Sag nichts«, befahl ich und musste dann selbst grinsen.

Nico bekam ebenfalls eine lange Perücke, die zu einem Zopf zusammengebunden wurde. Im Vergleich zu meiner engen Lederhose und der Korsage war er geradezu underdressed mit dem T-Shirt irgendeiner schwedischen Metal-Band und seinen verwaschenen Jeans. Auf meinen Einwand, dass wir besser zusammenpassen würden, wenn ich auch etwas lockerer gekleidet wäre, reagierte niemand.

Der Abschied fiel kurz und knapp aus.
Ich war unsicher, wie ich mich von Alec verabschieden sollte. Während ich noch unschlüssig vor ihm stand, zog er mich kurzerhand in seine Arme. Sofort wanderte mein Blick zu Stapa, doch der schien völlig desinteressiert, was mich ärgerte.
Die Bikini-Schönheit war nicht wieder aufgetaucht, was mich wiederum freute.
Ein Mann fuhr Stapa in die nächste Ortschaft, von wo aus er ein Taxi zum Flughafen nahm. Nico und ich wurden von einem jungen Mann gefahren, der genauso zurechtgemacht war wie wir. Es war erstaunlich, wie auch in Alecs Gruppe auf jedes Detail geachtet wurde.

10.

Bei der Gepäckkontrolle zeigte sich erneut, wie gründlich Alecs Leute arbeiteten. Nico musste seinen Rucksack öffnen und wurde gründlich durchsucht, was ich auf seinen schwarzen Ledermantel zurückführte, den ihm unsere neue Freundin, die Kostümbildnerin, gegeben hatte, um sein Outfit zu komplettieren. Zu Nicos Glück lief die Klimaanlage im Flughafen auf Hochtouren, sonst wäre er womöglich schlichtweg geschmolzen. Der Inhalt des Rucksacks war durchaus passend zu unseren Outfits zusammengestellt. Ich fragte mich, ob in meinem Koffer auch bequemere Kleidung sein würde als das, was ich gerade trug. Die Korsage ließ nicht viel Bewegungsspielraum und die Lederhose war so eng, dass sie bei jedem Schritt knarzte. Auf den Flug freute ich mich nicht besonders.

»Was ist das denn?« Der Beamte, der Nicos Rucksack durchsuchte, zog einen länglichen Gegenstand hervor und Nico lief sofort rot an, als er erkannte, was es war. Ich schlug mir die Hand vors Gesicht und unterdrückte ein Lachen. Alecs Männer hatten sich einen Spaß erlaubt.

»Sind Sie sicher, dass Sie das anfassen wollen?« Ich zwinkerte dem Beamten vielsagend zu und der Dildo fiel zurück in den Rucksack, begleitet von Nicos tiefem Luftholen. Der Beamte wurde ebenfalls rot und wischte beschämt seine Hand an der Hose ab.

»Tut mir leid, ich weiß, du hast gesagt, ich soll ihn nicht mitnehmen«, hauchte ich Nico so laut ins Ohr, dass es die Beamten hören konnten. »Ich konnte einfach nicht widerstehen.«

Dann gab ich Nico einen Kuss auf die Wange und zog ihn weiter.

Als wir unsere Plätze im Flugzeug eingenommen hatten, war Nicos Gesichtsfarbe wieder normal und er lachte laut los: »Oh Mann, mit dir erlebt man was.«

Ich war froh, dass er es mit Humor nahm, andererseits hatte ich ihm in den letzten Tagen Schlimmeres zugemutet. Dagegen war das hier wirklich harmlos.

Ich widerstand dem Bedürfnis nachzusehen, ob Stapa schon da war, und begann von dem Festival zu schwärmen, auf das Nico und ich angeblich gehen wollten. Die Kostümbildnerin hatte uns ein paar Eckdaten genannt. Sie hatte das mit so viel Begeisterung getan, dass ich vermutete, sie wäre gerne selbst dorthin gefahren.

Ich hatte Spaß daran, eine Geschichte zusammenzuspinnen, und war völlig überrascht, als das Flugzeug losrollte. Nachdem mir nichts mehr einfiel, kuschelte ich mich an Nico, der sich einem Bordfilm widmete, und schloss die Augen. Es gelang mir nicht zu schlafen, aber ich kam ein wenig zur Ruhe. Ich war stolz auf Nico. Er sagte zwar nicht viel, aber er hatte ganz selbstverständlich seinen Arm um mich gelegt und spielte seine Rolle echt gut. Ich war sicher, dass wir wie ein normales Paar wirkten.

Nach zwei Stunden hielt ich es nicht mehr aus, still zu sitzen, und ich wollte nach Stapa sehen. Ich nutzte den Vorwand, auf Toilette zu müssen, und suchte auf dem Weg dorthin nach den vertrauten Stoppeln, die ich natürlich nicht fand. Stapa trug ja eine blonde Perücke.

Dennoch machte ich auf dem Rückweg die riesige Gestalt aus. Er schien vertieft in ein Finanzmagazin und blickte nicht auf, als ich an ihm vorbeilief. Auch ich sah nur kurz zu ihm und bemühte mich danach, noch einige andere Leute zu mustern. Armer Stapa, ich war überzeugt, dass ihn seine Zeitschrift nicht im Geringsten interessierte.

Der Flug zog sich ewig und ich fand wegen der Stäbe in meiner Korsage bald keine bequeme Sitzposition mehr. Überall drückte es und es half auch wenig, dass Nico die Schnürung etwas lockerte. Auch er fühlte sich nicht wohl in seinem Aufzug. Zwar hatte er den Mantel längst ausgezogen, aber er flüsterte mir zu, dass die Perücke ziemlich jucke. Ich musste darüber lachen, wie er das Gesicht verzog, konnte ihn aber verstehen. Meine Perücke juckte zwar nicht, aber da meine echten Haare in Schnecken gedreht und darunter festgesteckt waren, drückte sie unangenehm.

Ich war froh, als wir das Flugzeug verlassen konnten. Obwohl ich endlich aus dieser engen Korsage rauswollte, entschieden Nico und ich, erst noch einen Kaffee zu trinken. Das war zwar nicht mit Stapa abgesprochen, aber ich wollte etwas Abstand zwischen uns und ihn bringen, immerhin würden wir Taxis zu derselben Adresse nehmen. Vielleicht war diese Sicherheitsmaßnahme überflüssig, denn wir hatten es offensichtlich unbemerkt nach Schweden geschafft, aber ich wollte kein Risiko eingehen.

Als wir den Flughafen verließen, schlug uns die Hitze entgegen. Ich hatte gehofft, in Schweden würde es etwas kühler sein. Nico hatte den schwarzen Ledermantel sofort wieder ausgezogen, sobald wir aus dem Flugzeug getreten waren.

Der Taxifahrer sah etwas verwirrt aus, als wir ihm die Adresse nannten.

»Das Festival ist aber in der anderen Richtung«, erklärte er in gutem Englisch.

»Wir müssen vorher noch bei ihrer Tante vorbei«, gab Nico, ohne mit der Wimper zu zucken, zurück und rollte theatralisch mit den Augen.

Ich sah ihn erstaunt an. Wie leicht ihm diese Lüge über die Lippen gekommen war.

»Was habe ich nur aus dir gemacht?«, flüsterte ich ihm zu, als sich der Fahrer der Straße zuwandte.

Wir fuhren fast eine Stunde. Wälder, Felder und kleine Dörfer zogen an uns vorbei. Am liebsten hätte ich mich der Länge nach auf den Rücksitz gelegt. Die Stäbe der Korsage bohrten sich in meine Hüfte.

Endlich hielten wir in einem kleinen Ort an. Der Taxifahrer fragte, ob er uns mit dem Gepäck helfen sollte, aber wir lehnten ab. Wir wollten ja nicht wirklich in das hübsche rote Haus gehen, vor dem er uns abgesetzt hatte. Ich war froh, dass er sofort wieder den Motor startete und verschwand.

Wir befanden uns am Rand einer kleinen Ortschaft. Ein schneller Blick offenbarte unser eigentliches Ziel. Vor einer alten Hütte oder Garage, deren Tür von Rostflecken übersät war, stand Stapa und erwartete uns mit seinem üblichen Grinsen. Er bot in seinem eleganten Anzug einen seltsamen Kontrast zur Umgebung. Neben ihm parkte ein schwarzer BMW, der in der Sonne glänzte und zwar zu Stapas Outfit passte, aber in diesem idyllischen Dorf völlig fehl am Platz schien.

»Guten Flug gehabt?«, fragte Stapa.

»Ging so«, brummte ich wahrheitsgemäß.

Ganz Gentleman verfrachtete Stapa meinen Koffer im Auto. Ich schüttelte über mich selbst den Kopf. Noch vor zwei Tagen wäre ich nicht im Traum auf den Gedanken gekommen, Stapa als Gentleman zu bezeichnen.

»Lasst uns gleich fahren. Das Scheißding juckt.«

Ich ging davon aus, dass Stapa von der Perücke sprach. Zumindest riss er sie runter, kaum dass wir im Auto saßen. Nico tat es ihm gleich und kratzte sich dann ausgiebig den Kopf.

»Was gibt es Neues in der Wirtschaft?«, fragte ich und konnte mir ein Lachen nicht verkneifen, als ich Stapas gequälten Blick sah.

Dann lächelte er und sah zu mir herüber. Langsam musterte er mich von oben bis unten. Sein Blick verweilte etwas länger auf meinem tiefen Ausschnitt. Ich nahm es mit einer leichten Befriedigung wahr.

Er wandte seine Augen wieder der langen Landstraße zu, die wir entlangschossen. Im Seitenspiegel sah ich, dass ich rot geworden war, dennoch verursachte es ein gutes Gefühl in mir, dass er mich angesehen hatte, also richtig angesehen – nicht so wie sonst.

Wir fuhren erneut an einigen kleinen Orten vorbei. Sie lagen weit auseinander und bestanden alle nur aus ein paar Häusern oder Bauernhöfen. Alles sah so idyllisch aus. Ich überlegte, wie es wäre, mit Stapa in einem dieser hübschen roten Häuser zu leben, und kam zu dem

Schluss, dass das niemals klappen würde. Stapa würde nicht in ein solches Dorf passen, in dem nichts geschah und er womöglich einem normalen Beruf nachgehen müsste, aber auch ich würde niemals in einem solchen Haus leben können. Das mochte ja alles schön, beschaulich und sicher erscheinen, aber so wollte ich nicht leben.

Nach zwei Stunden hielten wir in einem Dorf, das neben einer Tankstelle auch einen Supermarkt besaß. Wir kauften Lebensmittel und was wir sonst noch für die nächsten Tage brauchten. Dann saßen wir wieder ein paar Stunden im Auto. Ich hatte die Korsage mittlerweile gelockert. Bequem war sie deswegen trotzdem nicht, aber immerhin konnte ich besser atmen und mich etwas mehr bewegen. Irgendwann schlief ich ein und wachte erst durch ein heftiges Ruckeln wieder auf. Wir fuhren einen schmalen Waldpfad entlang. Der Weg war offensichtlich nicht für BMWs gemacht. Stapa fluchte leise, als er um einen Baumstamm herumfahren musste. Kurz darauf sah ich einen See. Er war nicht besonders groß und rundherum von Wald umgeben, aber es gab einen Steg, von dem aus man ans Wasser gelangen konnte. Hinter dem Steg stand eine Hütte. Komplett aus dunklem Holz gefertigt, wirkte sie ein wenig düster. An der Front hatte sie eine kleine Terrasse mit einer großen Schaukel, die ebenfalls aus Holz war, aber sehr bequem aussah und zwei Personen Platz bot. An der Seite des Hauses befand sich ein kleiner Schuppen und daneben war Holz gestapelt, dessen helle Farbe einen eigentümlichen Kontrast zu der dunklen Hütte bot. Alles in allem kam mir der Ort so unwirklich vor, so als entstamme er einem Märchen. Ich konnte die Augen kaum von dem Haus wenden und ging als Erste darauf zu. Es war nicht abgeschlossen und als ich die Tür öffnete, strömte mir ein angenehmer Holzgeruch in die Nase. Die Einrichtung passte zur Fassade. Die Möbel waren zwar etwas heller, aber dennoch dominierte auch hier schweres Holz. Das Wohnzimmer war klassisch und doch modern eingerichtet. Der große Fernseher und die Stereoanlage wirkten keinesfalls deplatziert. Es gab ein Zweisitzersofa und zwei Sessel, die alle in einem dunklen Grün gehalten waren. Die kleine Küche schloss sich türlos an den Wohnraum an, und obwohl auch sie mit moderner Technik ausgestattet war, wirkte sie sehr gemütlich. Ich ging die knarrende Treppe nach oben und hörte hinter mir Stapas und Nicos Schritte. Im oberen Stockwerk befanden sich vier kleine Schlafzimmer und ein Bad, das gerade genug Platz für Waschbecken, Toilette und Badewanne bot.

»Welches Zimmer darf es denn sein?«, fragte Stapa, der meinen Koffer in der Hand trug.

»Wie, ich bekomme ein eigenes Zimmer? Ganz für mich allein?«, fragte ich übertrieben begeistert und riss die Augen gespielt ungläubig auf.

Er nickte grinsend und ich wählte das kleinste Zimmer aus, denn es gewährte einen herrlichen Blick auf den See. Ich blieb vor dem Fenster stehen und genoss die Aussicht. Der See lag ruhig und glitzerte in der Sonne.

Nachdem die beiden Jungs weitergegangen waren, um ihre Zimmer zu beziehen, machte ich mich etwas frisch. Ich wollte endlich aus den engen Klamotten raus.

Meine Befürchtung erfüllte sich. Die Klamotten in meinem Koffer sahen nicht viel bequemer aus als das, was ich gerade trug. Ich fand eine schwarze Jeans, die etwa eine Nummer zu eng für mich war, und ein schwarzes Top, das vorne einen Reißverschluss hatte, der sich allerdings nicht zuziehen ließ, sondern einen unglaublich tiefen Einblick in mein Dekolleté erlaubte. Eine falsche Bewegung und meine Brüste würden sofort rausfallen. Stück für Stück zog ich die anderen Kleidungsstücke aus dem Koffer. Ein Ledermini, Netzstrumpfhosen, noch eine Unterbrustkorsage, ein Ledertop und Schuhe, in denen ein Waldspaziergang unmöglich sein würde. Ich stöhnte erleichtert auf, als mir das Nachthemd in die Hände fiel. Es war das einzige Teil in diesem Koffer, das man als jugendfrei bezeichnen konnte, ganz im Gegensatz zur Unterwäsche. Ich fragte mich, welche Frau solche Klamotten mit auf ein Festival nehmen würde. Zuletzt fiel mein Blick auf etwas Glänzendes und ich zog den Stofffetzen so vorsichtig heraus, als könnte er mich anfallen. Es war ein Badeanzug. Nun, genau genommen war es eine Badehose, die vorne zwei Stoffstreifen hatte, die wohl die Brust verdecken sollten; außerdem baumelten einige Schnüre an dem schwarz-silbernen Fetzen, deren Sinn sich mir nicht erschloss.

Ich stopfte alles zurück in den Koffer und ging nach unten. Aus einer Laune heraus entschied ich, dass ich mich um das Abendessen kümmern würde. Ich weigerte mich zu glauben, dass ich das tat, um Stapa zu beeindrucken. Ich wollte mich ihm ja schließlich nicht als Heimchen am Herd präsentieren, ich hatte einfach Lust zu kochen.

»Das riecht lecker«, stellte Nico fest, als er die Treppe herunterkam.

Wir hatten im Supermarkt Rumpsteaks gekauft. Diese brutzelten nun in der Pfanne, dazu gab es Bratkartoffeln und Zwiebeln. Ich konnte nicht viele Gerichte kochen, aber meine Bratkartoffeln haben noch jedem geschmeckt.

»Du kannst Stapa rufen. Ist gleich fertig.«

Ich legte das Besteck auf den kleinen Holztisch und füllte die Teller.

Stapa musste nicht zwei Mal gerufen werden und ich war bald froh, dass ich alle Steaks gemacht hatte. Zuerst waren mir sechs große Steaks für drei Personen zu viel vorgekommen. Ich schaffte nicht einmal eines, doch Nico aß anderthalb und Stapa verschlang die übrigen. Ich starrte ihn an, als er das letzte halbe Steak auf seinen Teller zog.

»Unglaublich«, entfuhr es mir. »Scheint dir zu schmecken.«

Er nickte und schob sich ein Stück in den Mund.

Nico fragte, ob er beim Abwasch helfen solle, doch ich lehnte ab. Ich hatte heute mal Lust Hausfrau zu spielen.

Er und Stapa machten es sich im Wohnzimmer gemütlich. Ich fand es angenehm, die Stimmen aus dem Fernseher zu hören und zu wissen, dass die beiden da drüben saßen. Das Szene hatte etwas so Friedliches.

Als ich fertig war, gesellte ich mich zu ihnen. Überrascht stellte ich fest, dass Stapa gar nicht fernsah. Er saß mit einem Buch in der Hand in einem Sessel. Nico lag ausgestreckt auf dem Sofa und starrte auf den Bildschirm. Als er mich bemerkte, sprang er auf, um mir

Platz zu machen, doch ich beeilte mich, ihm zu versichern, dass er ruhig liegen bleiben sollte. Ich entdeckte einige Bücher in einem Regal und zog eines heraus, ohne groß darauf zu achten, worum es sich handelte. Dann nahm ich in dem zweiten Sessel Stapa genau gegenüber Platz und schlug mein Buch auf.

Nachdem ich die erste Seite gelesen hatte, stellte ich fest, dass ich keine Ahnung hatte, um was es überhaupt ging. Ich konnte mich einfach nicht auf den Inhalt konzentrieren. Also blickte ich über den Buchrand zu den beiden Männern. Nico lag völlig entspannt auf dem Sofa, so als sei er im Urlaub. Dann sah ich zu Stapa, auch er strahlte absolute Ruhe aus. Ich sah ihn lange an, bis er seinen Kopf hob und meinen Blick erwiderte. Er wirkte nicht überrascht, dass ich ihn ansah und lächelte freundlich, als ich keine Anstalten machte, wegzusehen. Nach einigen Momenten wandte ich mich wieder meinem Buch zu und las lustlos eine Weile darin. Wenig später gab ich den kläglichen Versuch zu Lesen auf und schaute mit Nico fern.

Irgendwann legte Stapa sein Buch auf den kleinen Sofatisch, wünschte uns eine gute Nacht und ging ins Bett. Es war alles so ruhig und gemütlich, dass ich beinahe vergaß, dass wir auf der Flucht waren. Nicos Gesicht verriet mir, dass es ihm genauso erging.

»Du scheinst dich ja schon fast an dieses Leben gewöhnt zu haben«, sagte ich neckend in einer Werbepause.

»Es hat seine angenehmen Seiten, aber ob ich mich daran wirklich gewöhnen könnte ...« Er lachte. »Ich glaube, dafür muss man geboren sein.«

»Möglich«, murmelte ich.

»Aber die Party war super und die Hütte hier ist auch ziemlich cool.« Er ließ den Blick schweifen.

»Trotzdem wäre es für dich auf Dauer nicht das Richtige«, stellte ich fest.

»Nein, bestimmt nicht. ... Wirst du bei Stapa bleiben?« Er stellte die Frage ganz beiläufig und trotzdem traf sie mich wie ein Schlag.

»Bei Stapa?«, wiederholte ich langsam.

»Wäre doch nicht so übel, oder?« Sein Zwinkern ließ keinen Zweifel daran, wie er es meinte.

Ich starrte ihn an und brauchte ewig, um ein paar Worte herauszubringen: »Stapa hat kein Interesse an mir.«

Nico grinste. Ich wusste, dass ich indirekt gerade zugegeben hatte, etwas für Stapa zu empfinden. Es war ein bisschen beängstigend, es jemandem zu gestehen, aber es war Nico. Mit ihm hatte ich schon so viele Gespräche geführt und ich konnte mich ihm anvertrauen. Außerdem tat es gut, meine Gefühle mit jemandem zu teilen.

»Da wäre ich mir nicht so sicher. Du hättest mal sehen sollen, wie er dich auf der Party nicht aus den Augen gelassen hat.«

»Klar, weil er Angst hatte, dass ich wieder was mit Alec anfangen könnte«, brummte ich missmutig.

»Mag sein, aber warum stört ihn das? Er scheint Alec doch zu mögen und es sollte niemanden stören, wenn du was mit Alec hättest. Also zumindest niemanden, der dich nicht sowieso schon umbringen will.« Nico grinste frech und ich sah ihn mit gespielter Empörung an.

Er machte Witze über unsere Situation. Offensichtlich hatte er sich wirklich gut mit unserer Lage arrangiert.

Ich hätte ihm nicht zugetraut, dass es ihm gelingen würde, so locker damit umzugehen. Vielmehr hätte ich erwartet, dass er die Nerven verlieren würde.

Der Film ging weiter und Nico richtete seine Aufmerksamkeit darauf. So war ich mit meinen Gedanken wieder alleine.

Ich ging unsere bisherige Reise noch einmal durch. Stapa hatte wegen mir oder der Gerechtigkeit zuliebe Jad hintergangen. Er hatte alles aufgegeben, was ihm etwas bedeutete, um mein Leben zu retten. Er hatte sich sogar mit Alec verbündet. Sagte das nicht einiges aus? All das ließ sich aber auch damit erklären, dass er nicht wollte, dass Unschuldige zu Schaden kamen.

Was mir jetzt viel mehr zu denken gab, war, dass er von Beginn unserer Reise an darauf bestanden hatte, ein Zimmer mit mir zu teilen oder zumindest, dass ich nicht zusammen mit Nico übernachtete. Er hatte mich kaum einmal länger als eine Viertelstunde mit Nico alleine in einem Zimmer gelassen. Warum? Es hätte ihm doch egal sein können, ob ich was mit Nico habe oder nicht. Es hätte unsere Rettung nicht im Geringsten gefährdet. Ich erinnerte mich an den lauernden Blick, als er fragte, ob ich und Nico ein Paar seien. Nico hatte gesagt, dass Stapa mich bei der Party nicht aus den Augen gelassen hätte. Dabei hatte er doch diese dämliche Frau auf dem Schoß. Andererseits: Hatte er nicht selbst gesagt, dass er gesehen hatte, wie ich Alec hatte abblitzen lassen? Das würde für Nicos Behauptung sprechen.

Ich bekam weder das Ende des Filmes mit, noch dass Nico ins Bett ging. Ich schlief auf dem Sofa ein und wurde am nächsten Morgen von einer großen Hand geweckt, die sich behutsam auf meine Schulter legte. Als ich aufblickte, lächelte mich Stapa an. Ein wenig Sorge lag in seinem Blick.

»Verdammt, bin auf dem Sofa eingeschlafen.«

Mit einem Stöhnen, das von meinem schmerzenden Rücken ausgelöst wurde, richtete ich mich auf.

»Kaffee?«, fragte Stapa grinsend und ich nickte dankbar.

Dann erschrak ich, denn mir wurde bewusst, wie ich nach einer Nacht auf dem Sofa aussehen musste, und verschwand ins Bad.

Als ich zurückkam, schenkte er gerade Kaffee in eine Tasse und reichte sie mir.

»Hast du gut geschlafen?«, fragte ich.

»Wahrscheinlich besser als du.«

Er musterte mich wieder so intensiv wie am Vortag. Mein Ledertop saß verdammt eng. Ich fragte mich, ob das so sein musste oder ob sich Alecs Leute in meiner Kleidergröße geirrt hatten.

»Meine Kleiderauswahl ist recht beschränkt«, gab ich entschuldigend zu bedenken.

»Sieht gut aus«, sagte er und wandte sich wieder seinem Kaffee zu.

Mir blieb die Luft weg. Das war ein Kompliment gewesen. Stapa hatte gesagt, dass ich gut aussäh. Er fand mich attraktiv. In meinem Bauch kribbelte es. Natürlich sagte ich nichts und setzte mich ganz ruhig an den Tisch. Er saß mir gegenüber.

»Wie wird es jetzt weitergehen?«, fragte ich so sachlich wie möglich.

»Alec und seine Männer suchen Jad. Vielleich können sie einige von seinen Leuten überzeugen, dass Jad nicht mehr ganz dicht ist.«

»Wird es zu einem Kampf kommen?«

»Schon möglich.«

Er starrte auf den Tisch.

»Tut es dir leid, dass du das alles aufgegeben hast, nur wegen Nico und mir?« Meine Stimme zitterte ein wenig.

Er hob den Blick und sah mich lange an.

»Nein.«

Mein Herz machte einen Satz, doch es gab noch etwas, was ich ansprechen wollte: »Warum hast du dich ausgerechnet mit Alec zusammengeschlossen?«

»Alec ist ein guter Kerl.« Stapas Stimme ließ keinen Zweifel daran, dass er von dem überzeugt war, was er sagte, also schlug ich einen betont unbeschwerten Ton an und sagte lachend: »Nur nicht gut genug für mich?«

Ich beobachtete Stapas Reaktion ganz genau. Er wandte mir langsam den Blick zu und ich hatte das Gefühl, er war unsicher, wie er reagieren sollte. Dann sagte er erneut schlicht: »Nein.«

Doch seine Augen sagten mehr. Sie verrieten mir, was ich wissen wollte, und ich hätte vor Freude aufspringen können, zwang mich aber ganz langsam aufzustehen, nahm meine Tasse und hauchte ihm auf dem Weg zum Spülbecken einen sanften Kuss auf den Kopf. Ich tat es völlig beiläufig, unverfänglich, freundschaftlich. Trotzdem zitterte ich ein wenig dabei.

»Wegen Alec brauchst du dir nun wirklich keine Sorgen zu machen.« Dabei betonte ich das »du« ganz leicht.

Ich beschloss, die Sache nun direkt anzugehen. Wir würden vermutlich ein paar Tage hier auf dieser Hütte verbringen und die wollte ich nutzen. Mir war bewusst, dass Stapa niemals den ersten Schritt machen würde; aber ich war mir jetzt sicher genug, dass ich mich nicht blamieren würde, wenn ich in die Offensive ging. Natürlich konnte ich mich nicht gleich auf ihn stürzen. Ich wollte den großen starken Mann ja nicht erschrecken.

Das Wetter war herrlich. Genau richtig, um schwimmen zu gehen. Ich zog das Stück Stoff mit den vielen Schnüren heraus, das entfernt nach einem Badeanzug aussah, und versuchte es anzuziehen. Wie erwartet, wurde es kompliziert. Ich brauchte einige Anläufe, bis ich herausfand, wie es gedacht war. Es war wirklich ein raffiniertes Teil. Sehr knapp, aber das kam mir jetzt sehr gelegen. Etwas unwohl fühlte ich mich trotzdem, da das Höschen eher ein Tanga war. Das entsprach nicht unbedingt meinem Stil, doch damit musste ich jetzt zurechtkommen.

Stapa und Nico waren schon am See. Bevor ich nach draußen ging, wickelte ich mir ein großes Handtuch um die Hüfte. So ganz wohl fühlte ich mich nicht dabei, mit bloßem Hintern herumzulaufen. Dann atmete ich tief durch, es konnte losgehen. Nico war nicht am Ufer, er genoss also das Wasser. Während ich zum See ging, suchte ich mir die beste Stelle für mein Handtuch aus. Neben Stapa natürlich, aber nicht zu nah. Ich spürte seinen Blick auf mir, als ich mein Handtuch ohne Hast von der Hüfte löste und auf dem Boden ausbreitete. Ja, es war billig und kostete mich einige Überwindung, aber es war eben auch sehr wirkungsvoll.

Ich legte mich auf den Rücken, immerhin war der Badeanzug ja auch von vorne schön anzusehen, und streckte mich in der Sonne. Als ich zu Stapa blickte, schaute er auf sein Buch, doch ich hatte zuvor eine Bewegung seines Kopfes aus dem Augenwinkel wahrgenommen.

Kurz darauf kam Nico zurück. Beim Anblick meines Badeoutfits wurden auch seine Augen groß und er schnappte nach Luft.

»Nicht schlecht«, brachte er hervor.

Sehr zu meiner Freude hob Stapa eine Braue und sah Nico scharf an.

Es war sicher eine gute Idee, eine Runde zu schwimmen. So konnte Stapa einen weiteren Blick auf den tollen Badeanzug werfen. Ich forderte ihn auf, mich zu begleiten, und war überrascht, dass er sich nicht lange bitten ließ. Er nickte knapp und stand auf. Umso besser. Ich rannte den Steg entlang und sprang ziemlich elegant ins Wasser. Allerdings hatte ich nicht damit gerechnet, dass es so kalt sein würde. So musste ich beim Auftauchen einen Schrei unterdrücken und gab vermutlich kein allzu elegantes Bild mehr ab.

»Kalt?« Stapa stand auf dem Steg und grinste mich belustigt an.

»Hast du Angst?«, konterte ich und sah ihn so herausfordernd an, wie es mir vor Kälte schlotternd möglich war.

Er zögerte keine Sekunde und sprang ins Wasser.

Nachdem wir eine Runde geschwommen waren, fand ich, dass etwas Körperkontakt nicht schaden könnte, und versuchte, ihn unter Wasser zu drücken. Das gelang mir auch, allerdings umfasste er meine Hüften und zog mich mit sich hinunter.

Er sagte nichts, als wir wieder auftauchten, doch er grinste breit. Stapa war nicht der Typ, der übermütig im Wasser planschte, und so beschränkte ich mich darauf, ihn nass zu spritzen und lachend von mir wegzustoßen. Er schwamm noch ein paar Runden und verließ das Wasser dann wieder. Ich ärgerte mich einen Moment lang, dass ich versäumt hatte, vor ihm aus dem Wasser zu steigen, aber andererseits musste ich es ja auch nicht übertreiben.

Wir verbrachten den ganzen Tag am See. Mehr gab es auf diesem friedlichen Fleckchen Erde für uns nicht zu tun. Nico war völlig begeistert von allem. Er verbrachte die meiste Zeit im Wasser und ging später im Wald joggen. Ich hatte kurz überlegt, ihn zu begleiten, doch dann fiel mir wieder die Auswahl an Schuhen in meinem Koffer ein. Kein Paar davon eignete sich zum Joggen. Allein das Laufen stellte in den meisten eine Herausforderung dar. Das sonnige Wetter erlaubte zu meinem Glück, den ganzen Tag barfuß herumzulaufen. Ich war überzeugt, dass keine Frau der Welt einen solchen Koffer gepackt hätte, egal wie stilbewusst sie sein mochte.

Joggen war zwar nicht möglich, aber da der Sport in den letzten Tagen etwas zu kurz gekommen war, machte ich ein kleines Work-out. Ich bat Stapa, mir eines seiner T-Shirts zu leihen, und zog es über den Badeanzug. Es war eine Sache, in diesem knappen Teil in der Sonne zu liegen, aber darin Sport zu machen, wäre dann doch zu weit gegangen. Das T-Shirt roch nach Stapas Aftershave und machte es mir anfangs schwer, mich auf die Übungen zu konzentrieren. Ich atmete tief ein. In meinem Bauch kribbelte es heftig. Doch ich trainierte tapfer weiter und nach ein paar Minuten hatte ich diese Schwäche überwunden. Der Sport tat gut, um einen freien Kopf zu bekommen. Wenn ich Sport machte, konnte ich immer am besten nachdenken. Ich gelangte zu keinen neuen Erkenntnissen, machte mir aber unsere Situation wieder klar. Wie auch immer es mit Stapa weitergehen würde, ich durfte nicht vergessen, dass Nico und ich uns in ernsten Schwierigkeiten befanden. Unsere kleine Auszeit würde nicht mehr lange andauern.

Ich kümmerte mich gemeinsam mit Nico um das Abendessen und der Abend verlief ähnlich dem vorherigen. Nur dass ich diesmal immer wieder bewusst über mein Buch zu Stapa blickte. Zufrieden registrierte ich, dass er dasselbe tat. Ich hatte immer wieder das Gefühl, beobachtet zu werden. Bevor es albern wurde, wünschte ich den Männern eine gute Nacht.

Ich zog mein knielanges, weites Nachthemd an und legte mich ins Bett. Ich konnte allerdings nicht schlafen. Ich wälzte mich hin und her. Dann versuchte ich zu lesen, konnte mich aber nicht auf das Buch konzentrieren. Ich hörte erst Nicos, dann Stapas Tür. Wieder und wieder ging ich den Tag in Gedanken durch. Stapa empfand etwas für mich, da war ich mir sicher, aber trotz seiner Stärke und der Sicherheit, die er sonst immer ausstrahlte, würde er nie den ersten Schritt machen. Das blieb mir überlassen. Das Problem war, dass auch ich Angst davor hatte. Denn konnte es nicht sein, dass ich mich irrte? Malte ich mir Dinge aus, die gar nicht da waren?

Ich weiß nicht, wie lange ich so dalag. Vielleicht nickte ich zwischendurch einmal ein, doch irgendwann hörte ich von unten Geräusche. Ich schlich die leise knarzende Treppe hinunter. Stapa saß am Tisch, vor ihm ein Glas Wasser.

»Alles in Ordnung?«, fragte ich vorsichtig.

Er nickte und schwieg.

»Du machst dir Sorgen, weil du hier bist und Alecs Leute für uns arbeiten«, vermutete ich.

Er sagte nichts und trank sein Glas in einem Zug aus, doch ich wusste, dass ich recht hatte.

»Warum bist du nicht bei ihnen geblieben?« Ich lehnte mich an die Arbeitsplatte und stand nun direkt vor ihm. Er sah mich an, dann schaute er wieder auf das leere Glas in seiner Hand.

»Ich hätte es noch weniger ertragen, dich alleine zu lassen«, murmelte er schließlich.

Er hatte »dich« gesagt, nicht »euch«.

Ich beugte mich vor und küsste ihn. Ich dachte nicht darüber nach, ich tat es einfach. Er erwiderte den Kuss. Alles in mir jubelte. Bevor ich jedoch meine Arme um ihn schlingen konnte, legte er langsam seine Hände auf meine Hüften und schob mich weg. Über sein Gesicht huschte ein knappes, fast trauriges Lächeln. Er stand auf und ging an mir vorbei.

Ich stand wie benommen da. Hatte ich mich wirklich geirrt? Hatte ich mich gerade völlig lächerlich gemacht? Hatte er das nicht gewollt? Was dachte er jetzt von mir? Ich war völlig durcheinander. Was sollte ich jetzt tun?

Es gab nur eine Möglichkeit, Antworten zu erhalten. Ich musste mit ihm reden, und zwar sofort. Das konnte ich unmöglich so stehen lassen.

Meine Beine zitterten, als ich die Treppe hochstieg und schließlich vor seiner Tür stand. Ich klopfte kaum hörbar an und trat ein, ohne auf eine Antwort zu warten. Er stand am Fenster und sah mich ausdruckslos an.

»Kann ich kurz mit dir reden?« Jetzt war ich wieder das kleine hilflose Mädchen.

Er sagte nichts.

»Es tut mir leid. Ich wollte nicht ...« Ich brach ab.

Was wollte ich denn nicht? Natürlich hatte ich es gewollt. Ich wollte nur nicht, dass es so ausging.

»Schon gut.« Er lächelte nicht.

Sollte ich das so hinnehmen? So tun, als wäre nichts passiert? Das konnte ich nicht. Ich zitterte, doch ich versuchte, es zu unterdrücken.

»Ich meine, ich hatte das Gefühl, dass du auch etwas für mich empfindest, aber ich verstehe, dass ... scheinbar habe ich mich geirrt.« Meine Stimme war nur noch ein Flüstern.

Ich spürte Tränen in meine Augen schießen. Ich würde kein weiteres Wort sagen können. Ich wollte nicht weinen, nicht jetzt. Ich hatte Angst vor seiner Reaktion und musste sie doch sehen. Sonst würde ich nicht damit fertig werden. Ich hoffte, es würde mir halbwegs würdevoll gelingen, die Abfuhr zu ertragen.

Er kam auf mich zu und sah mir direkt in die Augen. Mir wurde heiß. Seine Nähe und dieser durchdringende Blick ließen meine Gefühle verrücktspielen.

»War das der Grund? Hast du mich geküsst, weil du etwas für mich empfindest?« Er sprach leise.

Ich nickte, fand aber, dass ich etwas sagen sollte, und brachte ein brüchiges »Natürlich« zustande.

Er musterte mich, als wollte er herausfinden, ob ich die Wahrheit sagte. Ich hielt seinem Blick stand, konnte aber kaum atmen.

»Tess, ich liebe dich.«

Jetzt war er es, der mich küsste.

Ich kann unmöglich beschreiben, was in diesem Moment in mir vorging. Alles schien zu kribbeln, mir war heiß und ich fühlte mich, als könnte ich fliegen. Ich schlang meine Arme um seinen Hals, und als er mich hochhob, auch meine Beine um ihn. Dann spürte ich, wie wir fielen, doch ich landete weich. Er lag über mir und stützte sich mit einem Arm ab. Ich spürte seine andere Hand in meinen Haaren. Er hielt sie so fest, dass ich mich kaum bewegen konnte. Ich spürte die Anspannung seiner Muskeln. Dann lockerte er plötzlich den Griff in meinem Haar und sein fordernder Kuss löste sich von mir. Er sah mir tief in die Augen und lächelte. Seine Hand fuhr nun ganz langsam an meinem Körper entlang. Er berührte mich kaum noch. Er war wie verwandelt und ich war verwirrt. Ich wollte die Leidenschaft von eben zurückholen und küsste ihn, doch er brach ab, sobald ich fordernder wurde. Ich sah ihn überrascht an.

»Was ist los?«

Eben noch waren wir beinahe übereinander hergefallen.

»Ich will dir nicht wehtun«, gestand er.

Ich musste lachen. Er war mehr als zwei Köpfe größer als ich und wog weit mehr als das Doppelte.

»Ich bin nicht zerbrechlich«, versicherte ich, doch er sah mich skeptisch an.

»Ich sag dir schon, wenn mir was wehtut«, flüsterte ich und beugte mich zu ihm nach oben.

Widerwillig brummte er, ließ meinen leidenschaftlichen Kuss aber zu. Langsam wurde er selbst wieder fordernder. Seine Hand wanderte wieder meinen Körper entlang, doch diesmal nicht vorsichtig und sanft, sondern stark und leidenschaftlich. Ich stöhnte auf und grub meine Finger in seinen Rücken.

Wir schliefen wenig in dieser Nacht. So viel Leidenschaft hätte wohl kaum jemand dem kühlen, rauen Stapa zugetraut. Ich muss gestehen, ich auch nicht.

Aber wir redeten auch miteinander. Stapa erzählte, dass er schon damals in mich verliebt gewesen war, als ich noch zu Jads Gruppe gehörte. Ich konnte es kaum glauben und starrte ihn wortlos an. Warum er nie etwas gesagt hatte, brauchte ich nicht zu fragen. Ich wäre damals nicht im Traum auf die Idee gekommen, etwas mit ihm anzufangen. Wie dumm ich doch gewesen war. Wie viele gemeinsame Jahre hatte ich durch meine Ignoranz verschenkt?

»Also war es gar nicht dein ach so großer Gerechtigkeitssinn, der dich dazu gebracht hat, mir zu helfen?«, neckte ich ihn mit treuherzigem Augenaufschlag.

Stapa verzog den Mund und brummte: »Nicht nur.«

Alec hat mich einige Jahre später, als wir gemeinsam auf einer Terrasse saßen, einmal gefragt, warum ich mich in Stapa verliebt hätte, und ich antwortete ihm, dass es schwer sei, Stapa nicht zu lieben, wenn man ihn kennt, aber es sei eben verdammt schwer, ihn kennenzulernen. Alec hat mir in allen Punkten zugestimmt.

»Ich habe ihn auch lange unterschätzt«, sagte er, dann sahen wir uns an und lächelten.

Irgendwann müssen Stapa und ich in jener Nacht wohl doch eingeschlafen sein, denn als ich erwachte, schien die Sonne hell ins Zimmer. Mein Oberkörper lag auf Stapas Brust. Als mir das bewusst wurde, wollte ich für immer so liegenbleiben. Ich atmete seinen Geruch tief ein und seufzte still. Erst nach einigen Minuten wagte ich es, vorsichtig meinen Kopf zu heben, um ihn anzusehen. Stapa war bereits wach und grinste mich breit an. Ich lächelte, zog mich zu seinem Gesicht hoch und küsste ihn. Das zwischen uns war richtig. Ich spürte es mit jeder Faser. Durch die Wärme der Sonne und Stapas Nähe fühlte ich mich sicher und geborgen.

Wir ließen uns Zeit beim Aufstehen. Irgendwann schaffte ich es dann doch ins Bad. Stapa war wohl der Meinung, dass wir keine zu hohen Wasserkosten verursachen sollten, denn kaum stand ich unter der Dusche, kam er dazu. Ich fühlte mich beinahe wie in einem kitschigen Liebesfilm, es fehlte nur die schnulzige Musik.

Als wir endlich nach unten gingen, war Nico nicht da. Ein Blick aus dem Fenster gab die Erklärung: Er lag schon am See. Stapa kochte frischen Kaffee, während ich Brot und Belag für das Frühstück zusammentrug. Ich stellte zufrieden fest, dass wir uns wie selbstverständlich ergänzten. Wir sprachen kein Wort dabei. Es war aber kein unangenehmes Schweigen, es war eben ein Stapa-Schweigen, und das liebte ich mittlerweile sehr.

Stapa hatte gerade zwei gefüllte Tassen auf den Tisch gestellt und beobachtete nun, wie ich Messer und Löffel aus der Schublade kramte und zum Tisch brachte. Ich konnte nicht anders, ich musste ihm um den Hals fallen und ihn wieder küssen.

Nach dem Frühstück gingen wir ebenfalls zum See.

»Ich dachte schon, ihr seid heimlich ausgezogen«, begrüßte uns Nico.

Er schirmte seine Augen mit der Hand ab, während er zu uns hochblinzelte.

»Und die beste Reaktion darauf war, dass du dich erst mal in die Sonne legst?«, grinste ich ihn an.

Stapa breitete unsere Handtücher neben Nico aus. Ich zog das T-Shirt aus, das ich mir von ihm geborgt hatte, und spürte Stapas Blick auf mir ruhen. Also zog ich meine Hose betont langsam aus und streckte dabei meinen Hintern ein klein wenig in seine Richtung. Etwas zu weit, denn er packte ihn und zog mich auf sich. Ich ließ mich mit einem Schrei fallen. Nico sah uns mit großen Augen an, und da ich nicht wusste, was ich sagen sollte, grinste ich ihn einfach breit an. Es dauerte nicht lange, da grinste er zurück und nickte dabei, als wolle er sagen: »Find ich gut, macht weiter so.«

Der Tag war sehr entspannt. Auch Stapa war für seine Verhältnisse ausgelassen. Er lachte sogar ab und zu und für eine Weile fiel jede Anspannung von ihm ab. Wir verbrachten den ganzen Tag am See, schwammen und ließen uns von der Sonne trocknen. Ich konnte meine Hände kaum von Stapa lassen. Nico zog sich gegen Mittag diskret für einen Waldspaziergang zurück. So hatten wir den See fast zwei Stunden für uns. Es war wie eine andere Welt und für den Rest des Tages vergaßen wir fast, dass es diese andere Realität auch noch gab.

Gegen Abend holte sie uns dann aber mit aller Macht wieder ein. Wir hatten das Abendessen nach draußen verlegt und saßen gemütlich bei Brot und Bier am Ufer des kleinen Sees, als das Handy klingelte. Wir erstarrten und zögerten, nach dem Telefon zu greifen. Wir alle wussten, dass es Alec war. Nur er hatte die Nummer dieses Handys. Er hatte es uns gegeben, bevor wir nach Schweden geflogen waren. Stapa holte tief Luft und nahm das Gespräch an.

Schlagartig kehrte die Anspannung in seinen Körper zurück. Seine Muskeln versteiften sich. Seine Stimme klang hart: »Ja? ... So? ... Ich verstehe ...«

Die Länge der Pausen ließ vermuten, dass Alec wesentlich mehr zu sagen hatte.

Ich saß währenddessen neben Stapa und klammerte mich an seinen Arm, als könnte ich so den schönen Mittag festhalten; doch ich wusste, dass es nach diesem Telefonat kein Zurück geben würde. In meinem Kopf rasten die Gedanken. Jad war immer noch darauf aus, uns zu töten. Mittlerweile wusste er, dass Stapa auf meiner Seite stand. Ich fragte mich, ob es Alecs Leuten gelungen war, etwas herauszufinden. Jad achtete sehr darauf, dass seine Männer nichts nach außen dringen ließen. Es dürfte schwer gewesen sein, jemanden bei ihnen einzuschleusen.

Unser einziger Vorteil war, dass Jad noch nichts von unserer Zusammenarbeit mit Alec wusste, und ebenso wenig wusste er, wo wir uns gerade befanden. Wir waren hier also sicher. Dennoch konnten wir uns nicht ewig hier verstecken, auch wenn mir der Gedanke momentan gar nicht so schlecht gefiel. Wir mussten zurück und die Sache endgültig klären. Vielleicht waren Alecs Männer ja schon dabei, und wir würden zurückfahren und uns ein neues Leben aufbauen können. Es war keine echte Hoffnung, die da in mir aufkeimte, und der Gedanke kam mir im selben Augenblick schon völlig absurd vor. Ein normales Leben mit Stapa? Völlig undenkbar. Zudem verhieß ein Blick in sein Gesicht nichts Gutes. Es gab Probleme, die wir nicht einfach Alecs Leuten überlassen konnten. Es war unser Kampf und weder Stapa noch ich würden zulassen, dass Alecs Leute ihn für uns ausfochten.

Stapa legte auf, fuhr sich mit der Hand über das Gesicht und eine ewige Sekunde lang sagte er nichts.

»Ich fliege zurück«, brummte er dann.

»Was ist los?«

Es gefiel mir nicht, dass er mich nicht ansah, zudem war sein Gesichtsausdruck viel zu ernst geworden. Etwas stimmte nicht.

Er antwortete nicht und wich meinem Blick aus. Also nahm ich sein Gesicht in meine Hände und drehte es zu mir.

»Was ist los?«, wiederholte ich und betonte dabei jedes Wort.

»Sie haben zwei von Alecs Leuten«, antwortete er widerwillig.

»Scheiße«, entfuhr es mir. »Sie wissen also, dass Alec uns hilft.«

Er nickte langsam. Noch immer sah er mich nicht an, also hakte ich nach: »Was noch?«

»Ist das nicht genug?« Er hob seinen Blick, sah mich intensiv an und einen Moment lang fühlte ich mich, als hätte ich eine dumme Frage gestellt, als wäre ich jemand, der keine Ahnung hat, wovon er spricht, und den Ernst der Lage nicht erkennt. Ich verkniff mir eine Antwort und versuchte, seinem Blick standzuhalten, und zum ersten Mal gelang es mir.

Er seufzte und zog die Luft scharf ein, bevor er sagte: »Jad will dich und Nico im Austausch für die beiden.«

Nico zuckte zusammen und ich riss die Augen auf. Eigentlich war es eine logische Forderung und ich hätte damit rechnen müssen. Trotzdem stieg Panik in mir auf und ich bemühte mich, mir diese nicht anmerken zu lassen. Aber Stapa kannte mich besser, als mir in diesem Moment lieb war. Er strich mir mit der Hand über den Kopf und grub seine Finger dann in mein Haar.

»Ich werde zurückfliegen und das klären«, sagte er so sanft, dass es kaum zu ihm passte.

Ich lächelte. Ich war so froh, Stapa zu haben. Für einen Moment verflog die Angst. Dieser starke Hüne beschützte mich. An seiner Seite würde mir niemals etwas passieren. Doch gleich darauf wurde mir klar, dass das nicht stimmte. Stapa war nicht unverwundbar. Ich konnte ihn unmöglich alleine zurückfliegen lassen. Was, wenn ihm etwas geschehen würde? Es wäre meine Schuld. Nein, wir gehörten von jetzt an zusammen und wir würden das zusammen meistern.

»Ich komme mit«, sagte ich und war selbst erstaunt, wie fest meine Stimme klang.

»Nein.«

Stapas Blick ließ keinen Widerspruch zu, und doch würde ich mich nicht davon abhalten lassen.

»Ich komme mit«, wiederholte ich mit einer ruhigen Stimme, die nicht meine eigene zu sein schien.

»Tess, du bleibst hier.«

Er wurde wütend. Das tiefe Grollen in seiner Stimme war furchteinflößend.

»Dann fahr` ohne mich«, sagte ich und sah ihn fest an.

Wenn wir nicht gesessen hätten, wären meine Beine vermutlich einfach weggeknickt, so weich waren sie. Er traute mir nicht. Er ahnte, dass ich nicht aufgegeben hatte, und sah mich prüfend an.

»Du wirst hinterherfliegen.« Es war keine Frage, sondern eine Feststellung.

»Wenn du mich nicht mitnimmst«, gab ich achselzuckend zurück.

Er stand auf und ging ohne ein weiteres Wort zur Hütte.

Erst jetzt fiel mir auf, dass Nico mich wie ein verschreckter Hase anstarrte.

»Du bleibst natürlich hier. Zumindest noch eine Weile. Du wirst bald zurück nach Mölln gehen können.«

Er wollte zu einem Protest ansetzen, war dann aber sichtlich erleichtert, als ich diesen mit einer Handbewegung zurückwies. Er wusste, dass er uns nicht helfen konnte. Seine Angst und Unsicherheit würden uns nur in Gefahr bringen. Ich konnte mein Zittern nicht mehr zurückhalten. Nico hätte gerne etwas gesagt um mich zu beruhigen, aber er wusste nicht was, also nahm er mich in den Arm. Ich lehnte mich kurz an ihn, dann löste ich mich aus unserer hilflosen Umarmung und folgte Stapa. Er sprach nicht mit mir und ich fühlte mich schrecklich unbeholfen. Ich schluckte und sagte mir immer wieder, dass er sich nur um mich sorgte. Ich sah zu, wie er hin und her lief, Sachen zusammenpackte und mich dabei völlig ignorierte. Trotzdem stand mein Entschluss fest.

Ich würde ebenfalls zurückfliegen. Packen musste ich nicht. Die unbequemen Kleider konnten von mir aus hierbleiben. Alles zog wie ein Film an mir vorbei. Ich hatte Angst und Stapa war wütend auf mich. So wollte ich nicht auseinandergehen. Was, wenn einem von uns etwas geschah? Ich wollte mit ihm reden, aber ich war wie gelähmt. Einmal stiegen mir sogar Tränen in die Augen, doch ich drängte sie zurück. Jetzt war nicht der Moment, um emotional zu werden. Ich musste stark bleiben. Als er seinen Koffer die Treppe hinuntertrug, hielt ich es jedoch nicht mehr aus. Ich stellte mich ihm in den Weg. Er sah mich an und verzog den Mund, als wolle er etwas sagen. Diesmal gelang es mir nicht, seinem Blick standzuhalten, und ich sah zur Seite, während ich sanft seinen Arm berührte. Er drehte meinen Kopf mit einer Hand zu sich, küsste mich und die Andeutung eines Lächelns huschte über sein Gesicht.

»Ich habe deine Sachen in meinen Koffer gepackt. Wir müssen los.«

Dann ging er an mir vorbei. Ich war perplex und starrte ihm hinter, sammelte mich jedoch schnell wieder. Mit einigen Schritten schloss ich zu ihm auf.

»Wie konnten Jads Leute die von Alec gefangen nehmen?« Diese Frage drängte sich mir plötzlich auf.

»Alecs Männer haben versucht, etwas über unsere Sache herauszufinden.« Stapa hob den Koffer in den Kofferraum.

»Sie waren so unvorsichtig?« Ich war skeptisch. Etwas stimmte an der Geschichte nicht. Alecs Leute sollten Jads Männer so sehr unterschätzt haben? Natürlich war das möglich, aber es erschien mir unwahrscheinlich.

Sie hatten gewusst, worauf sie sich einließen. Stapa hatte ihnen vorher genaue Anweisungen gegeben.

Stapa hielt inne. Er dachte über meine Worte nach. Einige Minuten verstrichen, ohne dass er etwas sagte, dann sah er zu Nico. Er war zu uns gekommen und sah nach wie vor völlig hilflos aus.

»Besser, du haust hier auch ab. Hol' dein Zeug«, sagte Stapa knapp und Nico verschwand ohne zu zögern in der Hütte, obwohl er keine Ahnung hatte, warum Stapa das forderte. Auch ich war unsicher, hatte aber eine Vermutung und sah ihn fragend an: »Du meinst ... ein Maulwurf?«

Stapa nickte.

»Wäre möglich«, überlegte ich.

Nico brauchte nicht lange. Keine zehn Minuten später kam er mit seinem Rucksack aus der Hütte.

»Was ist mit dem Essen und so?«, fragte er, als er seine Tasche in den Kofferraum hievte.

»Lassen wir da.« Eine typische Stapa-Antwort, kein Wort zu viel.

Auf der Fahrt zum Flughafen klärten wir Nico auf, dass wir es für sicherer hielten, wenn er ein anderes Ziel nehmen würde, da es möglicherweise in Alecs Gruppe einen Verräter gab. Wir versicherten ihm aber, dass die Gefahr für ihn gering sei. Wir gingen davon aus, dass sich Alle auf mich konzentrieren würden, wenn ich nach Deutschland zurückkam. Jad dürfte keinerlei Interesse daran haben, was aus Nico wurde, obschon es offiziell noch immer um ihn ging. Daher war es besser, er kehrte erst zurück, wenn alles geklärt war. Nico nahm diese neue Situation bewundernswert gelassen hin.

»Was soll ich tun?«, wollte er wissen.

»Such dir ein Ziel aus und mach ein paar Wochen Urlaub«, erklärte ich.

Stapa gab mir sein Portemonnaie. Um möglichst wenig Spuren zu hinterlassen, war es notwendig, immer bar zu bezahlen. Der Anblick von so viel Bargeld war trotzdem seltsam. Ich nahm einige große Scheine heraus und reichte sie Nico. Seine Augen weiteten sich und er zögerte einen Moment. Unsere Blicke trafen sich und er verstand, dass es keinen Sinn hatte, wegen des Geldes zu diskutieren.

Stapa erklärte ihm, dass er sich ein Handy kaufen und in einer Woche bei uns anrufen solle. Ich suchte die Nummer heraus und schrieb sie auf einen Zettel.

»Falls du uns nicht mehr erreichst, versuch' es bei Alec«, fuhr Stapa sachlich fort.

»Was meinst du mit ‚wenn du uns nicht mehr erreichst'?«

Stapa antwortete nicht, seufzte aber. Nico verstand und schluckte schwer. Seine Hand zitterte, als ich ihm den Zettel mit den Telefonnummern reichte.

»Wenn du auch Alec nicht erreichst …«, begann Stapa und Nico stöhnte auf: »Macht bloß keinen Mist. Ich werde euch erreichen.«

Ich nickte, fügte aber trotzdem hinzu, dass es besser wäre, nicht zurückzukommen, falls er niemanden mehr erreichen konnte.

Am Flughafen zeigte Stapa mir den Flug, den Alecs Leute für uns gebucht hatten. Sie hatten vorsorglich drei Plätze reserviert.

»Da geht aber auch ein früherer«, stellte ich fest.

»Haben wohl gedacht, wir brauchen länger«, brummte Stapa.

»Lass uns versuchen, Tickets für den anderen Flug zu bekommen«, bat ich und fand es seltsam, dass Stapa nicht selbst darauf gekommen war. Er zog fragend eine Augenbraue hoch.

»Wer weiß, was für ein Empfang uns sonst bereitet wird«, teilte ich meine Gedanken mit ihm.

Es gab noch Tickets für den früheren Flug.

Nico fand Gefallen an einem Urlaub in Griechenland. Er hatte mir mal erzählt, dass er mit sieben Jahren nach Deutschland gekommen war. Er wollte gerne die Orte seiner Kindheit aufsuchen. Da vermutlich niemand nach ihm suchen würde, hielt ich das für eine gute Idee. Trotzdem schärfte ich ihm ein, fürs Erste keine Verwandten dort zu besuchen. Er versprach es. Er wollte niemanden unnötig in Gefahr bringen. Wieder bekam ich ein schlechtes Gewissen, weil er meinetwegen in diese Situation geraten war. Jetzt ließen wir ihn auch noch alleine. Ich unterdrückte den Drang, mich schon wieder bei ihm zu entschuldigen. Es würde nichts ändern.

Da sein Flug erst später ging, begleitete Nico uns zum Gate. Er und Stapa reichten sich die Hände.

»Pass auf dich auf«, brummte Stapa und schenkte ihm ein aufmunterndes Lächeln.

»Pass gut auf Tess auf«, gab Nico ernst zurück.

Ich umarmte Nico lange. Dann wünschte ich ihm alles Gute, er beschwor uns, vorsichtig zu sein, und wir verabschiedeten uns. Wir hatten so viel zusammen erlebt. Er gehörte einfach dazu. Es war komisch, ihn jetzt allein zurückzulassen. Ich sagte mir zwar, dass es zu seinem

Besten sei, aber ich wusste, er würde mir fehlen. Hoffentlich ging alles gut und er konnte bald in sein normales Leben zurückkehren. Ich dachte an unsere Freunde. Sie wussten noch immer nicht, was mit uns geschehen war. Was mochte in ihren Köpfen vorgegangen sein, als wir nicht wieder aufgetaucht waren? Sie machten sich bestimmt große Sorgen um uns. Wahrscheinlich hatten sie die Polizei informiert, doch deren Ermittlungen waren sicherlich im Sande verlaufen. Jads Leute hatten bestimmt dafür gesorgt. Wenn Nico zurückkam, würde er sehr viele Fragen beantworten müssen. Ob er ihnen alles erzählte? Vielleicht hätte ich auf einer gewissen Geheimhaltung bestehen sollen. Andererseits war es nicht wichtig. Was sollten die anderen mit den Informationen schon anfangen?

Stapa und ich sprachen auf dem Rückflug kaum ein Wort miteinander. Jeder hing seinen eigenen Gedanken nach. Stapa ging vermutlich alle möglichen Szenarien durch, was geschehen würde, sobald wir in Deutschland landeten. Das wollte ich mir lieber gar nicht vorstellen. Ich verdrängte alle Fragen an das, was uns erwarten mochte. Es hätte sowieso nichts gebracht, mir den Kopf darüber zu zerbrechen. Wir mussten so schnell wie möglich mit Alec sprechen, erst dann konnten wir uns überlegen, was weiter zu tun war. Ich konnte nur hoffen, dass wir gemeinsam eine Lösung finden würden.

II.

Als das Flugzeug landete, zuckte ich zusammen. Jetzt gab es kein Zurück mehr. Ich würde nicht länger weglaufen. Stapa lächelte mich aufmunternd an und küsste mich, bevor wir uns aus den Sitzen erhoben.

Wir nahmen ein Taxi und fuhren direkt zu Alec.

Die Männer, die Wache hielten, erkannten uns sofort. Somit hatten wir keine Probleme, auf das Gelände zu gelangen. Alec fanden wir in einem kleinen Raum im Keller. Es war eine Art Büro. Als wir eintraten, saß er an einem Computer und sah überrascht zu uns auf.

»Ich dachte, ihr kommt erst in zwei Stunden. Ich hätte euch doch einen Wagen geschickt.«

Wir erklärten ihm, dass wir einen früheren Flug genommen hatten, und baten ihn um ein Gespräch unter sechs Augen.

»Klar, macht einfach die Tür hinter euch zu«, sagte er, doch Stapa schüttelte den Kopf.

Alec sah ihn verwundert an, schlug aber gleich darauf vor, einen Spaziergang im Wald zu machen.

»Ihr könnt euch nach dem langen Flug ein bisschen die Beine vertreten und mir wird die frische Luft auch guttun. Mir raucht der Kopf gewaltig. Verdammter Verwaltungskram«, lachte er.

Stapa brummte und ich fragte mich unwillkürlich, ob Alec noch so begeistert von der frischen Luft wäre, wenn er unseren Verdacht hörte.

Erst als wir uns ein gutes Stück vom Haus entfernt hatten und sicher waren, dass uns niemand mehr hören konnte, blieb Alec stehen und sah Stapa ruhig, aber erwartungsvoll an.

Stapa kam wie üblich direkt zum Punkt: »Ihr habt einen Maulwurf.«

Alec blieb ruhig, doch seine Augenbrauen hoben sich skeptisch.

Er sagte nichts, bis Stapa weitersprach: »Wen hast du geschickt, um Informationen zu sammeln? Warum wurden sie geschnappt?«

Alec wirkte zuerst irritiert, doch dann begann er zu verstehen: »Du meinst, jemand hat sie auffliegen lassen?«

Er dachte eine Weile darüber nach. Vermutlich ging er in Gedanken die ganze Geschichte noch einmal durch. Als er ansetzte, war kaum auszumachen, ob er mit uns oder mit sich selbst sprach: »John und Kris sind erfahrene Leute. Sie wissen, was sie tun. Sie sind nicht leichtsinnig und nicht so frisch dabei, dass sie etwas übereilen würden. Sie sollten getrennt agieren. Wir haben Kist in einer Bar gefunden. Er war alleine und John wollte sich an ihn dranhängen. Kris sollte die beiden Jungen im Auge behalten. Sie haben darauf geachtet, dass sie nicht miteinander in Verbindung zu bringen waren. Ihr habt recht. Wie konnten sie also beide geschnappt werden?«

Er starrte ausdruckslos vor sich hin und mir war klar, dass er zum selben Schluss kam wie wir. Jemand musste sie verraten haben. In Alecs Gesicht sah ich, wie sich sein Verstand gegen die Erkenntnis wehrte, einen Verräter in den eigenen Reihen zu haben. Schmerz lag in seinem Blick.

»Hast du eine Vermutung, wer es sein könnte?«, fragte ich behutsam.

Einen Moment lang dachte ich, er hätte mich nicht gehört, dann schüttelte er aber langsam den Kopf.

»Wir müssen sie da herausholen«, sagte Stapa völlig emotionslos.

Als Alec ihn ausdruckslos ansah, fuhr er fort: »Verhandlungen haben keinen Sinn. Jad wird nicht von seiner Forderung abweichen.«

Langsam klärten sich Alecs Gedanken wieder und er konzentrierte sich darauf, über das nachzudenken, was nun zu tun war: »Stimmt. Er ist geradezu besessen von unserer Süßen hier.« Er warf mir ein Lächeln von der Art zu, die er besonders gut beherrschte – das zugleich Belustigung ausdrückte und ‚Kann ich verstehen' zu sagen schien. Ein Lächeln der Sorte, die unwillkürlich ein Kribbeln im Bauch verursachte. Sofort hatte ich ein schlechtes Gewissen und schaute zu Stapa. Dieser sah Alec mit einem Blick an, der irgendwo zwischen Misstrauen und Mordlust lag. Doch er sagte nichts und fuhr stattdessen fort: »Wir sollten zu ihnen gehen, bevor sie zu uns kommen. Jad wird mittlerweile sicher wissen, wo er uns findet und was ihn hier erwartet. Das heißt, wir hätten kaum noch keinen Heimvorteil.«

»Trotzdem stehen wir ihnen nicht nach«, bemerkte Alec und meinte damit, dass Stapa sich bei Jad mindestens so gut auskannte wie sein Informant bei Alec. Dass Jad weit weg von seiner Villa war, tat nichts zur Sache. Die Gruppe agierte überall und hatte im ganzen Land und auch über die Grenzen hinaus ihre Anlaufstellen.

»Wir sollten möglichst bald aufbrechen. Wir haben

sowieso schon zu lange gebraucht«, erklärte Stapa.

»Es wundert mich, dass Jad nicht längst hier aufgetaucht ist«, überlegte Alec, doch Stapa verwunderte das nicht: »Er ist nicht dumm. Er würde euch nur in eurem Haus angreifen, wenn er absolut sicher wäre, gewinnen zu können. Seine Leute waren vermutlich auf der Suche nach Tess noch weit verstreut. Ich hatte ein paar falsche Fährten gelegt.« Stapa grinste und zwinkerte mir zu. »Jad wird also nicht mit der vollen Truppe hier aufkreuzen.«

Ich sah ihn irritiert an, denn ich wusste von keinen falschen Fährten. Wenn wir das hier überstanden, würde ich ihn danach fragen.

Einstweilen bemühte ich mich, Stapas Ausführungen zu folgen: »Außerdem weiß er, dass wir Tess weggeschafft haben. Hier aufzutauchen hätte ihm also nichts gebracht. Er wird aber bald wissen, dass sie wieder hier ist. Seine Leute sind bestimmt schon auf dem Weg hierher. Wenn sie eintreffen, wird er nicht mehr so vorsichtig sein.«

Ich lachte plötzlich auf: »Jad wird ziemlich froh darüber sein, dass ihr euch mit uns zusammengetan habt.«

Die beiden sahen mich fragend an.

»Nun, so kann er gleich zwei Fliegen mit einer Klappe schlagen. Auf Alec ist er ja auch nicht gerade gut zu sprechen«, erklärte ich und fügte seufzend hinzu: »Du lieferst ihm die perfekte Gelegenheit, dir eine Kugel in den Kopf zu jagen, wenn du mir hilfst.«

Alec nahm es gelassen: »Du hast recht. Ich sollte wohl ein bisschen aufpassen.«

Stapa brummte zustimmend und fuhr mit der Planung fort: »Wir müssen möglichst schnell zuschlagen. Wenn wir Glück haben, ist es Jad dann noch nicht gelungen, alle zusammenzuziehen. Die Frage ist nur, wen wir alles mitnehmen und was wir mit der Gefahrenquelle machen.«

»Ich kann nicht sagen, wer es ist«, gestand Alec. »Ich war überzeugt, allen meinen Leuten trauen zu können. Scheinbar ist das nicht so. Es muss einer der Älteren sein. Die Neuen haben Tess und Nico zwar gesehen, aber sie wussten nicht, wohin wir euch geschickt haben. Alles, was sie Jad hätten sagen können, ist, dass ihr hier wart und wieder gegangen seid. Außerdem ...«, er räusperte sich, »hat keiner von ihnen in den letzten Tagen das Gelände verlassen, und wir hätten mitbekommen, wenn jemand telefoniert hätte.«

Das erstaunte mich. Alec überwachte die Telefone seiner Leute? Dabei war mir hier alles so locker vorgekommen. Später erfuhr ich, dass die Handys und Telefone in den ersten drei Jahren kontrolliert, aber nicht abgehört wurden.

Alec senkte resigniert den Blick und ich glaubte, dass er sich vor uns ein wenig dafür schämte, seine Gruppe nicht besser im Griff zu haben.

Er tat mir leid. Von den eigenen Leuten hintergangen zu werden, war hart. Ich konnte verstehen, dass es an ihm nagte und dass er sich viele Vorwürfe machte, aber das brachte uns jetzt nicht weiter.

»Wie viele Leute hast du?«, fragte ich.

»Sieben Neue und fünfzehn Alte, wobei Kris und John gefangen sind. Barti, Allo und Tschinn vertraue ich völlig. Sie sind von Anfang an dabei und zumindest Barti und Tschinn hassen Jad. Sie würden sich niemals auf seine Seite stellen.«

Ich ertappte mich dabei, wie ich in der kurzen Pause, die nun entstand, überlegte, woher die drei ihre Namen hatten. Besonders hinter dem Spitznamen Tschinn gab es sicher eine interessante Geschichte. Schnell schüttelte ich den Kopf. Wie konnte ich in dieser Situation an so etwas Unwichtiges denken?

»Was bedeutet neu?« Stapa sah Alec an. Er klang sachlich und professionell.

»Sie sind alle mindestens ein Jahr bei uns, die meisten schon zwei Jahre oder länger. Sie können zwar mit Waffen umgehen, sind aber sozusagen noch in der Ausbildung, und ich würde sie noch nicht einsetzen, um jemanden unbemerkt zu beobachten. Außerdem sind sie aus Sicherheitsgründen bei den wichtigsten Entscheidungen noch nicht zugelassen.« Erneut schaute er betreten zu Boden.

Diese Sicherheitsmaßnahme hatte offensichtlich nichts genützt.

»Gut, unauffällig müssen sie ja jetzt nicht mehr sein«, entgegnete Stapa. »Ich schlage vor, wir werden ihnen von jetzt an mehr Verantwortung übertragen. Da wir wissen, dass von ihnen keiner unser Spitzel sein kann, nehmen wir sie alle mit. Dazu Allo, Tschinn und Barti. Dann sind wir zwölf. Jad hat zweiundzwanzig Mann, wenn er alle versammeln kann. Vermutlich sind einige zu weit weg, aber dennoch werden sie wahrscheinlich in der Überzahl sein. Wir sollten Jad, auch wenn ich die Örtlichkeiten kenne, nicht in einer seiner Unterkünfte stellen. Es gibt zu viele Waffen dort.«

Ich starrte Stapa an. Er übernahm die gesamte Planung. Dann sah ich zu Alec, der nachdenklich, aber zustimmend nickte. Es erstaunte mich, dass er Stapa ohne Widerspruch als Anführer anerkannte. Ich hatte in den letzten Wochen schon des Öfteren festgestellt, dass ich Stapa unterschätzt hatte, hier blitzte ein Bild der letzten Nacht auf und ich musste lächeln; doch dass er das Zeug zum Anführer hatte, beeindruckte mich. Ich hatte ihn so viele Jahre nur als Mann hinter Jad gekannt. Mittlerweile wusste ich, dass er viel mehr war als das, aber ich kannte noch längst nicht alle Facetten dieses Mannes.

Auch von Alec war ich beeindruckt. Ich hätte erwartet, er würde viel mehr auf seiner Vormachtstellung bestehen, aber er überließ Stapa diese Position ohne die geringste Gegenwehr. Er stellte sein Ego nicht über das Gelingen der Sache, was mir imponierte. Es war erstaunlich, wie sehr er sich von Jad unterschied.

»Es ist gefährlich genug, Jads Leute sind die erfahreneren«, gab Alec zu bedenken.

»Das stimmt«, meldete ich mich zu Wort. »Aber Jad ist verrückt geworden. Ich meine, seine Leute wissen ja nicht, dass ich eigentlich nichts getan habe, außer mit ... na ja ... vielleicht, wenn sie das wüssten ...« Ich hatte zu schnell gesprochen und brach ab.

Doch Stapa stimmte mir zu: »Den meisten geht es darum, da zu helfen, wo sonst niemand hilft. Sie vertrauen Jad und er hat sie hinters Licht geführt, um sich an Tess zu rächen. Wenn wir Glück haben, merken einige noch rechtzeitig, was wirklich los ist.«

»Du meinst, sie wechseln vielleicht auf unsere Seite?« Alec sah Stapa zweifelnd an.

Die Gruppen mochten ihre offene Feindschaft abgelegt

haben, aber zwischen ihnen herrschte bei Weitem keine Freundschaft.

»Zumindest halten sie sich vielleicht raus«, antwortete Stapa, doch er klang nicht überzeugt.

»Was ist mit mir?« Mir war nicht entgangen, dass Stapa mich nicht zu den Kämpfenden gerechnet hatte. Ich würde aber sicher nicht tatenlos herumzusitzen und warten, ob die Männer, die für mich ihr Leben aufs Spiel setzten, zurückkamen oder nicht.

Stapa sah mich entgeistert an.

»Du bleibst hier«, sagte er und seine Stimme hatte einen drohenden Unterton, der jeden Widerspruch verbot.

Ich schluckte und sammelte noch Mut, um dennoch einen Einwand zu wagen, da sprang mir Alec zur Seite: »Willst du sie bei dem Spitzel zurücklassen?«

Ich griff den Gedanken sofort auf.

»Dann könnte ich mich ebenso gut gleich stellen und euch den Stress ersparen.« Wieder wurde mir bewusst, was da eigentlich vor sich ging.

Zwölf Männer waren dabei, in einen Kampf zu ziehen, in dem sie klar unterlegen waren. Zwölf Männer riskierten ihr Leben. Zwölf Männer waren bereit, sich in Gefahr zu begeben, nur um eine Frau zu retten, die ihre Triebe vor Jahren einmal nicht im Griff gehabt hatte. Neunzehn Mann begaben sich ebenfalls in Gefahr, um mich auszuschalten. Einunddreißig Männer führten einen Kampf, der völlig sinnlos war. Niemand würde dadurch gerettet werden und niemand war in Gefahr, wenn sie es nicht taten.

Was war ich doch für ein Miststück! Wie egoistisch.

Wie konnte ich das zulassen? Mir wurde schwindelig und meine Beine gaben nach. Ich spürte, dass mich jemand festhielt. Stapa hatte mich aufgefangen und sah mich besorgt an.

»Alles in Ordnung. Ich will euch helfen«, stammelte ich. Gleichzeitig brach ich in Tränen aus und begann zu schluchzen. Das war definitiv nicht der beste Weg, um meinen Standpunkt klarzumachen.

Stapa zog mich an seine Brust und ich umklammerte seinen Hals. Er hatte mich hochgehoben und hielt mich fest.

»Wir nehmen sie mit«, sagte er bestimmt.

Ich war überrascht und stolz, dass er bereit war, meinem Wunsch nachzugeben, und hob meinen Blick. Er sah mich an und wurde noch ernster.

»Du wirst im Auto bleiben«, sagte er streng.

Als ich den Kopf schütteln wollte, verlieh er seinen Worten Nachdruck: »Hast du das verstanden?«

Ich sagte nichts. Stapa interpretierte das als Zustimmung.

Wir gingen zurück, das heißt, die Jungs gingen, ich wurde getragen, obwohl ich mich wieder gefangen hatte und durchaus in der Lage gewesen wäre, selbst zu gehen. Stapa setzte mich erst ab, als wir das Haus erreichten. Er küsste mich. Es war das erste Mal, seit wir Alec getroffen hatten. Mir wurde klar, dass dieser bisher nicht wusste, was zwischen uns geschehen war. Stapa schien derselbe Gedanke gekommen zu sein, denn nachdem er sich von meinen Lippen gelöst hatte, sah er Alec mit besitzergreifendem Blick fest an. Es war eine Warnung an Alec, die Finger von mir zu lassen, und dieser verstand sofort.

Er senkte demütig den Kopf, aber nicht ohne ein vielsagendes Lächeln auf den Lippen. Mir drängte sich der Gedanke an ein Wolfsrudel auf, bei dem der Alphawolf seine Besitzansprüche auf das beste Stück Fleisch einfordert und sein Rudelgefährte dies akzeptiert. Vielleicht hätte ich darüber empört sein sollen, aber in Wahrheit war ich stolz.

Später hat Alec mir einmal erzählt, dass er sich sogar bei Stapa für die Nacht, die wir gemeinsam verbracht hatten, entschuldigt hat. Ich fand das überflüssig. Immerhin war damals ja noch lange nicht abzusehen gewesen, dass ich jemals mit Stapa zusammen sein würde. Stapa erzählte mir allerdings nie etwas von dieser Entschuldigung. Er erwähnte die Sache zwischen Alec und mir mit keinem Wort mehr. Er bemühte sich so zu tun, als wäre es nie geschehen, aber ein Hauch Eifersucht blieb wohl immer bestehen.

Der Gedanke daran, dass er schon zu jener Zeit in mich verliebt gewesen war, schmerzte mich. Was musste Stapa empfunden haben, als er damals davon erfuhr? Es musste ihm das Herz zerrissen haben und ich hatte nicht einen Gedanken an ihn verschwendet. Ich schämte mich für meine Ignoranz und schwor mir, nie wieder etwas zu tun, was ihn verletzen könnte.

Alec rief nun alle zusammen. Die Verwirrung auf den Gesichtern der langjährigen Mitglieder war kaum zu beschreiben, als er sie mit der knappen Entschuldigung, er werde später alles erklären, wegschickte. Er wählte als Besprechungsraum das Zimmer eines der

Neuen, was ebenfalls zu Irritation führte, doch es war gut durchdacht: Wenn es einen Spitzel gab, so würde er diese Zimmer nicht abhören, da den Neuen sowieso nichts Wichtiges anvertraut wurde. Ich erkannte einige der Männer, die sich in dem kleinen Raum drängten, von unserem letzten Besuch wieder. Auch Aaron, der Junge mit der Technik, war dabei. Er lächelte mir stolz zu und ich hoffte, dass er bereit war für das, was bald kommen würde.

Alec erklärte in kurzen Worten, was vorgefallen war, was wir vermuteten und dass die nun Anwesenden daher jetzt zu ihrem ersten großen Einsatz kämen. Die Neuen waren erschrocken darüber, dass es einen Maulwurf in der Gruppe gab, aber sie waren auch sehr erfreut, dass man ihnen etwas zutraute. Endlich würden sie volle Mitglieder werden. Endlich konnten sie sich beweisen. Wussten sie, worauf sie sich einließen? Ich bezweifelte es. Sie liefen blindlings und freudig in die Gefahr. Womöglich würden sie das bereuen. Ich musste allerdings schnell feststellen, dass die Neuen nicht so unerfahren waren, wie ich gedacht hatte. Alec machte ihnen schnell klar, was er erwartete und was sie zu tun hatten. Sie hörten konzentriert zu und nickten hin und wieder. Manchmal stellte jemand eine Frage oder wies auf einen bestimmten Punkt hin.

Ich blickte zu Stapa, der zwischen mir und Alec stand. Jetzt sah er wieder aus wie der zweite Mann. Es schien ihn aber nicht zu stören, dass Alec das Reden übernahm. Sein Gesicht war ebenso ausdruckslos, wie ich es von früher kannte, doch diesmal wusste ich, was alles dahintersteckte. Ich nahm seine Hand und er schenkte mir ein flüchtiges Lächeln, während er meine Hand kurz drückte.

Schließlich ging es darum, ein Treffen zu arrangieren.

»Vielleicht sollten wir uns einfach mit ihm verabreden«, meldete sich ein etwa dreißigjähriger Mann mit langen schwarzen Haaren zu Wort.

Alle sahen ihn an, als sei er verrückt geworden, doch Stapa fand die Idee gut: »Er hat recht. Das ist das einfachste. Ich rufe ihn an und mache einen Treffpunkt aus. Er will etwas, das ich habe, also wird er zusagen.«

Während Stapa mit Jad telefonierte, saßen wir alle gebannt da und wagten nicht zu atmen. Es war eine unglaublich angespannte Stimmung. Gespannt folgten wir dem Gespräch und versuchten, an Stapas Reaktionen zu erkennen, wie Jad sich verhielt. Stapa klang emotionslos wie immer, doch ich war überzeugt, dass eine ganze Menge in ihm vorging. Er sprach mit dem Mann, der bis vor einer Woche noch sein engster Freund gewesen war. Sie hatten so viel zusammen durchgemacht und hatten oft, da bin ich sicher, ihr Leben in die Hände des anderen gelegt. Nun waren sie zu Feinden geworden.

Ich konnte die Worte nicht verstehen, die Jad sagte, doch seine Stimme klang übertrieben freundlich. Er schrie Stapa nicht an, warf ihm seinen Verrat nicht vor, und das ließ mir kalte Schauer den Rücken herunterlaufen. Diese gespielte Höflichkeit war viel gefährlicher, als wenn er seine Wut offen gezeigt hätte. Innerlich musste er kochen.

Die beiden verabredeten sich nach einigem Hin und Her in einem alten Fabrikgebäude, das etwa zwanzig Kilometer entfernt von Alecs Haus lag. Sie ersparten es sich, darauf zu bestehen, dass der jeweils andere alleine kommen solle, denn sie kannten sich gut genug, um zu wissen, dass sich keiner von beiden daran halten würde.

Als Stapa auflegte, wurden nicht viele Worte gemacht. Er gab knapp Jads Äußerungen wieder. Abgesehen von dem Ort war allerdings keine Information dabei, die uns irgendwie von Nutzen war. Natürlich hatte Jad verlangt, dass Stapa Nico und mich mitbringen solle. Im Austausch würde er seine beiden Geiseln frei lassen.

»Über alles Weitere lässt sich dann sicherlich reden«, hatte er noch hinzugefügt, um anzudeuten, dass er Stapa verzeihen würde.

Stapa hatte dafür nur ein müdes Grinsen übrig.

»Ich denke nicht, dass das nötig sein wird«, hatte er geantwortet.

Jads Aufforderung uns mitzubringen, hatte er ignoriert und lediglich den Treffpunkt bestätigt. Dann hatte er grußlos aufgelegt.

Damit keine Seite Zeit hatte, noch irgendwelche Vorkehrungen zu treffen, war das Treffen für in einer halben Stunde angesetzt. Das bedeutete, wir mussten direkt los, und so gingen wir zu den Fahrzeugen. Es handelte sich dabei um zwei gepanzerte Kleinbusse. Alec fuhr einen Bus selbst und Stapa nahm neben ihm Platz. Ich setzte mich hinter ihn. Niemand erhob einen Einwand.

Während der Fahrt wurde noch einmal das genaue Vorgehen besprochen. Per Funk wurde das Ganze mit dem anderen Bus abgeklärt. Die Gesichter der Männer waren ernst und konzentriert. Obwohl es für fast alle in unserem Bus der erste größere Einsatz war, zeigte keiner auch nur die geringste Nervosität. Mich beeindruckte diese Professionalität, doch sie beruhigte mich nicht.

Von den Erläuterungen bekam ich nur die grobe Struktur mit, aber ich sollte ja sowieso im Bus warten.

Aaron saß neben mir und hackte unentwegt auf seinen Laptop ein. Irgendwann blickte er auf und erklärte den anderen, wie das Lagerhaus aufgebaut war, wo Türen waren und wo wir am besten die Busse abstellen konnten.

Ich betrachtete Stapa im Rückspiegel. Er sah immer ernst aus, dennoch erkannte ich jetzt Sorge in seinem Blick und biss mir auf die Lippen. Ich würde mir nie verzeihen, wenn ihm meinetwegen etwas zustieße. Bereute er, das alles auf sich genommen zu haben? Erst als er mich ansprach, wurde mir klar, dass auch er mich im Rückspiegel beobachtet hatte: »Tess, versprich mir, dass du hierbleibst.«

Er drehte sich zu mir um. »Ich kann da drinnen nicht auf dich aufpassen. Du musst hierbleiben.« Er sah mich zugleich bestimmt und besorgt an, da wusste ich, ich würde im Bus bleiben.

Es würde mir schwerfallen, aber ich wollte Stapa nicht in noch größere Gefahr bringen. Wenn er abgelenkt wäre, weil er auf mich aufpassen musste, und ihm würde etwas geschehen – daran wollte ich gar nicht denken. Ich sah ihm tief in die Augen: »Dann musst du aber zurückkommen.«

Ich schluckte den Kloß, der meine Angst begleitete, herunter und er lachte: »Okay, wenn du im Bus bleibst, dann verspreche ich zurückzukommen.«

Er hielt mir die Hand hin und ich schlug ein. Als er mir in die Augen sah, wusste ich, er meinte es ernst, obwohl er lachte. In diesem Moment war ich absolut davon überzeugt, dass ich im Bus bleiben und auf ihn warten würde. Er hatte versprochen wiederzukommen und so albern es auch klingen mag, ich nahm dieses Versprechen ernst. In mir wuchs die Gewissheit, dass er sein Wort halten würde, wenn ich meines hielt. Natürlich wusste ich, dass er wenig Einfluss darauf hatte, ob ihn eine Kugel treffen würde … ich schob den Gedanken sofort beiseite und zog ihn, so gut es vom Rücksitz aus ging, an mich heran. Ich schlang noch einmal meine Arme um ihn und hielt ihn so fest, wie ich konnte.

»Ich liebe dich«, flüsterte ich in sein Ohr und er erwiderte diesen Schwur mit einem Kuss, dann löste er sich von mir. Der Bus hatte angehalten. Die anderen waren bereits ausgestiegen und Stapa lächelte mir zu, als er nach der Türe griff, um sie zu schließen.

»Bleib hier«, flüsterte er.

Dann war die Tür zu.

Die Schritte entfernten sich. Dann war es still. Ich wurde nervös, lauschte, hielt den Atem an, doch nichts. Am liebsten wäre ich ihnen hinterhergelaufen, doch ich hatte versprochen, hierzubleiben und mich still zu verhalten. Es machte mich wahnsinnig.

War da etwas gewesen? Nein, alles ruhig.

Stapa hat mir später erzählt, was ich damals nicht mitbekommen habe, doch ich möchte hier nur meine Erinnerungen wiedergeben. Denn die entscheidenden Momente habe ich miterlebt.

Ich saß also in dem Wagen und hätte nicht sagen können, wie lange. Ich hatte kein Gefühl mehr für die Zeit. Die Minuten fühlten sich wie Stunden an, wobei eine Stunde auch ebenso gut eine Minute hätte dauern können. Irgendwann hörte ich Schritte. Sie näherten sich dem Bus und mein Herz schlug schneller, obgleich ich den Atem anhielt. Es konnten nur unsere Leute sein. Niemand sonst wusste, dass ich hier war. Es war ja auch völlig irrsinnig, dass ich in diesem Bus saß. Jad wollte mich, also war das Letzte, was man logischerweise tun würde, mich hierherzubringen. Nicht einmal Jad hätte so etwas getan, dabei war er immer ein Meister der ausgefallenen Pläne gewesen. Es wäre definitiv sicherer gewesen, mich mit einigen Männern zum Schutz an einem anderen Ort zu verstecken. Die Sache mit dem Verräter war natürlich ein Problem, aber dass es mehr als einer war, war unwahrscheinlich und hätte man zwei oder drei der übrigen Männer mit meinem Schutz beauftragt, wäre die Gefahr minimiert worden. Man hätte mich auch alleine irgendwo verstecken können. Immerhin war ich auch auf mich gestellt nicht ganz wehrlos.

Ich habe später oft überlegt, warum Stapa mich mitgenommen hat. Vermutlich wollte er mich in seiner Nähe wissen. Es schien ihm wohl am sichersten. Dass er mich nicht mit anderen Männern alleine lassen wollte, ist allerdings auch denkbar.

Nun hörte ich das Flüstern mehrerer Stimmen. Da stimmte etwas nicht. Was war da draußen los? Ich lauschte, wagte aber nicht, mich zu bewegen, doch da wurde die Tür schon aufgerissen und ich blickte in drei

Pistolenläufe. Es war völlig sinnlos, den Revolver, den ich bei mir hatte, auch nur zu heben. Sie zerrten mich aus dem Bus. Ich glaube, ich habe nicht geschrien. Meine Gedanken rasten, doch ich erinnere mich nicht konkret an sie. Einen der Männer erkannte ich. Er mied meinen Blick. Er hieß Ulf. Wir hatten früher oft miteinander angestoßen und nächtelang zusammen gefeiert. Ich mochte ihn. Er war lustig und erzählte die verrücktesten Geschichten.

Sie trugen mich um die alte, halb verfallene Lagerhalle herum, und in diesem Moment kam mir der Gedanke, dass ich schreien sollte, um meinen Leuten mitzuteilen, dass man mich gefunden hatte. Noch bevor ich den Gedanken in die Tat umsetzen konnte, kam mir in den Sinn, dass es sie auch ablenken könnte, wenn sie hörten, dass ich in Schwierigkeiten war. In diesem Fall bestünde die Gefahr, dass sie unaufmerksam wären und die Gegner einen Vorteil hätten.

Ich zitterte vor Angst, trotzdem wollte ich keine Schwäche zeigen. Nein, ich wollte nicht die kleine, dumme Gans sein, die die Niederlage herbeiführt. Ich hob meinen Kopf, soweit ich es konnte, und hoffte, es sähe stolz aus, obwohl ich mich gar nicht so fühlte.

Dann hörte ich die ersten Schüsse und meine Fassade fiel ab. Ich zuckte zusammen und schaute wild um mich, doch alles, was ich sah, waren die dreckigen Außenwände der Halle und Müll. Ich wollte mich loszureißen. Ich wand mich mit aller Kraft, doch die beiden starken Männer, die mich an den Armen festhielten, verstärkten ihren Griff. Um nicht zu schreien, biss ich mir auf die Lippen, bis ich Blut schmeckte.

Ich nahm nicht einmal wahr, dass sie mich auf eine Tür zu zerrten. Schüsse. Ein Schrei. Wer war das? Eine tiefe Stimme, aber nicht Stapa. Ich atmete auf. War es einer von uns?

Wir betraten den großen Raum durch eine kleine Seitentür. Gestapelte Kisten versperrten mir den Blick.

Damit ich nicht mehr versuchen konnte, mich loszureißen, hatte man mir die Arme auf den Rücken gedreht und einer der Männer hielt sie mit eisernem Griff fest. Ein anderer hielt mir den Lauf seiner Pistole an die Schläfe, während sie mich zwischen den Kisten hindurchführten.

Im nächsten Moment prasselten tausend Eindrücke auf mich ein.

Die Schüsse verstummten, sobald man uns wahrnahm. Überall hinter Kisten, Säulen und Gerümpel suchten Männer Schutz. Ich hörte einen Fluch und wandte mich nach links, in die Richtung, aus der er gekommen war. Dort musste Stapa sein. Er stand hinter einer breiten Betonsäule. Rechts daneben bewegte sich ein weiterer Mann, der sich hinter einigen Eisenkisten geduckt hatte. Es war Alec.

Dann nahm ich rechts neben mir eine Bewegung wahr. Aus den Schatten löste sich eine Gestalt. Jad kam langsam auf mich zu. Er blickte ernst drein, doch seine Augen strahlten siegesgewiss.

»Wir sollten alle unsere Waffen niederlegen. Es ist doch nicht notwendig, dass unnötig Leute verletzt werden«, rief er laut und hob dabei die Hände, um zu zeigen, dass sich keine Waffe darin befand.

Es war eine Provokation, doch er wusste, dass niemand auf ihn schießen würde, solange eine Pistole auf meine Schläfen gerichtet war.

Überall tauchten nach und nach Männer aus ihrer Deckung auf. Ich sah unsere Leute auf der linken Seite verteilt, während auf der rechten Seite Jads Männer aus ihrem Schutz traten. Viele Gesichter waren mir fremd, doch einige kannte ich. Natürlich legte keiner seine Waffen ab, doch alle hatten sie gesenkt.

Mein Blick traf Ben und Denny. Sie hatten sich fast schon auf die linke Seite gekämpft und standen, wie früher so oft, nur wenige Meter von Stapa entfernt, doch diesmal auf der Gegenseite. Sie waren nur zwei, drei Jahre älter als ich. Unwillkürlich stiegen Bilder von damals in mir auf. Die beiden waren unzertrennlich gewesen, beste Kumpels und immer gut gelaunt. Ich hatte mich super mit ihnen verstanden. Manchmal hatten wir alle zur Verzweiflung gebracht, weil wir nicht still sitzen konnten. Ich hatte die beiden nie ernst gesehen, doch jetzt war das vertraute fröhliche Grinsen aus ihren Gesichtern verschwunden. Ben senkte den Blick, als er merkte, dass ich ihn ansah. Wie hatte es so weit kommen können, dass ich mit meinen Freunden verfeindet war?

»Stapa, ich danke dir, dass du Tess hergebracht hast. Ich wusste, dass ich mich auf dich verlassen kann«, sagte Jad breit grinsend, während er auf mich zukam.

Wer ihn nicht kannte, hätte meinen können, dass er völlig ruhig war, doch ich hörte die Anspannung in seiner Stimme.

Wollte er etwa behaupten, dass Stapa auf seiner Seite

stand, dass alles so geplant war? Was für ein billiger Trick. Es gelang ihm keine Sekunde, mich zu verunsichern. Ich wusste, dass Stapa mich niemals verraten würde, also spuckte ich vor Jads Füße.

»Keinen Schritt weiter!«, rief Stapa, den Revolver auf Jad gerichtet.

»Was soll der Quatsch? Ihr alle kennt die Regeln. Was Tess getan hat, kann nicht ungestraft bleiben, aber es macht doch keinen Sinn, dass wir uns deshalb wie Wahninnige benehmen.« Jad richtete seinen Revolver ganz langsam auf mich, während mindestens fünf Schusswaffen Stapa ins Visier nahmen. Auch Alecs Männer hoben ihre Waffen wieder, doch sie waren in der Unterzahl.

Mir wurde heiß und eiskalt zugleich. Ein kleiner Fehler genügte – und irgendwer würde abdrücken. Die ganze Sache war absurd. Hier standen wir und bekriegten uns, dabei waren die Männer doch alle keine schlechten Kerle. Hatte sich nicht jede Gruppe der Gerechtigkeit verschrieben? Wir alle wollten, dass Verbrecher bestraft wurden, die der Arm des Gesetzes nicht erreichte. Wir alle wollten Unschuldige schützen. Warum standen Jads Leute plötzlich auf der anderen Seite?

Die Antwort lag auf der Hand. Sie wussten nicht, dass sie es taten. Sie vertrauten Jad blind.

Ich hatte nur eine winzige Chance und ich musste schnell sein.

»Jad, du bist ein Lügner«, rief ich, so laut ich konnte.

Jad war so überrascht, dass er von Stapa zu mir blickte, aber nichts sagte; also fuhr ich so schnell wie möglich fort. Diesmal wandte ich mich allerdings direkt an Jads

Männer: »Er hat euch belogen. Die Fotos waren gefälscht. Jad wollte sich von Anfang an nur an mir rächen. Habt ihr euch Nico mal angeschaut? Er wäre gar nicht fähig ...«

»Es reicht, Tess. Du machst dich lächerlich«, unterbrach Jad mich.

Vermutlich hatte er, genau wie ich, den Zweifel in den Augen einiger seiner Männer gesehen.

Ben und Denny warfen sich einen vielsagenden Blick zu. Womöglich war ihr Vertrauen in Jad schon zuvor nicht mehr unerschüttert gewesen.

»Du verbietest mir das Sprechen?« Ich sah Jad fest in die Augen. »Exekution, ohne dass ich die Möglichkeit habe, mich zu verteidigen? Du hast nur Angst, dass die Wahrheit ans Licht kommt.«

Jad lachte: »Bullshit. Du versuchst nur deine Haut zu retten. Das ist armselig. Glaubst du ernsthaft, du bist so wichtig, dass ich dafür das Leben meiner Männer aufs Spiel setze? Überschätz' dich mal nicht, Süße.«

Ich hörte das kaum wahrnehmbare Zittern vor Wut in seiner Stimme.

Alec ergriff nun das Wort: »Wir würden uns sicher nicht einmischen, wenn ihr euch gegenseitig zerfleischen wollt, aber wenn Unschuldige mit hineingezogen werden, müssen wir eingreifen.«

»Als ob euch nicht jeder Vorwand recht wäre, um uns anzugreifen«, antwortete Jad ohne zu zögern und fuhr die Reihe von Alecs Leuten mit dem Revolver ab. Bei Alec blieb er stehen: »Ein Wort des kleinen Miststücks hier und der ehemalige Liebhaber ist Feuer und Flamme.«

Mein Magen krampfte sich zusammen. Wenn er jetzt abdrückte, war Alec tot.

Jad drückte nicht ab. Er drehte sich wieder in meine Richtung, ließ die Waffe ein wenig sinken. Die Spannung war zum Zerreißen. Alle Finger waren an den Abzügen.

Stapas Waffe war auf Jad gerichtet. Sobald dieser seine Pistole wieder heben würde, würde er abdrücken – und dann würde hier die Hölle losbrechen.

Plötzlich ging alles rasend.

Denny senkte seine Waffe und trat einige Schritte auf Jad und mich zu. »Jad, das ist doch Irrsinn, lass uns ...«

Ein lauter Knall unterbrach ihn.

Denny taumelte. Seine Augen waren weit aufgerissen. Sein Sturz wurde von Ben abgefangen. Dann bildete sich ein dunkler Fleck auf Dennys Brust. Ich rannte zu ihm. Die Männer, die mich festgehalten hatten, waren zu geschockt, um mich weiter aufzuhalten.

Jad hatte die Beherrschung verloren. Zum ersten Mal hatte er sich nicht im Griff gehabt. Er wusste, dass Dennys Eingreifen alles für ihn zunichtemachen würde. Er hatte erkannt, dass er den Rückhalt seiner eigenen Leute verlor, und hat geschossen. Er erstarrte für einen Augenblick. Stapa und Alec nutzen diesen Moment. Stapa schoss und traf zielsicher Jads Hand. Die Pistole fiel zu Boden. Im nächsten Moment stürzte Alec sich auf Jad und drehte seine Arme auf den Rücken. Ich hörte dumpf, wie er einige Namen rief, und nahm wahr, dass ein paar Männer den Rufen folgten.

All das geschah, während Denny zu Boden sank. Auf seinem Bauch hatte sich nun ein riesiger Blutfleck ausgebreitet, und Denny starrte mit offenem Mund und aufgerissenen Augen auf mich und Ben.

Ich zog meinen Pullover über den Kopf und drückte ihn, so fest ich konnte, auf die Wunde.

Denny wollte etwas sagen, doch Ben bedeutete ihm, nicht zu sprechen.

Dann spürte ich, wie eine Hand sanft versuchte, meine Arme wegzuziehen. Ernst Braun, den alle nur Doc nannten, hatte sich neben mich gehockt. Er war der Arzt von Jads Gruppe, und auch wenn er sein Medizinstudium nie abgeschlossen hatte, war er der beste Arzt, den ich je gekannt habe.

»Lasst mich mal sehen«, sagte er mit ruhiger Stimme.

Es fiel mir schwer, meine Hände von der Wunde zu nehmen. Sie zitterten und waren voller Blut.

Ich fühlte mich völlig hilflos.

Doc nahm meinen blutdurchtränkten Pullover von der Wunde und zerriss Dennys Hemd. Nachdem er die Wunde einen Moment lang gründlich untersucht hatte, stieß er einen tonlosen Fluch aus. Ich brauchte ihn nicht anzusehen, um zu wissen, was das bedeutete. Er kramte in seiner Tasche und hantierte an der Wunde, doch über meine Wahrnehmung legte sich ein Schleier. Tränen schossen mir in die Augen und das Zittern wurde übermächtig.

Denny zitterte ebenfalls, er war nass von Schweiß und rang immer heftiger nach Luft.

»Es tut mir so leid«, brachte ich fast tonlos heraus.

Ich durfte jetzt nicht zusammenbrechen. Denny brauchte unsere Stärke.

»Ich ... wollte nur ... helfen«, stieß Denny abgehackt

hervor und ignorierte dabei unser »Schhh...«

Denny wandte seinen Blick zu Ben und versuchte seinen Arm zu heben. Ben griff sofort danach und drückte ihn mit beiden Händen. Denny öffnete den Mund, um etwas zu sagen, doch ein heftiges Zittern überkam ihn. Ben konnte ebenfalls nicht sprechen, er rang verzweifelt darum, für Denny stark zu sein. Dann hörte Denny auf zu zittern und sein Blick wurde leer.

Ben keuchte und ich konnte das Schluchzen nicht mehr zurückhalten. Ich brach völlig zusammen. Meinetwegen war Denny gestorben. Er hatte nichts getan. Er wollte mir einfach nur helfen. Hätte ich nur nicht versucht, Jads Leute auf meine Seite zu ziehen. Hätte ich nur die Klappe gehalten.

Von dem, was um uns herum geschah in diesen schrecklichen Minuten, habe ich nichts wahrgenommen. Ich erinnere mich nur, dass Stapa mich irgendwann hochhob und davontrug. Er hat mir erst Tage später erzählt, was passiert ist.

Jad hatte sich zunächst nicht gewehrt, als Alec ihn festhielt. Ein Mann war Alec zu Hilfe gekommen und zwei weitere hatten sie gesichert. Sie hatten sich vor Alec und Jad gestellt und ihre Waffen auf Jads Männer gerichtet, um zu verhindern, dass diese Jad zu Hilfe kommen konnten. Außer dem Doc hatte sich allerdings niemand geregt. Er hatte laut gerufen, dass er Arzt sei, und Stapa befahl, ihn durchzulassen. Die anderen hatten auf uns gestarrt. Sie hatten versucht zu begreifen, was geschehen war.

Erst als sie mein Schluchzen hörten, waren sie aus ihrer

Starre erwacht. Für einen Moment herrschte Durcheinander.

Jad hatte sich so weit wieder im Griff, dass er wusste, was er getan hatte, würde ihm nicht verziehen werden. Er hatte den kurzen Augenblick der Verwirrung genutzt, einen Arm losgerissen, ein Messer gezogen, das er unter dem Hemd trug, und Alec damit am Oberarm erwischt. Dieser hatte vor Schreck einen Moment locker gelassen. Jad hatte, diesen Moment genutzt, sich aus Alecs Griff befreit und die Waffe des zweiten Mannes, der ihn festhielt, geschnappt. Sie standen nahe genug an der Tür, dass er hinausschlüpfen konnte, noch bevor alle mitbekommen hatten, was geschehen war. Die meisten waren auf Denny konzentriert gewesen. Erst als Jad die Türe erreichte, waren ihm einige Schüsse gefolgt. Es war allerdings zu spät. Selbst Stapa gelang nur ein Streifschuss am Bein.

Er war, nachdem Alec Jad gesichert hatte, hinter mich getreten, um nach Denny zu sehen. Später machte er sich schwere Vorwürfe, dass er einen Moment unaufmerksam gewesen war und Jad dadurch hatte entkommen können.

In den ersten Tagen danach verkroch ich mich in unserem Zimmer und starrte leer vor mich hin. Stapa saß die meiste Zeit bei mir, nahm mich in den Arm und redete beruhigend auf mich ein. Nach einigen Tagen wollte ich alles erfahren und er musste mir mehrmals erzählen, was im Einzelnen geschehen war.

Erst jetzt kam es mir in den Sinn, nach John und Kris zu fragen. Stapa senkte den Kopf und erklärte, dass Kris der Maulwurf gewesen sei. Sobald wir das erste Mal bei Alec aufgetaucht waren, hatte er Jad Bescheid gegeben. Offensichtlich hatte ihm die relativ gleichberechtigte Struktur in Alecs Gruppe nicht zugesagt und Jad hatte ihm eine höhere Stellung versprochen. Ich bezweifelte, dass er diese tatsächlich bekommen hätte. Jad hätte sicherlich niemandem getraut, der seine eigene Gruppe verraten hatte.

»Jedenfalls hatte Kris sich freiwillig gemeldet, als es darum ging, an Jads Leute heranzukommen. Für ihn war es die ideale Möglichkeit, zu Jad überzuwechseln. Wir können froh sein, dass Kris nicht wusste, wohin Alec uns geschickt hat. Er konnte ihm nur sagen, dass wir das Land verlassen hatten.«

Für Jad hatte diese Information aber ausgereicht, denn er wusste, wie er uns zurückholen konnte. Er kannte Stapa und wusste, dass er sofort zurückkommen würde, wenn er von der Geiselnahme erfuhr.

John war ein Opfer von Kris' Verrat geworden. Glücklicherweise war ihm aber weiter nichts geschehen, als dass er tatenlos mitansehen musste, wie sein Freund alle seine Kameraden betrog und in Gefahr brachte. Jad hatte ihn gefesselt mit in die Lagerhalle genommen, um zu zeigen, dass er bereit war, ihn gegen mich auszutauschen. Kris selbst hatte ihn mit der Pistole am Kopf hereingeführt. John hatte zum Glück alles gut überstanden.

Kris war verschwunden, als es drunter und drüber gegangen war. Er wurde einige Wochen später mit Drogen von der Polizei aufgegriffen und landete für Jahre im Gefängnis. Er behauptete, dass ihm die Drogen untergeschoben worden seien, aber das sagen sie ja alle. Unsere

Gruppe war dagegen, dass Unschuldige bestraft wurden. Der Verrat, den Kris begangen hatte, war ein Verbrechen. Kein Gericht der Welt würde ihn dafür verurteilen, aber es blieb ein Verbrechen. Er hatte daher verdient, ins Gefängnis zu kommen. Auch wenn er offiziell wegen Drogenbesitzes verklagt wurde, so wusste er, wofür er tatsächlich einsaß.

Es dauerte Wochen, bis wir wieder zur Normalität zurückfanden. Nun, zu dem, was für uns Normalität war.

Einige von Jads Leuten waren von der Tatsache, dass sie zu einem derart folgenschweren Racheakt missbraucht worden waren, so geschockt, dass sie beschlossen, die Gruppe zu verlassen. Sie hatten nie jemandem Schaden zufügen wollen.

Unter ihnen war auch Ben. Zunächst war er mit zu Alecs Leuten gekommen. Als ich wieder dazu in der Lage war, ging ich zu ihm. Alec hatte mir erzählt, dass es ihm schlecht gehe und dass er mit niemandem reden wolle. Als ich klopfte, schickte er mich weg. Schluchzend sagte ich, dass es mir leidtue. Da bat er mich herein. Er versicherte mir, dass er mir keine Vorwürfe mache. Er wisse, dass ich nichts getan hatte.

Er erzählte mir, dass er schon seit Längerem an Jad gezweifelt hatte, und haderte nun damit, dass nicht er es gewesen war, der zuerst den Mund aufgemacht hatte. Nachdem bekannt geworden war, dass Stapa die Seiten gewechselt hatte, hatte Ben sich gefragt, was dahinterstecken mochte. Er hatte mit Denny darüber gesprochen. Der hatte zwar zugegeben, dass alles sehr seltsam sei, aber er wollte einfach nicht glauben, dass Jad die

Gruppe belügen würde. Da er nicht einmal Denny hatte überzeugen können, hatte Ben geschwiegen. Er machte sich deswegen schwere Vorwürfe. Ich sagte ihm, dass er nicht mehr hätte tun können und dass die anderen ihm vermutlich ebenso wenig geglaubt hätten wie Denny.

Ben beschloss einige Wochen später, ein normales Leben anzufangen. Wir blieben noch ein paar Jahre in Kontakt. Er ging zurück in den Beruf, den er einmal gelernt hatte, heiratete und ich glaube, er ist mittlerweile glücklich.

Die übrigen Männer verbündeten sich mit Alecs Leuten. Eigentlich muss ich sagen: mit unseren Leuten, denn natürlich blieben auch Stapa und ich bei der Gruppe. Für mich war klar, dass es diesmal kein Zurück geben konnte. Außerdem gehörte ich zu Stapa und der passte nun wirklich nicht in ein normales Leben.

Nach und nach kamen die Männer zu mir und entschuldigten sich dafür, Jad blind vertraut zu haben. Es war ihnen sehr unangenehm, dass Nico und ich dadurch in Gefahr geraten waren. Mit vielen habe ich lange Gespräche geführt. Ich war selbst überrascht, dass ich es keinem wirklich übel nahm.

Einer der beiden, die mich damals auf der Straße festgehalten hatten, schwor sogar, dass er mich von nun an mit seinem Leben beschützen werde.

Stapa wurde bald von allen als Anführer akzeptiert. Eine einsame Spitze, wie Jad es gewesen war, sollte es nicht mehr geben. ER beriet sich immer mit Alec, war sich nie zu schade, den Rat anderer anzuhören. Oft gab es lange Diskussionen, wie in einer bestimmten Situation zu verfahren sei, doch durch die offenen Gespräche, konnte zuletzt jeder die Entscheidungen nachvollziehen.

Wo Jad sich aufhielt wussten wir nicht. Natürlich bestand die Gefahr, dass er weiterhin versuchen würde sich zu rächen, vielleicht auch neue Männer um sich scharte. Stapa versprach mir nicht zuzulassen, dass er uns noch einmal nahe käme. Danach sprachen wir nicht mehr über Jad, aber ich wusste, dass Stapa nach ihm suchen ließ.

Eines Tages wollte er überraschend eine Reise antreten. Er wollte mich weder mitnehmen, noch mir sagen, wohin er ging. Das war ungewöhnlich, denn ich war ansonsten über alle Aktionen informiert, und es gab nie Geheimnisse zwischen uns. Es konnte nur zwei mögliche Erklärungen für sein Verhalten geben.

Ich ging zu ihm, als er eine Reisetasche packte.

»Betrügst du mich?«, fragte ich.

Er sah mich verwirrt an und lachte. »Wie kommst du auf so etwas?«

»Dann hast du Jad gefunden«, sagte ich.

Die erste Möglichkeit hatte ich sowieso für Blödsinn gehalten, denn ich vertraute Stapa. Er liebte mich.

Stapa antwortete nicht. Ich nahm das als »Ja«.

»Was hast du vor?«

Wieder schwieg er.

»Bitte bleib hier. Er ist es nicht wert, dass du dir an ihm die Hände schmutzig machst«, beschwor ich Stapa.

»Er hat versucht dich umzubringen«, brummte er.

Ich nahm seinen Kopf in meine Hände und sah ihm in

die Augen: »Jad ist es nicht wert. Bitte, tu das nicht.«

Stapa zögerte, dann seufzte er und begann seine Tasche wieder auszupacken.

Ich nahm ihm das Versprechen ab, Jad nichts anzutun. Ich wollte nicht, dass wir uns mit ihm auf eine Stufe begaben. Wir waren keine Mörder und Rache war ein niederes Motiv. Ich lebte und Jad hatte alles verloren. Das sollte genug Strafe für ihn sein.

Stapa gab mir sein Wort, ihm nichts zu tun, doch ich wusste, dass er ihn überwachen ließ.

Einige Jahre später sagte er mir, dass wir uns um Jad nun keine Sorgen mehr zu machen bräuchten. Er hatte sich wohl irgendwo mit den falschen Leuten eingelassen. Ich bedauerte, was aus ihm geworden war. Vom großen Helden meiner Jugend war er zu einem zwielichtigen Typen herabgesunken.

Epilog

Nun habe ich niedergeschrieben, wie alles angefangen hat. Ich bin überrascht, dass ich mich auch nach über dreißig Jahren noch an so viele Details erinnern kann. Andererseits gehören diese Tage zu den wichtigsten in meinem Leben. Ohne sie wäre mein Leben völlig anders verlaufen.

Zum Abschluss möchte ich noch ein paar Worte dazu schreiben, wie es danach weiterging.

Nico rief eine Woche, nachdem wir uns in Schweden getrennt hatten, an. Er war unglaublich erleichtert, unsere Stimmen zu hören. Natürlich freute er sich riesig, als ich ihm sagte, dass er ohne Bedenken zurückkommen könne. Bevor er wieder nach Mölln ging, kam er bei uns vorbei, und ich erzählte ihm, was geschehen war, seit wir uns getrennt hatten. Ich war von den Geschehnissen noch ziemlich mitgenommen, und so war das Treffen bei Weitem nicht so fröhlich, wie wir es uns gewünscht hätten. Nico war sehr betrübt, als er erfuhr, dass die Sache ein Todesopfer gefordert hatte. Obwohl er wusste, dass ich nicht wieder zurück in mein altes Leben gehen würde, hoffte er, dass ich ihn nach Mölln begleiten würde. Er wollte unseren Freunden nicht alleine gegenübertreten, aber ich lehnte ab. Es gab in der Gruppe noch zu viel zu regeln und es war wichtig, dass ich jetzt bei ihnen war. Ich versprach Nico jedoch, ihn und die anderen bald zu besuchen.

»Was soll ich den anderen denn erzählen?«, jammerte er. Ich erklärte, er könne ruhig berichten, was vorgefallen war, solle aber vermeiden, zu viel über die beiden Gruppen zu sagen.

»Na, das wird mir leichtfallen. Ich verstehe das Ganze ja selbst nicht recht«, sagte er daraufhin mit einem Lachen.

Ich hielt mein Versprechen und besuche meine alten Freunde auch heute noch einmal im Jahr. Etwas melodramatisch versuche ich den Termin immer möglichst nah an den Tag unserer Flucht zu legen.

Nach und nach heirateten alle. Chicki und Tobi waren die ersten. Seit sie verheiratet sind, habe ich Chicki allerdings nur noch selten gesehen. Früher blieb sie meistens bei den Kindern und heute, da diese aus dem Haus sind, hat sie einfach keine Lust mehr mitzukommen. Natürlich gibt sie das niemals als Grund an. Meist schiebt sie eine Erkältung, eine andere Verabredung oder irgendein Vereinstreffen vor. Mir ist das nur recht, denn wir sind nie miteinander warm geworden.

Kilian hat mittlerweile zwei gescheiterte Ehen hinter sich, Solo eine. Er hat eine Tochter, die bei ihm aufgewachsen ist, nachdem sie sich mit ihrer Mutter genauso schlecht verstanden hat wie Solo.

Stapa war nur bei einem unserer Treffen dabei, weil die anderen ihn unbedingt kennenlernen wollten. Da mir aber klar war, dass er nicht in diese Welt passt, habe ich danach nicht mehr von ihm verlangt mitzukommen.

Ich bemühte mich immer, meiner *normalen* Clique nur das Nötigste über mein Leben zu erzählen. Natürlich haben sie anfangs viele Fragen gestellt, aber sie akzeptierten bald, dass ich nicht viel preisgeben wollte.

»Im Grunde ist es ja nur wichtig, dass du glücklich bist und uns nicht vergisst«, hat Solo irgendwann gesagt. Seither überließen sie es mir, wie weit ich sie teilhaben lassen wollte. Hin und wieder erzählte ich aber eine Geschichte von einem besonders spannenden Fall und genoss ihr ungläubiges Staunen.

Eine Ausnahme bildete freilich Nico. Er war und ist bis heute ein gern gesehener Gast in unserer Gruppe, nicht nur, weil seine Besuche immer einen Grund für eine Party bieten. Auf einer dieser Partys lernte Nico tatsächlich seine Frau kennen. Ein nettes zurückhaltendes Mädchen, das von seiner Freundin zu uns geschleppt worden war. Wie sie so verloren neben ihrer extrovertierten Freundin stand, ist Nicos Beschützerinstinkt sofort erwacht. Den ganzen Abend hat er sich mit ihr unterhalten. Gleich am nächsten Tag haben sie sich wieder getroffen und waren seither fast unzertrennlich. Schon ein paar Monate später zog sie zu ihm nach Mölln. Zwei Jahre später haben sie geheiratet und nach und nach drei Kinder bekommen. Die Kleinen haben unsere Gruppe bei ihren Besuchen ganz schön auf Trab gehalten. Mittlerweile sind sie erwachsen und besuchen uns nur noch selten.

Stapa und ich heirateten nie. Es erschien uns nicht nötig. Jeder wusste, dass wir zusammengehörten. Außerdem standen wir außerhalb der Gesellschaft. Wir hielten uns auch sonst nicht an ihre Gesetze, da schien es uns irgendwie nicht passend, vor einen Beamten zu treten und unsere Liebe von der Gesellschaft absegnen zu lassen.

Wir hatten viele gute Jahre, doch es gab auch einige schwere Zeiten.

Nur wenige Tage, nachdem ich unser ungeborenes Kind verlor, hatte Stapa einen *Arbeitsunfall*. Er wurde angeschossen und fiel vom Dach eines Hauses. Wochenlang bangte ich um ihn, doch er überlebte. Allerdings ist er seither an den Rollstuhl gefesselt. Es war schwer für ihn, das zu akzeptieren. Er konnte nicht damit umgehen, plötzlich eine Schwäche zu haben und auf die Hilfe anderer angewiesen zu sein. Besonders schwer fiel es ihm zu glauben, dass ich ihn noch genauso liebte wie vorher. Monatelang sprach er kaum ein Wort mit mir, schickte mich weg, sagte, dass er sich von mir trennen wolle, doch ich blieb. Ich ignorierte sein Schweigen und plapperte mit ihm, wie ich es vorher auch getan hatte. Ich wusste, dass er mich liebte, aber mit der Zeit wurde es trotzdem hart, immer wieder abgewiesen zu werden. Er ließ nicht zu, dass ich ihn berührte, und neben meiner krampfhaften Ungezwungenheit ihm gegenüber verkroch ich mich immer häufiger in eine einsame Ecke und weinte. Ich würde nicht aufgeben, das hatte ich mir geschworen, doch ich wäre möglicherweise daran zerbrochen, wenn sich nicht Alec irgendwann eingemischt hätte. Ich weiß nicht, was er Stapa in ihren vielen Vier-Augen-Gesprächen sagte, doch eines Tages, als ich gerade hinausstürmen wollte, bevor mir vor Stapa die Tränen kamen, griff er nach meiner Hand, sah mir in die Augen und ein trauriges Lächeln stahl sich auf sein Gesicht. Dann taten wir, was Stapa noch nie gern getan hatte. Wir redeten über unsere Gefühle, lange und ehrlich.

So überwanden wir schließlich auch diese Krise.

Stapa akzeptierte, dass er zwar nicht mehr bei Einsätzen dabei sein konnte, aber er nahm bald eine wichtige Rolle in der Planung und Organisation ein. Er erkannte, dass er auch ohne seine körperlichen Fähigkeiten einen wertvollen Beitrag zu unserer Arbeit leisten konnte.

Der Fall, bei dem er verwundet wurde, war einer der größten unserer Laufbahn, und es war uns nicht gelungen, ihn abzuschließen. Es handelte sich um eine grausame Geschichte in Kinderheimen und um einen ebenso reichen wie einflussreichen Gönner, der nicht das war, wofür ihn die Öffentlichkeit hielt – es war schrecklich. Es gelang uns kaum, an den Mann heranzukommen, und nach Stapas Unfall waren wir alle ein wenig aus der Bahn geworfen. Es war Stapa, der den Fall später wieder aufnahm. Er zog alle Fäden im Hintergrund und schließlich gelang es uns, den Mann hinter Schloss und Riegel zu bringen. Wir werden auch dafür sorgen, dass er niemals wieder rauskommt.

Stapa brummte immer, wenn ich ihn Professor X nannte, aber ich fand den Vergleich passend.

Wir blieben kinderlos, aber ich betrachtete die Gruppe als meine Familie. Ich wurde bald die gute Seele der Männer und sie kamen oft zu mir, wenn sie Probleme hatten oder reden wollten.

Eine gute Hausfrau war ich nie und es erwartete auch niemand, dass ich waschen, kochen und putzen sollte.

Der Fall, der Stapa an den Rollstuhl fesselte, war auch zugleich der letzte, bei dem ich im *Außendienst* tätig war. Stapa missfiel es, wenn er nicht auf mich aufpassen konnte.

Dafür übernahm ich nun eine große Rolle in der Ausbildung unserer Neuzugänge. Ich begleitete sie von Anfang an, übernahm unter anderem die ersten Schießübungen und war diejenige, die entschied, wann jemand so weit war, seinen ersten Einsatz mitzumachen.

Obwohl Stapa und Alec sehr enge Freunde wurden, ließ Stapa mich nie mit ihm allein in einem Zimmer. Er vertraute uns zwar und wusste, dass da niemals mehr etwas laufen würde, aber ein kleiner Rest Eifersucht blieb immer bestehen.

Vor drei Jahren verloren wir Alec. Wir hatten von unseren Leuten schon seit einiger Zeit gehört, dass Alec sich bei Einsätzen draufgängerischer verhielt als üblich.
Natürlich habe ich ihn darauf angesprochen, doch er sagte, ich solle mir keine Sorgen machen, er wisse schon, was er tue. Ich war nicht in der Position, ihm Vorhaltungen oder gar Vorschriften zu machen. Er war schließlich nicht irgendein Neuling. Er war Alec und er machte das Ganze schon lange genug. Immerhin war er mittlerweile schon Ende fünfzig. Wir waren immer auf Augenhöhe und ich hatte ebenso wenig das Recht, ihm zu sagen, was er tun sollte, wie er das Recht hatte, mir irgendwelche Vorschriften zu machen.
Als er einige Wochen später während eines Einsatzes erschossen wurde, machte ich mir die schlimmsten Vorwürfe: Hätte ich mich doch mehr eingemischt, wäre ich doch vehementer gewesen.
Dann fanden wir in seinem Zimmer Unterlagen von einem Arzt. Alec war schwer krank gewesen und

plötzlich ergab sein Verhalten einen Sinn. Er hatte nicht langsam verfallen wollen, er hatte so sterben wollen, wie er gelebt hatte. Ich trauerte lange um ihn, doch ich verstand, warum er es niemandem gesagt hatte. Wir wären zu selbstsüchtig gewesen. Wir hätten ihm nicht erlaubt, seine letzten Tage und Wochen so zu verbringen, wie er es wollte. Wir hätten ihn gezwungen, sich zu schonen. Es wäre ihm gegenüber nicht gerecht gewesen. Im Nachhinein bin ich froh, dass ich ihn nicht stärker bedrängt habe, denn so blieben ihm unsere besorgten Blicke erspart, die ja doch nichts geändert hätten.

Ich beende meine Erzählung hier. All die Abenteuer, die wir erlebt haben, werde ich in meiner Erinnerung bewahren, und ich bin sicher, dass in den nächsten Jahren noch das ein oder andere hinzukommen wird. Ich habe einen ungewöhnlichen Weg gewählt, und wie jeder andere Weg hatte er seine steinigen Passagen. Dennoch bin ich froh, dass ich ihn gewählt habe, und daher bin ich auch Jad in gewisser Hinsicht dankbar. Schließlich war er es, der dafür gesorgt hat, dass ich meinen Platz im Leben gefunden habe.

Danke

Vor etwa zwei Jahren habe ich auf meinem Computer einen Text entdeckt, den ich fast vergessen hatte. Er war noch nicht fertig und sehr grob runtergeschrieben, doch er hat mich gleich wieder gefangen genommen. Ich wollte mich wieder mit der Geschichte um Tess und Stapa beschäftigen und sie zu Ende bringen. Etwas nervös habe ich die erste Version ein paar Wochen später einer Freundin gezeigt. Nach ihrer positiven Rückmeldung begann die Arbeit erst richtig. Zahlreiche Überarbeitungsgänge, neueSzenen, Kürzungen, … folgten.

Nun, da das fertige Buch vorliegt, möchte ich denjenigen danken, die mir mit Rat und Tat zur Seite gestanden haben.

Da wären zunächst meine Testleser, die mir wertvolle Rückmeldung und wichtige Kritik gegeben haben. Tina, Linda, Holger, Kathrin, Bianca und Michi.

Michi, danke, dass du mir auch während des Lesens immer wieder gezeigt hast, wie die Geschichte auf dich wirkt.

Ein herzlicher Dank geht natürlich an meine Lektorin, Ursula Ruppert. Ihre Anmerkungen und Verbesserungsvorschläge haben den letzten Schliff gegeben.

Der größte Dank gebührt allerdings Hannah. Sie hat sich nicht nur die Mühe gemacht, den Roman mehrfach Probe zu lesen und mit ganz, ganz vielen Anmerkungen zu versehen, ihrer Erfahrung als Grafikdesignerin sind auch der Schriftsatz und das tolle Cover zu verdanken. Vielen, vielen, vielen Dank!!! Ohne dich hätte ich es nicht geschafft.

Auch meine Familie soll nicht unerwähnt bleiben, denn euer Rückhalt und euer Zuspruch haben mir so viel Kraft und den Mut dranzubleiben gegeben. Also vielen Dank an meine Eltern, meine Schwestern, meinen tollen Mann und auch an meine Tochter, denn sie hat den letzten Antrieb zur Veröffentlichung gegeben.